KEITAI SHOUSETSU BUNKO SINCE 2009
野いちご

# はつ恋
~ずっと、君だけ~

善生茉由佳

JN167547

◎ STARTS
スターツ出版株式会社

誰よりも恋に落ちやすくて
私の想いに気付かない君に
ずっと片想いしていたんだ

## contents

プロローグ　　　　　　　　　7

### 第1章　高2-冬
| | |
|---|---|
| 惚れっぽい男 | 12 |
| 恋みくじ | 32 |
| 本当のアイツ | 43 |
| クリスマス | 60 |
| 年越しとおみくじ | 78 |

### 第1.5章　過去
| | |
|---|---|
| 恋愛対象外 | 90 |

### 第2章　高3-春
| | |
|---|---|
| 出会いの春 | 96 |
| 野球部のマネージャー | 112 |
| 打ちあけ話 | 123 |
| 賭け事 | 132 |
| 告白 | 152 |
| 進路 | 171 |

| 変わりだす関係 | 180 |
| --- | --- |
| キス | 199 |
| 変化 | 216 |
| 束縛 | 230 |

## 第3章　高3-夏

| 噂とケンカ | 242 |
| --- | --- |
| ひとりじゃない | 263 |
| 距離感 | 273 |
| 夏の試合 | 305 |

## 最終章　高3-秋

| 隣の想い人 | 328 |
| --- | --- |

## 番外編

| はつ恋 | 370 |
| --- | --- |

| あとがき | 378 |
| --- | --- |

プロローグ

隣町にある恋蛍神社。

　民家と民家の間にこぢんまりと建つその神社は、知る人ぞ知る「縁結び」で有名なスポット。

　そこに、今、ひとりで訪れた私は、売り子係の巫女さんに恋占いのおみくじ、通称【恋みくじ】の箱を指差し、

「すみません。恋みくじ、ここにあるだけ全部ください」

　と、1回100円の恋みくじをまるごと欲しいと伝え、巫女さんを驚かせていた。

　びっくりさせた要因のひとつは、私の外見にもあると思う。

　目深に被ったニット帽に、レンズが曇った伊達眼鏡とマスクを装着。

　首には口元を隠すようにぐるぐる巻きにした赤い毛糸のマフラーという、明らかに不審な変装ルックなのだから。

　服装はオフホワイトのPコートに、スキニージーンズ、黒のロングブーツという普通の格好だけど。

「箱の中身、全部でよろしいでしょうか？」

「はい。全部です」

　真顔でキッパリと答えると、すぐさま営業スマイルに切り替えた巫女さんが箱を開封して枚数を数えだす。

「ねえ、見て。あの子すごいね。ひとりでおみくじ買い占めてる」

「本当だ。なんかの罰ゲームとか？」

　神社を訪れていた若いカップルがこっちを見てヒソヒソ噂話をしているけれど、気にしない。

　気にしたら、恥ずかしくて穴に埋まりたくなるから。

あと、これは決して罰ゲームなんかじゃありません。
　大量に恋みくじを購入したのには、個人的に深い訳がある。
「……ふぅ」
　売り場から離れた私は、冬にもかかわらず緊張で額に浮かんだ汗を手の甲で拭い、購入した恋みくじ入りの紙袋を黒いエナメル加工のトートバッグの中にねじ込む。
　空から降る粉雪で濡れないよう、鞄のファスナーを締めて。
　キョロキョロと辺りを見回し、顔見知りの人がいないか十分確認してから、小走りで神社をあとにした。

# 第1章
# 高2-冬

## 惚れっぽい男

「杏子、俺決めた！　今日の放課後、うちのクラスの山木さんに告ってくるわ!!」

　朝の登校時間。

　いつものように幼なじみの大吉と駅に向かう道を歩いていたら、突然思い立ったようにガッツポーズをしながら告白宣言してきた。

「は？　いきなり何言ってんの？」

　朝っぱらから急になんなわけ、とシラケた目を大吉に向けると。

「ほらっ、見てみろよ。これ。このスタンプ！」

　スマホのSNSの画面を指差し、唾を飛ばす勢いで興奮気味にまくしたてる大吉は、鼻の下が伸びてだらしない顔をしてる。

「な！　でっかいハートのスタンプが貼ってあんだろ!?　よく考えてみろよ。そもそも気ぃない奴にハートとか使わなくね？」

「……ちょっと見せて」

　大吉の手からスマホを奪い取り、画面をスクロールして会話の流れを読みとり深くため息。

　どうやら、放課後に予定がある山木さんは委員会の仕事に出られないそうで。

　誰か代わりに出てくれる人いませんか、とグループ送信

して相談を持ちかけたところ、大吉が「俺が出るよ」とハートの絵文字付きで返信。

それに対して、山木さんが「ありがと〜！」とお礼のメッセージと共にハートのスタンプを貼った模様。

「このハートに特別な意味なんて全く込められてないと思うよ」

「は!? なんでだよ」

「だって、このお願い、私のとこにもきたもん」

「え」

目が点になって唖然とする大吉に「ほら」とスクールバッグから自分のスマホを取り出し、SNS画面を表示させる。

「これ、クラスのグループ宛てに一斉送信してるやつだよ。山木さんが書き込んでから、大吉が即返信してるから誰もレスしてないけど。気付かなかったの？」

「……マジかぁ」

浮かれた様子から一転。

今度は、がっくりと肩を落とし、頭を抱えて項垂れている。

よほどショックを受けているのか涙目になってるし。

「……早とちり」

口元に緩く弧を描き、ボソリと小声でつぶやいたら。

「うっせぇ!!」

顔中真っ赤にさせた大吉が怒鳴り、周囲の通行人が何事かとこっちに振り返った。

両手で耳をふさいでいた私は、周りの視線を気にすることなく信号機が青になるなり横断歩道をスタスタ渡る。

真冬の朝は空気がひんやりしていて肌寒い。
　寒さに身をすくめながら片方の耳に髪をかけ直し、Ｐコートのポケットに両手を突っ込んで歩く。
　吐き出す息は、空から降る粉雪と同じ色。
　降り積もった雪で、街路樹の枝や、アスファルトの地面が真っ白に染まる、高２の12月。
「あ、待てって杏子！　置いてくなやっ」
　学ランの上にモスグリーンのモッズコートを着た大吉が小走りで私を追いかけてきて、隣に並んでニッとはにかむ。
　目を細めて笑うと、元からの猿顔がより本物の猿に近くなる。
　猿っぽいとはいっても、決してブサメンとかそういうことではなくて。
　世の中的には、人気俳優やモデルの中にいる猿顔タイプのイケメンで、目鼻立ちがくっきり整っている。
　面長で彫りが深く、ナチュラルなアーチ型の眉と、二重まぶたの大きな瞳が愛嬌を感じさせる。
　スラリと伸びた手足と小顔で抜群のスタイル。
　スッと通った鼻筋に厚めの唇、大きな耳が目立つ。
　さらに、体も声もバカでかい。
　私の身長は160cmだけど、185cmを超える大吉と並ぶと頭ひとつ分離れていて、いつも見下ろされる形になる。
　野球部に所属している大吉は、短い黒髪でこざっぱりとしていて、適度に日焼けした肌がスポーツマンらしく、寒い冬でも凛々しささえ感じさせる。

ふざけることが大好きなのでガキっぽく見えるけど、実は結構整った顔立ちをしているので、真面目にしてるとドキッとするような大人っぽい表情を見せる時もある。
　いかんせん、本人がおちゃらけた性格なのと、"ある問題"のせいで女子からモテない残念な奴。
　本当、黙ってればイイ線いってるんだけどな。
　猿飛大吉こと大吉は、私の幼なじみ。
　同じ団地の向かいの部屋に住んでいる。
　三枚目な性格で、クラスのムードメーカー的存在の大吉と、感情があまり表に出てこず、クールな人柄だと思われがちな私。
「なあなあ、山木さんに告白したらいけると思う？」
「……知るかバカ」
　頬を赤らめながら相談してくる大吉に、チッと短く舌打ちする。
「えー、反応が冷たすぎんだろ。もっと親身になってくれたっていいべや」
「小学校の時点で10人、中学で8人、高校に入ってからすでに6人。アンタの『ひと目惚れ』や『今度こそ本気の恋』とやらは、片想いのスパンが毎回短すぎて信じられないから」
「ぐっ。そこを指摘されると何も言えねぇ」
「でしょう？　なら、私にアドバイスを求めてこないで」
　……そう。
　さっきチラッと出てきた大吉の"ある問題だ"とは、ず

ばり、いいなって思った子にすぐ恋をしてしまうこと。

　失恋から立ち直るスパンが短すぎるのと、落ち込んでてもすぐまた新しい人を好きになるので、誰も真剣に受け取ってくれないとか……。

　見た目どおり硬派な態度をとってればいいのに、好きな人を前にすると、鼻の下をデレデレ伸ばして猿っぽくなるのと「いい奴」止まりな性格があだとなって、現在も失恋記録を更新中。

　かなりの人数に告白したけど、今まで彼女がいた経験はなく、一部の女子からは陰で残念なイケメンと呼ばれている。

　惚れっぽい性格で、思い込んだら一直線の大吉は、しょっちゅういろんな女の子に告白しては玉砕している。

　本人は真剣なんだけど、はたから見れば、女欲しさに誰彼構わず手当たりしだいに告ってるようにしか見えなくて。

　惚れっぽい性格＝女好きと誤解され、みんなイケメンの大吉に告白されて嬉しいとは感じつつも、すぐまたほかに好きな子が出来るだろうと思い込まれ、交際を断られ続けていた。

　ノリがいい奴なので、振られたあとも普通に相手と仲良くしてしまうため「やっぱり、この前の告白は気の迷いか冗談だったんだな」って勘違いされやすいのも失恋の一因だ。

　あともう一歩、相手に「本気で好きなんだ」って気持ちを強く押してみれば、グラッとくる子も多いのに。

　これ以上、自分の気持ちを押し付けて相手を困らせたく

ないからと変に遠慮して諦めてしまうから、好きな人となかなか進展していかない。
　いろんな意味でかなり惜しい奴。
「つーか、そうゆうお前はどうなんだよ。この前告ってきた上級生とは。結構イケメンで人気ある人なんじゃねーの？」
「とっくに断ったよ」
「そうかそうか、とっくに断って……ってまたかよ!?　もったいねぇ」
「もったいないって何が」
「っかあぁあ、これだからモテまくりの奴は腹立つんだよ。モテない俺からしたら、学校の人気者に告白されるなんて夢のまた夢だぞっ」
　なんで断ったんだよ、としつこく食い下がってくる大吉にイラっときて眉間にしわを寄せる。
　なんで断ったかなんて決まってるでしょ。
　そんなの、私を恋愛対象外の「幼なじみ」としか見てない、女好きのアンタが好きだからだ、バカ。
　我ながら不毛な片想いをしていると自覚している。


宮澤杏子、高校2年生、17歳。
　自分でいうのもアレだけど、私は昔からそこそこモテる。
　ママが言うには、祖母がイタリア人のハーフだそうで、私の肌は生まれつき色素が薄く、瞳の色も透明感のあるこげ茶色。
　ひと重まぶたの小さな目は、目尻が猫みたいに吊り上

がっていることからクールなイメージを持たれやすい。

スッと通った鼻筋に薄い唇。

一度も染めたことがない栗色の髪は、一本一本の線が細くて柔らかく、風になびくとサラサラ揺れる。

髪の長さは背中の真ん中辺りまで伸ばしたロングヘアで、長めの前髪は斜め分けして片耳に掛けている。

あまり食べないせいか、昔から体形は華奢な方。

元々口数が少なくてあまり笑わないことから、周囲からは「クールビューティー」と呼ばれているらしい。

自分のことを特別美人だと思ったことはないけど、そういうタイプが好きな人は意外に多いみたいで、よくいろんな人から付き合ってほしいと言われる。

彼女が欲しくてもできない大吉とは真逆に、定期的に告られはするけど、その全てをお断りし続けている。

高校では放送部に所属していて、部活のない日は友人のあずさと遊んで帰ることが多い。

大吉に新しく好きな人が出来た時は必ずといっていいほど相談に乗ってもらっている。


そして、その日の放課後。

「それにしても、アンタの幼なじみはバカだよね〜。こんな身近に猿好きな美人がいるのに、ほかの女の尻ばっか追いかけてるとか」

「……猿好きって。てゆーか言い方」

同じクラスの友人、馬場あずさと駅前のファミレスでお

茶していた私は、彼女の言い草に絶句してコーヒーカップを手にしたまま頬を引きつらせていた。
「だって本当のことじゃ～ん」
　アヒル口でにんまり笑い、クリームソーダの上に乗ったサクランボを指先でつまんでぱくりと口に運ぶ。
「……大吉だって普通にカッコいいし」
「おっと。おこらせた。でもさぁ、実際問題、猿飛って女好きの印象強すぎていまいち本気に思えないんだもん。振られたあとも今までと態度変わらないし、それってそこまで相手を好きじゃなかった証拠じゃん」
「違うよ。大吉は自分のせいで相手に気を使わせるのが申し訳ないから、本当は傷付いてても表に出してないだけで、本人はいろいろと葛藤してるんだよ」
「そうは言ってもねぇ……。実際、告られた子から聞いたけど、猿飛のことカッコいいし、ノリいいから付き合おうかなって思っても、またすぐほかに好きな人が出来て心変わりされるんじゃないかって想像するって。だから、いくらイケメンでも彼氏にするにはちょっと、だってさ」
「そんな……」
「てゆーか、なんで自分のことでもないのに杏子が落ち込むわけ？　猿飛の良さに気付いた女に横取りされるくらいなら、今の状況の方が杏子にとってメリットたくさんあるじゃん」
「そう、かもしれないけど……」
「そこに付け込めないのが杏子なんだよね。わかってるわ

かってる。だからこそ、こーんなに一途に想ってくれてる相手がいるのに気付いてないアイツに腹立つだけ」
「あずさ……」
　派手めのメイクと明るい髪色が特徴的なあずさは、高1の頃から仲良しの女友達。
　あっけらかんとした物言いと、さばさばした明るい性格の彼女は、私が大吉に想いを寄せていることを知る唯一の人物だ。
　クラスの中だと、私は清楚系であずさは派手なギャル系。
　制服の着こなし方もそれぞれ対照的で。
　私は紺色のブレザーの下にキャメルのセーターを着用、ワイシャツのボタンも開けすぎず、スカート丈もひざより少し上で、真冬の間は黒タイツをはいている。
　反対に、あずさはぶかっとした薄ピンクのカーディガン、鎖骨が丸見えの第三ボタンまでシャツを前開きにして、太ももギリギリのミニスカートをはいている。
　どんなに寒くても生足にハイソックスを貫き、朝から1時間以上時間をかけて完璧に化粧してくるあずさは、とことんオシャレに余念がない。
　おまけに校則違反のピアスやアクセサリーまで身につけてるし。
　ほぼすっぴんに近い薄化粧で落ち着いた格好の私とは、そもそもの見た目の好みが違うんだと思う。
　そんな対照的ともいえる私達がどうして仲良くなったかというと……。

昔から髪の毛をいじるのが大好きな私と、ファッション好きのあずさ。
　オシャレ好きの趣味が共通して、ふたりで買い物に出かけたり、よく遊んでるうちに自然と仲良くなっていった。
　あずさは見た目こそ派手なものの、内面はすごく真面目で、よくも悪くも言葉を選ばず思ったことを口にする正直者。
　オブラートに包むことを知らないので好き嫌いが分かれる人柄だけど、嘘はつかないから信頼できるし、私は好きだ。
　なんでも気兼ねせず話せる間柄なので、中学の頃から大吉についてよく相談させてもらっている。
「先月、3年の先輩に失恋したと思ったら、今度は同じクラスの山木さんね〜。今回は何が理由で惚れたって？」
　興味本位丸出しでにやにや笑うあずさ。
　……他人事だと思って楽しそうに。
　私は「ふぅ」と息を漏らし、カチャンと静かにコーヒーカップをソーサーの上に置く。
「補習」
「は？」
「この前の小テスト、大吉が28点取って補習になったんだけど、山木さんも風邪引いてテストの日に休んでたからふたりで受けることになったのね」
「ふんふん」
「補習がはじまる前に、山木さんが大吉に『猿飛くんも補習？一緒に頑張ろうね』って優しく微笑みかけてくれたらしくて」

「それでそれで?」
「……『その笑顔があまりにも神々しくて、俺の心臓に恋の矢が突き刺さった！ これは運命だ！』って直感したらしいよ」
「…………」

相づちを打ちながら話を聞いていたあずさの目が点になり、ぽかんとした顔になる。

「え、それだけ?」と言われたので「それだけ」と真顔で返す。

内容を把握するのに数秒。

あずさはおなかを抱えて爆笑しはじめ、テーブルの上をバンバン叩いた。

「あーっははは、やっばい、何それ!? 頭おかしいっ。わけわかんない」
「……まあ、いつものひと目惚れだよ」
「確かに山木さんて可憐な感じの才女だけど、それにしたってとくに何があるわけでもなく微笑みかけてくれたからって!」
「大吉のフィルターを通せば、その時の山木さんはヴィーナスばりに美しかったってさ……」
「ぎゃはははっ、アイツ、バカだ。目と目が合っただけで恋に落ちるとかどんな思考してんの?」
「本当。もっとちゃんとした理由で人を好きになってくれたら私だって……」

言いかけて口をつぐむ。

眉根を寄せて難しい顔になる私を見て内心を察してくれたのか、あずさが口元をほころばせて、
「杏子、どんまい」
と応援(おうえん)の言葉を送ってくれた。
　大吉はめちゃくちゃ惚れやすい。
　かわいい子にちょっと優しくされただけでコロッと落ちてしまう。
　失恋して落ち込んでるなと思ったら、またすぐ違う人を好きになる。
　好きになるきっかけはどれも単純なものばかり。
　……もっと真剣に人を好きになってくれたら。
　ほかの人に目が向かないくらい一途に、その人だけを大事にしていきたいって本気度が伝われば、私も大吉への想いを断ち切れるのに。
「でもさぁ、毎回思うけど、杏子がアイツに告れば全部うまくいくと思うよ？　自覚してないけど杏子はめっちゃ美人だし、気を使えるいい子だし、何よりもふたりはお互(たが)いの性格をよく知ってるんだから」
「……それはないよ」
　だって、大吉は私のことなんて——。
　斜め下に視線を落とし、テーブルの光沢(こうたく)をぼんやり見つめる。
　あずさの言うとおり、大吉に彼女が出来るのを待たずに、自分から告白すれば異性として意識してもらえる可能性は高くなる。

けど、それは同時に今まで築き上げてきた関係性を壊すリスクも含んでいて……。

今までそばにいたのに、なんとも思われてこなかった。

その事実が重くのしかかって、期待することすら出来ないんだ。

振られて気まずくなるくらいなら、幼なじみとしてそばにいる方がいい。

「あ、ごめん。スマホ鳴ってるから、ちょっと確認するね」

ブレザーのポケットに入れていたスマホがバイブ音を鳴らして振動し、誰から連絡が入ったのか確かめると、大吉からメッセージがきていた。

【山木さんにフラれた。近所のラーメン屋でやけ食い中】

そう書かれたメッセージと共に送られてきた大盛ラーメンの画像を見て無言になる。

額に手をつき、ハーッと今日一番の大きなため息を漏らす。

「ごめん。大吉がまた失恋したっていうから、ちょっと慰めに行ってくる」

スクールバッグの持ち手の紐を肩に掛け、コーヒーの代金をあずさに手渡してファミレスをあとにした。

——ガラガラ。

近所のラーメン屋さん「善家」の引き戸を開けて店内に入ると、

「らっしゃい！　って杏子ちゃんじゃねぇか。大吉ならそこに座ってるよ」

と厨房から威勢のいい店主の声が響き、その人は私と目が合うなりニカッと笑って、カウンターの奥を指差した。

「ありがとう、吾郎さん」

この店の店主・50代半ばの吾郎さんに会釈をして、カウンター席に突っ伏し、肩を震わせてすすり泣いている大吉の元へ。

カタンと木目調の角椅子を引っ張り出し、大吉の隣に腰掛け「ねえ」と話しかけた。

「山木さんにフラれたってどうゆうこと？　話が急展開すぎて意味わかんないんですけど」

「……うぐっ、ぎょ、ぎょうごぉ……」

「うわっ、涙と鼻水で顔ぐちゃぐちゃ。ちょっと、汚いからティッシュで拭きなさいよ」

「お、俺は……俺は誰もが認めるイケメンに生まれ変わりたい……っ」

コイツまた突拍子もなくアホみたいなことを……。

せっかくの整った顔が台無しだし。

何があったか説明しろって言ってるのに全く話が通じていない。

そのことにイライラしながら、鞄の奥からポケットティッシュを取り出し、大吉の顔を乱暴に拭う。

元からの猿顔が、泣いて真っ赤になったせいでますます本物っぽくなっている。

「はいはい、わかったから。ここだと吾郎さんのお店の営業妨害になるから、大吉の部屋で話聞いてあげるよ」

　店内には私達以外に客はおらず、吾郎さんは店のテレビで相撲中継を見ながら洗い終わった食器をふきんで拭いている。
「ごめんね、吾郎さん。大吉がいつも迷惑かけて」
「ちょうど客もいなかったし、店も暇してたから気にすんな」

　自宅から目と鼻の先にある「善家」は、昔からしょっちゅう訪れているので店主の吾郎さんとは顔なじみの間柄。

　一番古い記憶では保育所に通っていた頃から家族と食べにきていたので、物心付いた時からの知り合い。

　なので、吾郎さんも私達のことを親戚の子みたいに思ってくれていて。

　失恋する度にラーメンをやけ食いしにくる大吉や、泣いて落ち込む大吉を迎えにくる私を温かく見守ってくれている。
「ほら、大吉。財布出して」
「うう……」

　項垂れる大吉を無理矢理立ち上がらせ、お勘定をして「善家」を出る。

　そのまま築30年のフクムラ団地に戻り、3号棟の5階にある大吉の家まで腕をつかんでなかば引きずるように連れて帰ってきた。

　ちなみに、大吉の向かいの家が私の家だったりする。
「お邪魔します」

メソメソと泣き続ける大吉の腕を引っ張り、玄関先であいさつをして家の中に上がる。
　中からは返事はなく、シーンとしたまま。
　玄関のドアを開けた時に外から部屋の様子が丸見えにならないように掛けられているのれんをくぐってリビングに入ると、やっぱり誰もいない。
　いつもはお昼のワイドショーを見ながらコタツでゴロゴロしているおばちゃんの姿も、私が訪ねて来るなり奇声を上げて突進してくる弟の大貴の姿も見当たらない。
「おばちゃん達出かけてるの？」
「……今日はみんなで婆ちゃんち行ってる。俺だけ留守番」
　ぐすっと鼻をすすりながら答える大吉に「そう」とつれなく返事し、リビングの奥にある大吉の部屋のふすまを開ける。
　大吉の部屋は５歳の弟と共同部屋なので、６畳の部屋に勉強机ひとつと２段ベッドが置かれているだけで床に座るようなスペースはほとんどない。
「コート、椅子に掛けさせてもらうから」
　ひと言断り、脱いだコートを椅子の背に掛け、そのまま腰かける。
「大吉も上着脱ぎなよ」
　いつまでも雪で濡れたコートを着てる大吉にやんわりと促す。
　少し落ち着いてきたのか、鼻を真っ赤にさせた大吉がうなずき、もそもそとモッズコートを脱いでポイと床にほ

うった。
「こら。ちゃんと畳みなさいよ。雪で濡れてるんだから床に置かない」
「うるせぇ」
　ふて腐れたようにそっぽを向き、自分の寝床、2段ベッドの下にゴロンともぐり込む大吉。
　枕の周りにはコミック本が何冊か散らばっててごちゃごちゃ。
　ていうか、枕の下からエロ本の表紙がチラ見えしてるし……。
　建物の年季が入って黄ばんだ壁には、大吉の好きなグラビアアイドルの水着ポスターが貼られている。
「……アンタ、いつも言ってるけど、大貴も同じ部屋なんだから少しは慎みなさいよ」
　すっかりふて寝モードの大吉からは返事がこない。
　子どもかお前はと呆れつつも、大吉が脱ぎ捨てたコートを拾い上げ、ハンガーに通して壁に掛けておいた。
「で？　山木さんにいつどこで告って失恋したわけ？」
　ギシリ。
　ベッドに片手をついて腰を下ろし、意地悪い顔で大吉の顔を上からのぞき込む。
　への字に口を結んで黙り込む大吉の頬を指でツンツンしながら、
「話したら楽になるよ」
　と優しい声で誘導したら、単純な大吉は簡単にゲロッて

くれた。
「放課後、山木さんが帰る前に『掃除当番代わってくれてありがとう』って直接お礼言いにきてくれたんだよ」
「うん」
「その時の笑顔がめちゃめちゃかわいくて」
「うん」
「もうなっ、マジで後光差しまくりのキッラキラ!! あまりのまぶしさに目を細めちまいそうになったぜ……」
「山木さんの笑顔が素敵だったのは十分わかったから、その次」

　説明のくどさにイラッときて大吉の頭をべちんと叩く。

　いきなり叩かれた大吉は「何すんだよ!」と怒鳴り、後頭部を右手でさすりながら続きを話した。
「だからよぉ……その、つい、だな。俺の中の恋心メーターが振り切って、頭ん中爆発しちまって……。それで、だ」
「それで何よ?」

　サラリと流れた横髪を右耳に掛け直し、小さく欠伸を漏らす。

　あー、なんか眠くなってきたかも。

　コイツの説明回りくどいんだもん。
「勢いあまって、その場で告っちまったんだよ!!」
「その場とはつまり?」
「廊下の真ん中。それも、帰宅ラッシュで大勢の奴らがいる目の前で。俺が告白するとこ見てた奴が悪ノリで大騒ぎ」
「……あちゃー」

それはさすがに厳しいわ。
　っていうか、注目の的にされた山木さん、ご愁傷様。
　周囲からひやかされてさぞ恥ずかしかったことでしょう。
　その場の状況を思い描いただけで純情そうな才女のうろたえる姿が目に浮かぶよう。心の中で合掌。
「そしたら、山木さん……声震わせて、申し訳なさそうに『ごめんなさい』って頭下げられて。公衆の面前だからすげー気まずそうでさ、俺悪いことしちまったなぁ……」
「山木さんて変に目立つの嫌がりそうだもんね」
「……相手に迷惑かけた上に失恋とか、俺クソだっせぇ」
　くっと奥歯を噛み締め、苦痛の表情を浮かべる大吉。
　カッコつけてるところ悪いけど、力んだ猿顔とか全然カッコよくないから。
「うん。クソださいね」
「あああああぁぁっ!!　ハートブレイク直後の俺を優しく慰めてくれるかわいい幼なじみが欲しいよぉぉお……っ!!」
「あーうるさいうるさい」
「両手で耳ふさぐなやっ。俺の話を聞け！　つーか少しはマジで慰めろっ」
　ベッドから起き上がり、大吉が私の手首をつかんで叫ぶ。
　泣き腫らして真っ赤な目、涙の跡でカピカピに乾いた頬、鼻水垂れてて汚いんですけど。
「……ふはっ」
「何笑ってんだよっ」
「だって……くくく、本物の猿みたいな顔してるんだもん」

「んだとコラーッ」
　肩を震わせて笑う私にカチンときたのか、大吉がベッドの上に私を押し倒し、脇の下をこちょこちょくすぐってくる。
「あははっ、やめ……ちょ、本当にくるし…っ」
「どうだ、参ったか。傷だらけの俺様を侮辱するからだウキーッ」
「ウキーッ、って。くくくっ、もうやだ、笑い止まんない」
　シーツの上をゴロゴロとのた打ち回り、声を上げて爆笑する。
　笑いすぎておなかが苦しい。
　目尻に涙が浮かんで脇腹が痛くなる。
　私が「参った」と片手を上げてギブアップすると、大吉は満足げに私の上からどいて「フンッ」と鼻息を鳴らした。
（……うん。これでいい）
　ただの幼なじみ。
　この距離感さえ保っていられれば、私は十分幸せなんだ。
　惚れっぽい大吉が私を意識してくれない理由なんて、私が「女」に見えないからに決まってる。
　高校生の私達がベッドの中で無邪気にじゃれ合えるのがいい証拠。
　いつか、大吉に本命の彼女が出来る日まではそばにいたい。
　誰よりも近くで、大吉の笑顔を見ていたいんだ。
　たとえ、それが逃げだとしても……。
　私が想いを告げても困らせるだけだから。
　幼なじみとして、ずっと大吉の隣にいたい。

## 恋みくじ

「よし、っと——」

 大吉が山木さんに失恋した翌朝。

 誰よりも早く学校に登校してきた私は、キョロキョロと周囲を見回し、誰もいないことを確認してから下駄箱の前に立った。

 出席番号順に配置されている大吉の靴箱は一番下段にある。

 なので、スカートのうしろを押さえながらしゃがみ込み、カタンと下駄箱の蓋を開けて、上履きの上に恋みくじを置いた。

 おみくじの結果は、もちろん"大吉"。

 縁結びで有名な神社なので、ご利益がありますようにと願いを込めて。

「……大吉に彼女が出来ますように」

 目をつぶり、手を合わせてお祈りする。

 下駄箱の蓋を閉めると、何事もなかったかのようにスタスタと階段を上がり、屋上手前の非常階段まで移動した。

 冬の時季になると毎日持参しているひざ掛けを腰に巻き、階段の上に腰を下ろす。

 はーっと吐き出した息は白く、かじかむ指先をこすり合わせる。

「図書室とかもっと早い時間に開放してくれないかな」

スクールバッグの中から暇つぶしに用意しておいたファッション雑誌を取り出し、パラパラとページをめくる。
　大吉には『用事があるから先に学校行ってて』と嘘の連絡をしているため、アイツが登校してくる８時15分頃までは教室に入れない
　嘘をついた理由は、私が恋みくじの差出人だと気付かれないため。
　大吉よりも遅(おそ)く登校してきた、という設定にしておけば、いろいろとアリバイが出来て便利だから。


　大吉が失恋する度に恋みくじ入りの手紙を下駄箱に忍(しの)ばせるようになったのは、高校に入学してすぐの頃。
　あずさから恋蛍神社の話を聞いて、恋愛成就(じょうじゅ)で有名なところなら、私の片想いも何か進展するんじゃないかな、と思いついて。
　放課後、あずさと恋蛍神社を訪れ、ふたりで参拝したあとに見つけたのが、あの恋みくじ。
　自分用に縁結びのお守りが欲しくて、どれにしようか選んでいたら、普通のおみくじとは別に恋みくじの箱が置かれているのに気付いて引いてみた。
　結果は大吉。
【良縁に恵(めぐ)まれる】
　と内容が書かれた恋みくじを見て、なんだかすごく勇気づけられた。
　だけど──。

恋蛍神社に出かけたその日、大吉には新しく好きな子が出来ていて。

　私が家に帰ってくるなり嬉しそうに報告してきた。

『杏子ー！　やばい。俺、今日運命の出会いを果たしたっ』

　興奮気味に報告してくる大吉の顔を見て悟った。

　いくら願掛けしたところで大吉に振り向いてもらえるわけじゃないって。

　この恋みくじは大吉が持ってた方がいいんじゃないかな。

　そう考えた私は、大吉が失恋した時にコッソリと下駄箱の中に恋みくじを忍ばせた。

　素敵な縁に恵まれて幸せになってほしい。

　今度こそ、大吉が好きな人と両想いになれますように。

　そう願いを込めて。

『今朝、下駄箱ん中にこんなの入ってたんだけど、誰が入れたか杏子知ってる？』

『さぁ？　大吉の失恋記録更新をひやかした誰かの仕業かもよ』

　下駄箱の中に恋みくじを忍ばせたのは、ただの自己満足だった。

　失恋で落ち込む大吉に『次があるよ』って励ましたかっただけ。

　差出人不明の恋みくじなんて、見たら即効捨てられるに決まってる。

　そう思っていたのに、大吉の反応は予想と全然違って。

『なんか俺、自分の名前と同じ【大吉】のくじもらってす

げー元気づけられたわ。誰がくれたかわかんねぇけど、恋みくじさんに感謝だな』
　単純な大吉は素直に喜んでくれて。
『……普通、失恋直後にこんなの入れられたらからかわれてるとか疑わない？』
『それでもいいんだよ。わざわざ俺の下駄箱に入れてくれてたっつーことは、多分俺のこと知ってる奴だろうし。そいつなりに気を使って俺を励まそうとしてくれてるような気がすっから』
　恋みくじを大事そうに学ランの胸ポケットにしまって、嬉しそうにはにかんでくれた。
　普段、大吉の前ではそっけない態度をとりがちな私。
　いつも落ち込んでる大吉を上手に励ましてあげられなくて後悔してばかり。
　……そんな私が、こんな小さな気遣いで大吉を勇気づけてあげられた。
　その事実が嬉しくて。
　それからも、大吉が失恋する度、【大吉】と書かれた恋みくじを下駄箱に忍ばせ、大吉を喜ばせていた。
　誰が恋みくじを入れているのか大吉は知らない。
　惚れやすいことで有名な大吉の失恋記録は学校内でも有名で、面白がってプレゼントしてくれてるんじゃないのかと思い込んでいる。
『でも、実際ひやかしのネタだったとしても、相手が毎回【大吉】のおみくじを入れてくれんのは、気落ちした俺を

励まそうとしてくれてる証拠だと思うんだよな。だから、誰がくれてんのか謎のままだけど、俺はおみくじさんに感謝してんだ』

　前にそれとなく『知らない人からもらって気味悪くないの?』と訊ねてみたら、大吉は首を振って答えてくれた。

　本当は私が入れてるって知ったら驚くかな?

　そもそも、そういうことする柄でもないから絶対教えないけど。

　恋蛍神社で【大吉】のおみくじが当たるよう、大量買いして家で確認作業していることは永遠に秘密だ。


　非常階段で適当に時間を潰していると、廊下の方から人の話し声が徐々に聞こえてきて。

　生徒の登校ラッシュで賑わいだす頃を見計い、こっそりと階段を下りて自分の教室に向かった。

　時刻は8時20分。

　いつもなら、とっくに大吉が登校している時間帯だ。

　教室の前に着いた私は、廊下からコッソリと中の様子を伺い、教卓前の座席に大吉の鞄が置かれているか確認する。

　机の下には、エナメル加工の黒いスポーツバッグが置かれていて、ファスナーの開いた部分からグラビアアイドルが表紙の少年マンガがチラ見えしている。

「おい、大吉ー。お前、昨日の放課後、廊下で公開告白したってマジかよー」

「みんなの前で失恋とかつらすぎだろ!　よく登校出来ん

な、お前」
「うっせぇ！　黙ってろっ」

　黒板の前でクラスの男子にひやかされ、真っ赤な顔で反論している大吉。

　からかってきた男子に「アチョーッ！」と変な声を上げて額にチョップしたり、相手の首にうしろから腕を回してギブアップさせたり、本気でおこってるんだか、ふざけてるんだか……。

　……でも、元気が出たみたいでよかった。

　昨日は失恋のショックで大号泣してたから、大口を開けて笑う大吉の姿を見てほっとする。

　たった今登校してきたといわんばかりの顔で教室の中に入り、窓際の一番うしろにある自分の席に着く。

　椅子に足組みして座り、鞄からコンパクトミラーを取り出し、鏡をのぞきながら乱れた前髪を整え直す。

　すると。
「よう。昨日は悪かったな」

　私が登校してきたことに気付いた大吉が、片手を上げてあいさつしながら窓際の方まで歩いてきた。
「どういたしまして。幼なじみの猿が失恋する度に号泣騒ぎを起こすのは毎度のことなのでお気遣いなく」
「……ってめぇ、言葉の中にトゲを感じるぞ」
「さあ。どうでしょう？」
「ま、いいけどな。どのみち、俺も幼なじみのツンデレ女に迷惑かけてるのは事実だし」

「ちょっと。誰がツンデレ女よ、猿」

　机の横に立っている大吉の脇腹に軽くパンチし、ジト目でにらみ上げた、その時。

「あ」

　大吉が教室のうしろの方の扉(とびら)から入ってくる人物に目をやり、キリッと顔を引き締めて、その人の前まで歩いて行った。

「山木さんっ、昨日はマジで迷惑かけてごめん！」

「えっ、あっ……猿飛くん……」

　山木さんの前に立つなり、がばっと勢いよく頭を下げた大吉。

　周囲は何事かとふたりに目をやり、教室の中が騒々(そうぞう)しくなる。

「あのあと、俺がみんなの前で告ったせいで変にからかわれたり嫌な思いさせたと思う。勝手に突っ走って、恥ずかしい思いをさせて、本当に本当にすんませんっした！」

「そんな……。こっちこそ、大勢の前で断るとかひどすぎだよね。家に帰ってから反省してたの。ごめんなさい……」

　山木さんがいいと言うまで頭を上げず、誠心誠意を込めて謝罪する大吉。

　昨日の件で山木さんがひやかされないよう、大吉なりに事実をオープンにすることで"すでに終わったことだ"と周囲にアピールしてるんだろう。

　そうすることで興味本位にからかっていた人達も「なんだ。フラれてるのか」と興味を失い、山木さんとも仲直り

しやすくなるから。

大吉のことだ。

クラスメイトとしてぎくしゃくした関係になるのは、クラスの空気も乱れるから避けたいと考えているはず。

「いや、本当に俺が先走っただけだから、山木さんは謝らんで。それより、これからもクラスメイトとして普通に接してやってや」

ニッとはにかむ大吉に、山木さんもほっとしたのか「うん」と安心したようにうなずいていて。

さっきまで大吉をからかっていた男子達も、これ以上茶化すのはよくないと判断したのか、

「そういえば、昨日のテレビさー」

「ああ、それなー」

と、さっそく別の話題で盛り上がりはじめ、ほかの人達もふたりから興味を失ったように自分達の会話に戻っていった。

いつも思うけど、大吉はすごいな……。

相手に気を使わせないよう、あえて自分を駄目な奴に見せて、気まずい空気を一瞬で変えてしまう。

でも、相手と向き合う表情や態度は真摯で、きちんと気持ちを込めている。

こういう時、どんなふうにしたらいいのか本能で察してるのかな？

本気の顔で謝罪すれば、山木さんに罪悪感を植え付けてしまいかねないし、周囲の男子達だって余計に面白がって

ひやかしがヒートアップする。
　かといって、気まずさから露骨に山木さんをシカトするのも、お互いにわだかまりが残ってギクシャクしちゃう。
　どちらにもならないよう、自分ひとりがアホキャラを演じることでうまく解決しているんだ。
　内心では、深く落ち込んでるのに、けっして顔に出さない。
　明るく笑って、和やかに問題解決していく。
　大吉ってそういう奴だ。
「たでーまぁ、って、さっきから同じ教室ん中にいたけど」
「……お疲つかれさま」
　山木さんと別れ、私の席まで戻ってきた大吉に真顔で告げたら、大吉が学ランのポケットに手を突っ込んで。
　今朝、私が大吉の下駄箱に忍ばせてきた恋みくじを取り出し、にっかり笑った。
「コレのおかげで謝りに行く勇気持てたわ」
　差出人不明の恋みくじ。
　それをお守りみたく大事そうに胸ポケットにしまいながら。
「おみくじさんにはいつも感謝してんだ、俺」
　どこの誰が毎回くれてんのかわかんねぇけど、と付け足す大吉に私は苦笑し、机の下で手のひらをぎゅっと握り締にぎめる。
　それを渡してるのは、本当は……。
　──キーンコーン、カーンコーン。
　校舎中に響き渡る始業のチャイム。

「また【大吉】もらったことだし、次こそは両想いになりてーなぁ……」

　雪が降りしきる窓の外を見つめながら大吉がつぶやき、くるりと背を向ける。

　ポツリと本音を零した際、大吉が切なげに表情を歪めていたのを私は見逃さなかった。

　山木さんの前では平気そうな顔してたけど、本当はまだ失恋の傷が癒えてないこと、私だけはちゃんと見抜いてるよ。


　惚れっぽくて、恋に落ちやすい大吉。
　みんな女なら誰でもいいんだろうって誤解してるけど。
　私は知ってるよ。
　どの恋も、大吉が真剣だってこと。
　けっして軽い気持ちで告白してるわけじゃない。
　大吉なりに一生懸命頑張ってるんだって。
　ほかの人は知らない。
　失恋する度、泣くほど落ち込む大吉の姿を。
　軽い気持ちなら涙すら出ないでしょう？
　人前でショックを受けた姿を見せないのは、振った相手に気を使わせないための大吉なりの優しさで、本当は深く傷ついているのに。
　わざとふざけて気まずい空気を払拭してるだけなんだ。
　アイツ、意外と繊細な一面もあるから。
　……本当は。
　落ち込む姿を見る度、心の中で問いかけてるよ。

ねぇ、大吉。
すぐそばにアンタのこと好きな女がいるよ。
大吉の魅力に気付かない人なんかよりこっちを見て。
私だけは大吉の良さをちゃんとわかってるから。
そう素直に言えたらいいのに……。

机に頬杖をついて窓の外を見つめる。
厚い雲に覆われた灰色の空から粉雪がシンシンと地面に降り積もり、校門前についた足跡を消していく。
雪が降って、積もって、解けては……また降り積もって。
雪解けはまだまだ先の季節。
(……大吉にも春が訪れますように)
教室に担任が入ってくるのと同時に、日直が号令の合図をかける。
——カタン。
私はゆっくりと前に向き直り、静かに椅子をうしろに引いて席を立ち上がった。

## 本当のアイツ

　惚れやすさが難点の大吉だけど、そんなアイツにも素直にカッコいいなって思える部分がある。
　それは、部活に真剣に取り組んでいる時。
　子どもの頃から大好きな野球を頑張る大吉の姿は輝(かがや)いていて、普段と違う真剣な表情は本当に素敵だなって思う。

　早朝6時。
　夜のうちに積もった雪で辺りは真っ白で、道路から除雪車の作業する音が聞こえてくる。
　可燃ゴミを捨てに団地のゴミ収集所に向かうと、敷地内(しきち)の公園でバットを片手に素振りの練習をしている大吉の姿を見つけた。
「……281……282っ、283っ」
　素振りした回数を数えながら、真剣な表情でバットを振る大吉。
　ただ振るだけじゃなく、ひと振りごとに正しいフォームでスイング出来ているか確認しているようで、真面目に練習に取り組んでいる。
　まだ6時なのに……。
　一体、どのくらい前から自主練をしていたのか、真冬の早朝で冷える時間帯にもかかわらず大吉の額には汗がにじんでいる。

肩で息を繰り返しながら、納得いくまでフォームを確かめる姿に胸が締め付けられて。
　ジョギング用のウェアの上にコートを着てるとはいえ、外に出ていれば寒いに決まってる。
　だけど、そんな寒さをみじんも感じさせないくらい必死にトレーニングに励んでいて。
　吐く息は白いし、鼻の先も赤くなっているのに、大吉は手を止めることなく真剣に素振りを続けていた。

「……っ、300！」
　目標回数を終えるなり、足首の高さぐらいまで雪が降り積もった地面にバットをついて、ぜえぜえと荒い呼吸を繰り返している。
「今朝も早くからお疲れさま」
　そんな大吉の背後に忍び寄り、首の裏にぴたりとスポーツドリンクを当てて、労いの言葉をかける。
「つめてっ‼　――って杏子かよっ。急にやられてビビッたべや」
「ごめんごめん。ゴミ出ししにきたら、大吉が自主トレしてたから、素振り終わる頃を見計らってそこの自販機で差し入れ用のジュース買っておいたの」
　はい、と大吉の正面に立ってペットボトルを差し出すと、大吉は嬉しそうに口元をほころばせて、どうもと会釈をしながら右手で差し入れを受け取ってくれた。
「今日は何時から自主トレしてたの？」

「いつもの時間だから、大体5時ぐらい。先にジョギングしてきてからストレッチして素振りやってた」

 よほど喉が渇いていたのか、ゴクゴクとスポーツドリンクを飲み干している。

 毎日欠かさず地道なトレーニングを行い、それを誰に見守ってもらうでもなくひとりで頑張る大吉は偉いと思う。

 大吉にとっては当たり前のことでも、誰にでも簡単に出来ることではないし。

 帰宅部の私からすれば、長年ひとつのことに打ち込めること自体が尊敬に値する。

「雪降ってきたけど、家に戻らないの？」
「んー。もう少しだけフォームの確認してっかな。杏子は寒いから先に家戻ってろよ」
「……大吉ひとり置いて帰るとか薄情な感じで嫌なんですけど」

 口ではぼやきつつ、本音の部分ではあと少しだけ一緒にいたいだけだったりもする。

 でも、練習の邪魔になるのは嫌だったので、渋々納得したフリして「……なんてね」って嘘をついて、ぺろりと舌を出した。

「さすがに寝間着にカーディガン羽織っただけの格好じゃ寒いし、家に帰って学校行く準備してるよ。大吉も支度が済んだら迎えに行くから連絡して」
「おう。それまでストーブの前であったまってろよ」

 ガチガチ震えながら両手で腕をさすっていると、大吉が

ポンと私の頭に冷たくなった手のひらを置いてニッカリ笑った。

温かい部屋であったまってほしいのはアンタの方だよ。

練習もいいけど、あんまり無茶しないでね。

風邪引かないうちに、ほどほどで切り上げて。

そう言ったところで、頑固者のコイツは最後まで妥協しないから、心配の言葉は胸に留めておく。

人の何倍も練習してても、大吉は決してそのことを他人に話さず、黙々とトレーニングに励み続けている姿にキュンとくる。

陰の努力家ってみんな気付いてないけど。

こんなにカッコいい姿を見たら、女子からの好感度も一気に上がると思う。

早朝から自主トレしてるせいか、大吉はしょっちゅう授業中に爆睡してることが多い。

机に突っ伏して眠りこける大吉に先生方が「またお前か猿飛！」ってプリプリしながら教科書の角で頭を叩いてくるのも日常茶飯事。

周りのクラスメイトも先生におこられる大吉を見て面白がってるんだけど、大吉は言い訳ひとつせず「すんません」って頭の裏を掻きながら苦笑するだけで。

みんなからは「どうせ、ゲームで夜更かししてたんだろ」としか思われてなくて、真相を知ってる私としてはとてももやもやする。

違うよ。

遊びで寝不足になってるんじゃなくて、部活から帰ってきたあとも、学校に行く前もずっと自主トレしてるから体力を使い果たしてくたくたなんだよって、誤解を解いて回りたくなる。
　けど、そんなことアイツは望んでないから。
　前に、どうして自主トレしてることを隠してるのか訊ねてみたことがある。
　すると、大吉は、
『あー……、だって、自分が好きでやってることなんだから、わざわざ人に話す必要なんかねぇべ。つーか、試合で結果出さなきゃ意味ねーし、そうゆうの自分からアピールして回るのって逆にカッコ悪くね？』
　って、さも当然のように答えて、質問に答えるなり素振りの練習を再開していた。
　その時は真夏で、公園のベンチで補給用の水筒をスタンバイしながら、太陽の下でトレーニングに励むアイツを見て思ったのは「そういう一面を見せた方がモテるのに、バカだなぁ」って気持ちと「でも、そういうところが好き」って気持ちが半々ずつ。
　野球をしてる時のアイツは、誰が見ても本当にカッコいいから。
　真剣な横顔や、額に汗を浮かべて努力する姿には、結構ぐっとくるものがある。
　普段から三枚目に見られてる大吉の努力家な一面を知ったら、そのギャップだけでコロッといっちゃいそうな子も

いるのに。
　……とか言いつつ、大吉の本当にカッコいい姿をほかの子には隠しておきたいと思ってる自分もいたりして。
　乙女心ってやつは複雑で厄介だ。

　それから、約1時間半後。
　学校に行く準備を整えた私と大吉は、いつものように肩を並べて通学路を歩いていた。
　今日は日差しが出て天気がいいので、道路に積もった雪が解けて滑りやすい状態になっている。
　子どもの頃、ツルツルの路面でスケートごっこをしてたら思いっきり尻餅をついて怪我して以来、凍結した地面の上を歩く時はいつも以上に慎重に構えてしまう。
　滑り止めのブーツを履いているものの、ぼーっとしてたら今にもすっ転んでしまいそうなので要注意。
「大吉さぁ、さっき公園で練習してたけど足元滑ったりしなかったの？」
「んや。あんま除雪されてない場所だったから、シャベルで雪どかしてちょっとしたスペース作ってただけだし、特別走り込みする訳でもねぇからそうでもねぇよ」
「……そう。ならよかった」
　マフラーに顎先をうずめ、はぁと白い息を吐き出す。
　寒さに体を縮ませて舗道を歩いていると、渡ろうとしていた信号機の前に腰の曲がったお婆さんの姿を見つけて。
　毛糸の帽子を被り、厚手のコートを着込んだ白髪のお婆

さんは、プルプルと震えながら凍結した地面に杖をついて青信号を渡ろうとしている。
　一方の手には荷物を持ち、不安そうな表情でゆっくり歩くお婆さんの足元は正直おぼつかなくて、うしろで見てるこっちの方がハラハラしてしまう。
　凍結して滑りやすくなった道路でおっかないのは、すてんと転んで骨折してしまうこと。
　お年寄りは特に怪我しやすいからと、コンビニなんかの店先でも滑り止めの砂をまいてたりする。
「あ……」
　フラフラした足取りのお婆さんが心配になってとっさに腕を貸そうとした時。
「婆ちゃん、大丈夫か？」
　——ふわり。
　私よりもひと足先に大吉がお婆さんの隣に寄り添い、自分の腕にしっかりつかまるよう促し、お婆さんが手に持っていた風呂敷の荷物まで預かって一緒に道路を渡っていった。
「今日、すっげぇ滑りやすくなってっかんな。婆ちゃんも歩くのおっかなかったべ？」
　大吉が気さくに話しかけると、さっきまで強張っていたお婆さんの表情もほぐれて、ほっとしたような笑顔に変わった。
「私ら年寄りは転ぶと大怪我しやすいでしょ？　こうゆう日にあんまり外に出たくないんだけど、病院の予約があるからそうもいかなくてねぇ……」

「病院ってことは、もしかしてそこのバス停から乗ってく予定？」
「ええ。あと少しで病院行きのバスがやってくるから、それに乗って行くつもりよ」
「そっか。じゃあ、そこまでついでにエスコートしてってやるよ！ 雪降ると、バスが来る時間が定時より遅くなったりするじゃん？ 俺、そうゆう時は大抵(たいてい)バス停で一緒になった人と世間話して時間潰したりするから」

にししっと白い歯を見せてはにかみ、学校とは別の方向に歩き出す大吉。
「あ。杏子は先に行ってろよ」
「私も一緒に行くよ」
「いいから。俺と婆ちゃんのラブラブランデブーを邪魔すんなっつの。なぁ、婆ちゃん？」

体を屈(かが)めてお婆さんの顔をのぞき込む大吉に、お婆さんも「いいのかい？」なんて答えつつもまんざらでもない様子。

さすが、お年寄りキラー。

親戚や近所の人のみならず、初対面の相手ともすぐに打ち解けてしまうコミュニケーション能力の高さは相変わらずすごいな。

大吉のひょうきんで人懐(ひとなつ)っこい人柄が自然に相手の警戒(けいかい)心を解いてしまうんだろうな。
「でも……」

さすがに大吉ひとりに任せて、自分だけ登校するのも忍びないし。

「あ、そうだ」
　躊躇する私を見かねてか、大吉が自分の鞄を私に預けてきて。
「俺、バス来るまでしばらく婆ちゃんに付き添ってっから、鞄だけ頼むわ」
　何もせずにいることについて罪悪感を抱えている私の気持ちを見越し、図々しいフリを装って、さりげなく用事を作ってくれた。
「……了解」
　確かに、おしゃべり上手な大吉と違って人見知りの激しい私がふたりのそばについていても何も話せないだろうし、お互い変に気を使ってしまうかもしれない。
　大吉なりに考えてどちらにも配慮してくれたのだろう。
　ふたりに小さく会釈すると、大吉の鞄を肩に抱えて学校に向かって歩きだす。
　背中からは大吉の楽しそうな話し声と、お婆さんの笑い声が聞こえてきて、なんだか私まで口元が緩んでいた。

「猿飛、お前は鞄も持たずに遅刻するとか、どうゆう神経してるんだ」
「すんません、せんせー。昨日、教室に鞄ごと置いて帰ったのうっかり忘れてまして。ええ、ええ。お叱りはごもっともですが、そこまで激おこしないで『このうっかりさんめ』って笑って許して下さい」
「アホか！　反省もせずに許しを請うな、バカもんっ」

始業時間よりも大幅に遅れて登校してきた大吉に担任の先生が顔を真っ赤にして怒鳴り、それに対して大吉がわざとふざけた態度をとると、クラスメイト達がどっと吹き出した。
「ばっかで〜。学校に鞄置き忘れるとか普通ねぇべや」
「いや、猿ならありえんじゃん？　スポーツバッグだけ持って帰ったとか」
「ぎゃはっ、それならありえるな！」
　大吉と仲がいい男子達は手を叩いて大爆笑。
　つられて大人しい人達まで「プッ」と吹き出してる。
「いや〜、参った参った。ちょっくら２階まで行ってきますわ」
　ひとつも弁解することなく、頭の裏を掻いて笑っている。
　手ぶらで教室にやってきたため、教室からすぐに追い出され、職員室まで遅刻届を記入するハメに。
「……っ」
　バカ。
　なんで本当のこと話さないのよ。
　登校時間が遅れたのはお婆さんに付き添ってたからだし、鞄だって置き忘れてたわけじゃなくて私に預けていったからじゃない。
　本当のことを知ってるだけに歯がゆい思いで教室を出ていこうとする大吉を見つめるとパチリと目が合って。
　大吉はいたずらっぽく目を細め、唇に人差し指を当てて「黙ってろ」と口パクで相づちを打ってきた。

本人が言うなという以上、私がムキになって事情説明するわけにもいかず、机の下でぎゅっと拳を握り締める。
　損得勘定抜きに善意で人のために動けるところがアイツのいいとこだけれど、そのせいであらぬ誤解を受けても自ら真相を語ろうとしない。
　今日だけじゃなく、義理がたく情け深い大吉は、困ってる人を見かけるといつだって無条件で相手を助けてきた。
　目の前にピンチの人間がいたら手を差し伸べるのは当たり前だと思っていて、実際にそういう場に遭遇すると迷わず行動に移せるイイ人。
　努力家で真面目なところも、人のために動ける優しいところも、みんな知らない。
　なぜなら、そういういい部分ほど大吉は恥ずかしがって隠したがるから。
　……ああ見えて、意外とシャイな一面もあるんだよね。
　長い付き合いの男友達はわかってくれてるかもしれないけど、大吉がモテを意識する肝心の女子に伝わらなければなんにも意味ないじゃん。
　本当のアイツはすっごく魅力的なのに。
　その良さが伝わらないのが歯がゆくもあり、ほかの子に目を付けられなくて安心してる部分でもあったりする。
「猿飛って本当残念だよね。見た目はいいんだから、あれで恋愛方面も一途だったらモテるのにねぇ」
「あはは。言えてる〜」
　クラスの女子達の言葉が耳に入り、内心ムッとする。

大吉の良さを知らないくせに勝手なこと言わないで。
見た目だけはいいとか失礼にもほどがあるし。
誰よりも一途に恋愛してること、知らないくせに。
……なんて、いくら私がおこったところで仕方なくて。
苛立ちを吐き出すように、机に頬杖をついてため息をついた。

「お姉さんキレイだね。よかったら、今からオレと遊ばない？」
「…………」
　その日の学校帰り、駅前の本屋さんでファッション雑誌を立ち読みしていたら、柄の悪そうな不良に声かけられた。
　だらしなく着崩した制服を見て、近隣の男子高の生徒だと推察する。
　髪の根元が黒くプリンになった金髪頭の男は、ニヤニヤしながら人の顔をのぞき込んでくる。
　こういうのは変に相手にしない方がいいので、パタンと本を閉じて、雑誌をラックに戻してからくるりと相手に背を向ける。
　そのままスルーしてエスカレーターの方へ向かおうとすると。
「いやいや、ちょっと待ってって。シカトはないっしょ、シカトは。ひと言くらい話そうよ」

うしろからがっちり右腕をつかまれ、逃げられない状態になってしまった。
「……離して」
　冷たい視線を浴びせるものの、相手はとくにダメージを受けた様子もなく「にらんだ顔もいいねぇ～」なんて口笛を吹いて喜んでる。
「オレの知り合いがさぁ～、この近くのカラオケで働いてんだけど、おごるからさ、一緒に行こうよ」
「行かないって」
「つれないなぁ～。そんなこと言わずに。ね？」
「ちょっ……」
　キッパリ断ってるにもかかわらず、相手に意味が通じてないのか、どんどん勝手に話を進められてしまう。
　困って周囲を見回すものの、周りの人達は巻き込まれたくなさそうに顔を伏せてしまっている。
　店員さんを呼ぼうにも、レジが混雑していて人の手が足りなさそうだし、どうしたら……。
　小柄に見えても男の力は案外強く、強引に腕を引かれて外に連れて行かれそうになってしまう。
「嫌だって、ば……！」
「お前、杏子に何してんだよ！」
　恐怖にかられ、ぎゅっと目を閉じた時。
　ほぼ同じタイミングで頭上から聞きなれた声がして、心臓がドクンと波打った。
　まさかと思いつつ、ゆっくり顔を上げると、いつの間に

か息を切らした大吉が私と男の間に立っていて、ギリギリと男の腕をつかみ上げていた。
「いでっ、いでででっ」
「おいおい、明らかに相手嫌がってんだろ？　断られてるんだから無理強いすんじゃねぇよ」

　眉間にしわを寄せて、おこった口調で男に説教する大吉。
　野球部で鍛え上げた腕力で腕をねじ上げられれば激痛が走るのも無理はなく、男は目に涙を浮かべて「離せっ」と叫んでいる。
　離せと言われた瞬間、大吉が手をぱっと離すと、相手は若干ひるんだ様子でうしろに退き、そのまま階段を駆け下りて逃げ出してしまった。
「お客様、どうされましたか……？」
　騒ぎに気付いた店員さんが心配そうな顔で駆けつけてくると、大吉は「店で騒ぎを起こしてすんませんっした。もう大丈夫なんで」と深々と頭を下げて謝り、大吉自身は何も悪いことをしてないのに店に迷惑をかけたからと言ってさきほど私が立ち読みしていた雑誌を購入していった。
　レジ横で会計を終えるのを待っていた私は、
「なんで大吉が……？」
と泣きそうな声で訊ねてしまい、慌てて口元を押さえる。
　やだ。
　大したことじゃないのに声が震えて恥ずかしい。
「なんでって、今日遅刻した罰に反省文提出して帰るから、先に駅前の本屋で待っててって連絡しただろ。お前、欲し

い雑誌あるっつってたじゃん。毎月買ってるコレだろ？」
　購入したばかりの紙袋を差し出し、商品が合ってるかどうか確認してくる。
「今月号は『JK100人に聞いたイケメンリサーチ！』特集が載ってっかんな。杏子の部屋で先月号の予告見た時から楽しみにしてたんだよ——って、どしたぁ？」
「……なんでもない」
　ほっとして力が抜けたせいか、涙腺に熱いものが込み上げそうになって、慌てて目を逸らす。
「なんでもないってお前、震えてんじゃん」
「…………」
　だけど、小刻みに肩が震えているのがバレてしまい、気まずさに黙り込んでいると。
「よしよし。もう怖くないかんなぁ」
　大吉が私の手をスッと握ってきて、泣き顔を見られたくない気持ちをくむように、一歩先を歩き出した。
　手をつないだままエスカレーターを降りて、その状態のまま駅まで向かう途中、大吉は私が「もういいよ」って言うまで一回もこっちを振り返らなくって。
　大吉の広い背中を見つめながらすんと鼻をすすり、空いている方の手で目元をこする。
　いきなり怖い目に遭って動揺した時、真っ先に頭に思い浮かべていたのは大吉で。
　名前を呼んで助けを求めようとした瞬間、スーパーマンみたいなタイミングで目の前に現れてくれた。

「杏子が変な奴に絡まれてんの見て慌ててダッシュしたせいか息切れやべーな」

　本人はふざけて笑ってるけど、本気で心配して駆けつけてくれたことや守ってくれたこと、ちゃんと伝わってるから。
「現役野球部なのにこの程度でバテるとかまずいよな。帰ったらトレーニングの内容見直すかぁ」

　私が落ち込まないよう、明るく振る舞ってくれてることも、みんな。
「……ありがとう、大吉」

　駅ビルの１階に下りて、人混みの中を歩きながら小さな声でお礼する。
「杏子が無事でよかった」

　すると、大吉も安心したように息を吐いて。

　泣きやんだから振り向いてもいいよって言ったら、大吉がこっちを向いて「帰るぞ、泣き虫」ってはにかんだ。


　みんなは知らない。
　練習熱心で、真面目で、正義感に溢れた優しい人柄。
　本当の大吉がどんなにカッコよくて、素敵な人か。
　わざと三枚目を演じてるのは、周りを盛り上げるため。
　いいことをしても自慢しないのは、それが本人にとって当たり前のことで、わざわざ人に言う必要がないから。
　よく見られようと思って行動してるんじゃない。
　そういう素のカッコよさこそシャイな性格で隠してしまい、周りに誤解されている。

そのことをもったいなく思うと同時に、私自身の正直な本音は……。
　ほかの人なんて目に入らないくらい大吉が好き。
　世界中の誰よりも一番、大吉のことを想ってる。
　だから、誰にも言わない。
　いつか、ほかの人が大吉の魅力に気付くまで。
　それまでは、私だけが知ってる「特別」だから。

## クリスマス

　12月25日のクリスマス。
　終業式が終わり、真っ直ぐ家に帰宅した私は、食卓テーブルの上に置かれた書き置きのメモを見て、深いため息を漏らした。
　ママの字で【しばらく家を空けます】と書かれたメモ。
　そして、メモの隣に添えられた5万円。
　この金額から察するに、ママは年明けまで家に帰ってくるつもりはないらしい。
　いつもより金額が多めなのは、クリスマスとお年玉代が含まれているからだと思う。
「……普通、子どもがいるのに、わざわざ年末年始に家を空けないでしょ」
　ボソッとつぶやき、手に取ったメモ用紙を握り潰して、台所のゴミ箱に捨てる。
　去年も、一昨年も、ママはクリスマスに家を空けて帰ってこなかった。
　きっと今年も、お店のお客さんか、私の知らない恋人と楽しく過ごしてるんだろう。
　うちは母子家庭でママと私のふたり暮らし。
　片方が家を空ければ、ひとりきりのクリスマスになるのはわかっているはずなのに……。
　それでもまだ余分にお金を置いといてくれるだけマシか。

全く寂しくないといったら嘘になる。

けれど、今の気分はシラケたと表現する方が近い気がする。

肩に掛けたスクールバッグから長財布を取り出し、裸で置かれていたお札をしまう。

今日、担任から渡されたばかりの通知表を鞄から出しかけ、少し躊躇してから奥底にねじ込んだ。

どうせ、こんなの渡したってなんとも思わないに決まってる。

見せたって見せなくたって反応が同じなら、見せる必要性なんてどこにもない。……そう思ったから。

自分の部屋に入り、マフラーを外して、脱いだコートをハンガーに掛けて壁に吊るす。

外は吹雪で、午後にもかかわらず天候は曇り空。

電気を点けないと部屋の中は薄暗く、シンとした部屋の中には強風で窓枠がカタカタと揺れる音が響いている。

制服のままベッドに横たわり、顔の上に手を置く。

枕元でスマホが震えているけど、面倒くさくてチェックする気になれない。

短いバイブ音だから、SNSの通知だと思う。

連絡してきたのは誰だろう？

あずさかな？　それとも大吉？

クラスの連絡網に使われてるSNSのグループメッセージは通知をオフにしてるから、通知は届かないはずだし、友達も少ないから送ってくる人は限られてるけど。

そういえば、今日の放課後、クラスで予定が空いてる人

達を集めてクリパ開くって話してたっけ？
　どうせ、駅前のカラオケ辺りで騒ぐだけでしょ。
　あずさは彼氏と予定あるから行かないって言ってたから、連絡してきたのは大吉かな。
　アイツ、クラス会とかで無駄にはしゃぐの好きだし。
　私なら暇してるだろうからクリパに呼び出そうって魂胆？
「……なんかいろいろ面倒くさい」
　水商売の仕事をしていて生活サイクルが違うママとは、もうずいぶん長い間家で顔を合わせていない。
　私が学校に登校したあとに仕事から帰ってきて、私が学校から帰宅する前にお客さんとの同伴に出かけるママ。
　年がいもなく派手な化粧に巻き髪、胸元の開いた格好で仕事へ行き、お酒と煙草と香水の匂いを漂わせながら帰宅する。
　私が物心ついた頃から既にママは働きづめでほとんど家にいなかった。
　多忙で疲れているママは、私のお弁当作りなんて一度もしてくれず、いつもテーブルの上にお金を置いていく。
　小学生の頃から、毎日コンビニで買ったごはんをひとりで食べていた。
　学校行事で必要なお弁当もコンビニ飯。
　高校のお昼は学食か購買で済ませ、夜は買い出しが面倒になると何も食べなかったりする。
　ひとりきりの家でぽつんと食事するのは味気なくて。
　無性に孤独を感じたり、反対に無気力になったりして何

も考えたくなくなる。

 とくに、今日みたいに街中がクリスマスイベントで浮かれている日には。

 もう17歳だし、小さい時みたいにママがいなくて寂しいからって泣くわけでもない。

 いないならいないで仕方ないかって納得してるし、ママに扶養（ふよう）してもらっているうちは文句は言えないと思う。

 ママが嫌いなわけじゃない。

 ただ、もう少しだけ一緒に過ごせる時間が増えればいいのにって。

 無理だとわかりつつも願ってしまう。

 ……うん。考えるのやめよう。

 明日から冬休みがはじまるし、普段よりはママと顔を合わせる機会も増えるだろうから、その時にいろいろと報告すればいいや。

 目をつぶっているうちに眠気（ねむけ）が襲（おそ）ってきて、少しずつ意識が遠のいていく。

 全身の力が抜けて、スーッと深い眠りに落ちかけた――その時。

 ――ピンポンピンポン、ピポピポピンポーンッ！

 自宅のチャイムが連打されて、嫌でも目が覚めてしまった。
「この鳴らし方は……」

 むくりと起き上がり、うんざりしながら前髪を掻き上げる。

 玄関のドアを開けると、案の定、目の前に立っていたのは大吉だった。

「メリークリスマスッ、杏子♪」
「……何その格好」
「何って見りゃわかんだろ。サンタだよサンタ！」
　赤いサンタクロースの衣装を着た大吉が得意げに胸を張り、付けひげを撫でつけながらニンマリ笑う。
「昨日、大貴が『友達の家にサンタが来たのに家には来てくれなかった！』ってぎゃん泣きして騒ぐからよー、演劇部の奴に頼み込んで衣装借りてきたんだよ」
「なるほど。それで？」
「で、これからプレゼント持って大貴んとこに登場する予定なんだけど、俺だけじゃ物足りないから杏子もサンタ服に着替えてくんない？」
「は？」
「メンズ用とレディース用の両方あるっつーから、俺とお前で着ればいいやと思ってどっちも借りといたんだよ。な？」
　パンッと顔の前で両手を合わせ、頭を下げる大吉。
　頼むって、そんな……。
　顔を引きつらせながら「無理無理無理」と断ろうとするものの、
「頼むっ、大貴を喜ばせるためだと思ってひと肌脱いでくれ！」
　あまりにも真剣な剣幕でお願いされて、なんだか断りにくい雰囲気に。
「……まあ、大吉の家にはいつもお世話になってるし。大貴のためなら」

やれやれと肩をすくめて観念する。
　どうせ断ったところでOKするまで執拗に頼み込んでくるのは目に見えてるので、大人しく引き受けることにした。
「よっしゃ！　さすが杏子！　昨日のイブは、父ちゃんが仕事で、母ちゃんも用事で出かけてたから、うちでまだパーティーしてねぇんだ。だから、今日が本番なわけ」
「クラスのみんなでクリパするって話が出てたから、アンタはてっきりそっち行くのかと思ってたら、なるほど。そうゆうことね」
　お祭り好きの大吉がみんなが集まる場に行かず、家族とのクリスマスパーティーを優先したのは弟の大貴のためだと思う。
　まだ5歳の大貴にとってクリスマスは一大イベント。
　みんなでテーブルを囲みながら食べるケーキやごちそう、家族からのプレゼントをとても楽しみにしているはずで。
　兄である大吉は、小さな弟を喜ばせるためにたくさんプランを練ってきたんだろうな。
「ひとまず、もう少ししたら大貴と母ちゃんが帰ってくるから、それまでに着替えちまおうぜ」
「わかった」
「じゃあ、一応、大貴達と鉢合わせしないために杏子んちで準備するってことで」
　お邪魔しまーすと大きな声であいさつして、玄関先で靴を脱ぎ捨てる大吉。
　まるで自分の家のようにズカズカと部屋の中に上がり、

私の部屋の本棚からファッション雑誌を取り出し、畳の上に寝そべって熟読しはじめる。
「……ちょっと。何勝手に人の本読んでんのよ。てゆーか、それファッション誌なんですけど」
「お前が毎月買ってる雑誌って恋愛指南の特集とか載ってんじゃん。それ読んで女子ウケを学ぶ」
「その考え自体が気持ち悪い。あと、その衣装、借り物なんでしょ？　畳に寝そべって匂いや汚れが付いたらどうすんの」
「でーじょーぶだって。杏子はキレイ好きだから毎日部屋の掃除してんの知ってるし。どのみちクリーニング出してから返すし気にすんな。それより、そこに着替え置いといたから」
「…………」
　その雑誌に書いてあることは、あくまで「イケメン」にされたら嬉しいことで「猿」がやっても喜ばれないっつーの。
　心の中で毒舌を吐きつつ、脱衣所に移動して大吉が持ってきたミニスカサンタの衣装に着替え直した。
「一応、着てみたけど……」
　自室に戻り、そっとふすまを開けたら、大吉が雑誌から顔を上げて。
　こっちを見るなり「ぶはっ」と盛大に吹き出し、人の顔を指差して「イメクラ!!」と失礼極まりないことを叫んできた。
　大吉を真顔で見下ろすこと数秒。

目を細めてにっこり微笑み、電気ストーブの近くでゴロゴロ寝そべる大吉の脇腹目がけて思いっきり蹴りを入れた。
「……いっ、てぇえええええええ！！」
「フンッ」
　腕組みをしてそっぽを向き、畳の上でのたうち回る大吉に「自業自得だ猿」と暴言を吐き捨てる。
　何がイメクラだバカ。
　確かに私は老け顔で、化粧の仕方によってはＯＬや大学生に間違われることも多いけど……そのこと、地味に気にしてるのに。
「嘘！　嘘だって。マジかわいい。超かわいい。こんなかわいいサンタ見たことないっ」
「焦ったようにかわいいを連呼するところが言い訳くさい」
「あ〜、今のは俺が軽率だった。すまん！」
　あからさまに不機嫌な態度をとる私に、大吉が慌てて畳に手をつき土下座する。
　本当はそこまでおこってるわけじゃないけど、あえて何も返事をせずに押入れの方まで行き、なるべく音を立てないよう注意しながら「ある物」を収納ＢＯＸから取り出す。
「……本当に悪いと思ってるの？」
　ゆっくりと一歩ずつ大吉の前まで歩き、目の前に屈んで質問する。
　大吉は頭を伏せたまま何度もうなずき、私からの許しを待ってるようだ。
「許してほしい？」

「許してほしいです」
「じゃあ、顔上げて」
　そう指示すると、大吉は様子伺いするような上目遣いで顔を上げて。
「はい、大吉。メリークリスマス」
「！」
　私が大吉の前にキレイにラッピングされた袋を出すと目をぱちくりさせた。
　差し出された袋を受け取り、何が入っているのだろうと首を傾げながらリボンをほどいていく。
「おおっ」
「どう？　アンタにそっくりでしょ」
　袋の中から出てきたモンキーのぬいぐるみを見て驚く大吉。
　サプライズ成功に私はニヤリと口角を持ち上げ、ぷら〜んと長く伸びたモンキーの手をつかんで大吉の頬にタッチした。
「誰がモンキーだコラッ、って……マジで俺に似てっし！」
　まじまじとモンキー見て、大吉が「うひゃひゃ」と爆笑する。
「でしょ？　ショッピングモールで買い物してたら、ファンシーショップの店頭にこのモンキーがズラリと棚に飾られててさ。即効レジに向かったよね」
「コイツ、赤いパーカー着ててかわいいな。何気に服の真ん中に『D』って俺のイニシャル入ってるし」

「それね、AからZまでイニシャル入りの洋服が別売りされてて、パーカーの色も何種類かの中から自由に選べるようになってたの。大吉は赤色が好きだから、赤いパーカーのDを選んだってわけ」
「そうやって話を聞くと、ますますこの猿が愛しく思えてきた……。なんなんこれ。俺2号？ いや、大吉ジュニアか!?」
「ふはっ、大吉ジュニアって」
　真面目な顔で言うからおかしくて笑っちゃう。
　私がウケてるのを見て調子に乗ったのか、大吉がモンキーのぬいぐるみを肩の上に乗せて「仲良し親子ウキーッ」と大声で叫び、本物の猿を真似してのしのしと歩き出す。
　その姿がツボにハマった私は畳の上で笑い転げてしまった。
　だって、顔つきまで鼻の下を伸ばして猿になりきってるんだもん。
　アホらしすぎて笑いが止まらない。
　片手で口元を覆い肩を震わせる。
　喉の奥から噛み殺したような笑い声が漏れて、顔が真っ赤になってしまう。
　ふたりでゲラゲラ笑っていたら、大吉が「俺からもプレゼントを差し上げよう！」と上着のポケットからかわいくラッピングされた箱を取り出し、私の手のひらにポンと乗せてきた。
「……ははっ、何これ？」

目尻に浮かぶ涙を指先で拭いながら質問すると、
「今すぐ開けてみ」
　中身を開けるよう促され、言われるがままに包装紙を丁寧に剥がして箱の中身を開けた。
　中に入っていたのは――。
「……スマホケース？」
「おう。この前、新しいのが欲しいって言ってただろ？」
「言ってた、けど……」
　前にぽつりと漏らした独り言を覚えててくれたんだ……。
　それも、私が欲しいって話してた手帳型のスマホケース。
　カバーの色はブラックで、エナメルふうの表面にはハート柄のステッチが入っている。
「あ、やっぱ気に入らなかったか？」
「ううん、気に入ったよ。すごくかわいい……」
　頬がじんわり熱くなり、素直な感想が口から零れ落ちる。
　瞳を輝かせて、じっと食い入るように手の中のスマホケースを見つめていたら、大吉が大きな手のひらでわしゃわしゃと私の頭を撫でてきた。
「ならよかった！　女物ってどれがいいのかいまいちよくわかんなかったから、店員さんに相談して選んでみた」
「わざわざそこまでして選んでくれたの……？」
「おう。杏子は変にごちゃごちゃしたやつより、シンプルな方が好きかなーと思ってよ。でも無地のままだと年寄りくさいから、なんつーの、このスティック、じゃなくて、ステッキ？」

「ステッチね」
「そう。そのハート柄のステッチが入ったやつにしてみた」
　思いがけないプレゼントに胸の奥がぎゅっと締め付けられて顔中が熱くなる。
　私が何気なく口にした言葉を覚えていてくれて、私の好みに合わせて探してくれた。
　その気持ちが単純に嬉しくて。
「ありがとう、大吉……」
　心からの笑顔を浮かべて素直にお礼をしたら、大吉も嬉しそうに目を細めて笑ってくれた。
　毎年、クリスマスにプレゼントを送り合う私達。
　子どもの頃から数えて、もう何個目かな？
　去年もらったイヤホンジャック、一昨年もらったストラップ、その前も、前の前の年も……大吉からもらったものは全部私の宝物。
「よし。じゃあ、そろそろ行くか」
　大吉が立ち上がり、私に手を差し伸べる。
　私もこくりとうなずき、大吉の手を取って、ふたりで家をあとにした。


　それから、サンタコスした私達が猿飛家に乱入して。
「あーっ、サンタだ!!」
　ごちそうとケーキの並んだテーブルの前に座っていた大貴はサンタを見て大はしゃぎ。
「「メリークリスマース♪」」

パンッ、パパンッ。
　大吉と声をハモらせ、クラッカーを同時に鳴らした。
「うおーっ、すげぇ。ふたりもサンタがいるっ」
　座布団の上から立ち上がり、私達の周りをぐるぐる回る大貴。
　大吉そっくりな顔した大貴は子猿みたいに私達の足元をちょろちょろ回り、興奮した様子で「すげぇ」を連呼している。
　どうやら、大吉は白い付けひげ、私は仮面を装着しているおかげで正体はバレていないらしい。
「昨日は世界中の子ども達のところに回ってて、大貴くんのところに届けにくるのが遅れてごめんなー。ほい。いい子で待っててくれたご褒美」
　肩に掛けた袋からキレイにラッピングされた箱を取り出し、弟の頭をわしゃわしゃと撫でる大吉。
「ついでに私からも。大貴くんにプレゼントだよ」
　私も大貴に用意していたお菓子の詰め合わせが入ったビッグサイズのサンタブーツを手渡す。
「あっ、ライダー仮面の変身ベルトとお菓子だっ」
　箱の中身を開けた大貴は瞳をキラキラ輝かせて感動している。
　興奮でほっぺたの色が赤くなっててかわいいな。
「大貴、サンタさん達にちゃんとお礼したのかい？」
　台所から前掛けエプロンを付けたおばちゃんが出てきて、お盆に乗せたお皿やグラスをリビングのローテーブルに運

びながら訊ねると、大貴はハッとしたように、
「サンタさん、ありがとうっ」
　とプレゼントを両手に抱えながら、満面の笑みでお礼してくれた。
　その笑顔につられて私達まで自然と顔に笑みが広がっていく。
「おお。リビングが賑やかだと思ったら、サンタがふたりも来てたのか」
　寝室のふすまが開き、大吉によく似た大柄なお父さんが出てくる。
　おじさんは私の顔を見るなり、
「ゆっくりくつろいでいきなさい」
　と、温かい笑顔でにっこり微笑んでくれた。
「着替えから戻ってきたら、みんなでごはん食べるよ」
　大貴が部屋にプレゼントを置きに行っている間に、おばちゃんが私と大吉に目配せし、ニッと口端を持ち上げる。
　みんなで……。
　その中には、当然私も含まれていて。
　まるで家族の一員のように接してくれる猿飛家のみんなに心が温かくなる。
　うちで私服に着替え直したあとは、猿飛家の食卓にまじって一緒にクリスマスパーティーをした。
　まずは飲み物で乾杯。
　それから、テーブルの上に並ぶごちそうを小皿に取り分け、人数分にカットされたケーキを食べた。

「いつの間にかサンタが消えた……」
　と嘆く大貴に、大吉と目配せをして苦笑する。
　さっきのサンタが目の前にいる私達だって本気で気付いてないみたい。
「明日美容室に行ってパーマをかけてこなくっちゃ。杏子ちゃんはいいねぇ。サラサラな髪質で。おばちゃんうらやましいよ」
「母さんも昔はキレイな髪してたのにねぇ」
「なんだい？　父さんのその言い方じゃ、まるで今はキレイじゃないみたいじゃないか」
　おばちゃんが隣に座るおじちゃんをにらみ付けるものの、マイペースなおじちゃんはのん気にテレビを見ながらビールを飲んでいる。
「あ。そういえば、俺まだ年賀状書いてねぇや」
「私、１枚も書いてない。っていうかメールで済ませちゃうから用意すらしてない」
「バカ。お世話になってる学校の先生とか、善家の吾郎さんとか、最低でもその人達にはきちんと新年のあいさつしないと駄目だべ普通」
　突然、思い出したように年賀状の話をする大吉に、私はマメだなぁと感心しながら、ケーキの上の苺を食べる。
　他人事のように流していたら、私の横に座っていた大吉に、
「あとでコンビニ買いに行くから杏子も一緒に買え。そんで担任と副担だけでも年賀状書け。いいな？」
　と念押しされ、面倒くさい展開に。

「えー……」
「えー、じゃねぇよ。決定だかんな」
　ピッと箸の先を向けられ、うんざり気味にため息を零していたら。
「コラ大吉！　人に箸を向けるんじゃないっ」
　大吉の真正面に座っていたおばちゃんが怒鳴り、人に注意しているはずの大吉が反対に注意されていることがおかしくて、思わず「プッ」と吹き出してしまった。
　それにつられて大貴とおじちゃんも吹き出し、リビングの中にどっと笑いが溢れる。
（……やっぱり大吉の家はいいな）
　みんなで囲む食卓。
　一家団らんの穏やかな一時。
　家族全員仲良しで、笑いのたえない生活。
　いつもシンと静まり返っているうちとは正反対。
　弟のためにサンタに変装してサプライズプレゼントをあげる大吉。
　サンタの正体が兄だと気付かず、純粋に大喜びする無邪気な大貴。
　スーパーでパートの仕事をシャキシャキこなしながら家族の面倒を見る肝っ玉母ちゃんのおばちゃん。
　図書館で司書の仕事をしている、本好きでマイペースなおじちゃん。
　ごくありふれた"普通"の家庭。
　それが何よりもうらやましい憧れで。

私にとって理想の家族。
　　それが、猿飛家の人達なんだ。
「……大吉、ありがとう」
「ん？」
「今日、誘ってくれて」
　みんながわいわい盛り上がる中、うつむいてポツリとお礼を口にしたら、手にコップを持った大吉が目をぱちくりさせて。
　それから、白い歯を見せて、くしゃっとした笑顔を浮かべてくれた。

　街中が賑わうクリスマス。
　みんなが家族や恋人、友人達と過ごす中、私が家にひとりでいるのを見越して、猿飛家のパーティーに参加させてくれて……本当にありがとう。
　私が誰よりも大吉の性格を理解してるように、大吉も私のことを理解してるから。
　きっと、私が寂しがってることに気付いていてくれたんだよね？
　感情を表に出すのが苦手で口下手な私は、大吉と違ってなかなか素直になれないから。
　私の分までサンタクロースの衣装を用意していたのは、自然に家に誘い出すためだってちゃんとわかってるよ。
　子どもの頃から、ずっと。
　いつだって私が孤独に涙しそうな時、大吉はそばにいて

くれたね。
　まるで本物の家族のように接してくれて、私の変化を敏感にキャッチしてくれる。
　唯一見抜けてないのは、私が大吉に恋してることぐらい。
　昔から変なところで鈍感なんだから。
(……あのね、大吉)
　言葉で伝えられない代わりに、心の中でつぶやいた。
　ほかの人なんて目に入らないくらい、大吉だけが好きだって……。

## 年越しとおみくじ

　クリスマスの予想どおり、大晦日になってもママは帰ってこなかった。
　一応、携帯で連絡は取り合ってるから、全く放っておかれているわけじゃないけど。
　その連絡もメールで私の体調を気遣うものや、先週から31日の今日まで一度も帰れなくて申し訳ないという謝罪文。
「【お正月のうちには帰れると思うから】……ねぇ」
　ママからきたメールを読み上げ、ふぅと息を漏らす。
　そう言いつつ、いつになったら帰ってくるのやら……。
　年越しの瞬間くらいは親子水入らずで過ごしたかったけれど、仕方がない。
　残念だけど、ママも好きで帰ってこれないわけじゃないんだから我慢しよう。
【ママこそ体調には気を付けてね】
　スマホの画面をタップし、返信メールを作成して送信する。
「……さて。年末の大掃除に取りかかるか」
　ポキポキと肩を鳴らし、掃除用具を取りに玄関先の物置へ。
　そこから掃除用具一式を取り出し、家中の大掃除に取りかかった。
　せめて、新年を迎える瞬間だけでもキレイな環境で迎えたいし。
　ママが戻ってきた時も部屋が片付いてた方が嬉しいと思

うから。
　普段あまり手をつけていない台所の換気扇の掃除や、流し台の整理、調味料の整理整頓、お風呂場にトイレの掃除と順番にこなしていく。
　自分の部屋は毎日片付けているので、掃除機を軽くかける程度。
　問題はママの部屋。
　そこら中に脱いだ洋服が散らばってるわ、ドレッサーの上には出しっぱなしの化粧品がごちゃついてるわ、飲み終わったお酒の空き缶が転々と転がってる。
「ママ、だらしなすぎ……」
　仕事から帰ってきたら寝て起きてシャワーを浴びてすぐ出勤だから、なかなか片付ける暇もないんだろうけど。
　ゴミ袋を広げ、空になった空き缶を1個ずつ捨てていく。
　部屋中にアルコールと香水の匂いが充満していたので、部屋の窓を開けて空気の入れ替えをしていたら。
　ピンポーン、と玄関の方からインターホンの音が鳴って。
　ドアを開けたら、赤いパーカーとジーンズをはいたラフな私服姿の大吉が立っていた。
「よお」
　片手を上げてあいさつする大吉につられて私も「よお」と真顔で返事を返す。
「あんさ、杏子んちのおばちゃん、今日も帰ってこれないんだべ？」
「そうだけど、なんで知って……？」

「さっき、うちの母ちゃんに杏子のおばちゃんから連絡入って、お前のことよろしく頼むって言ってたから」
「……なるほど。それで?」
「夜になったら、うち来て一緒に年越しそば食うべ。んで、カウントダウン終わったら、神社に参拝行こうや」
　ニッとはにかみ、親指を外の方角に向けてクイッと動かす大吉。
　ママってば、私の知らないところで勝手に話をつけて……。
　クリスマスにもお邪魔させてもらったのに、年越しまでお世話になるなんて、猿飛家の人達に迷惑をかけっぱなしになってしまうんじゃないだろうか。
　アレコレ物事を複雑に考えすぎて即答出来ずにいると。
「うら、眉間にしわ寄ってる。お前、悩むとすぐ顔に出るからバレバレだっつの」
「いてっ」
　大吉が人差し指の先で私の眉間をトンと小突き、呆れた顔で笑った。
「いつも言ってっけど、杏子とはガキん頃からの付き合いなんだし、うちの奴らもお前のことは家族の一員みたく思ってるんだから、気ぃ使うなって」
「……でも」
　そう言われても、親戚でもなんでもない赤の他人なわけだし。
　気を使うなって言われても、やっぱり遠慮しちゃうよ……。
　まつ毛を伏せてうつむきがちに言葉を濁(にご)していたら、痺(しび)

れを切らした大吉に「いいから、夜になったらうちこいよ！」と一方的に告げられ、自分の家へ帰られてしまった。

　猿飛家のドアがバタンと閉まり、ひとり取り残された私はぐしゃりと前髪を掻き上げ、ため息をついてしまう。

　こうと決めたら絶対に主張を曲げない奴だし、断ったところで強制連行されるのがオチなのは目に見えてる。

『お前のことは家族の一員みたく思ってるんだから、気い使うなって』

　大吉の今の発言が頭の中で再生されて、ク、と口角を持ち上げる。

「……身内としてしか見られてないから気まずいんだっつの」

　——パタン……。

　玄関のドアを閉じ、そのままドアに背もたれして小声でつぶやく。

　ひとりの男として大吉を意識するあまり、異性とみなされていない現状が苦しくて距離を置こうとしてるのに。

「大吉のバカ」

　ううん、違う。

　結局、家族みたいな今の関係が崩れることを恐れて告白すら出来ない私がバカだ。

　……情けない。

結果、大晦日の夜は、紅白がはじまる時間帯に猿飛家を訪問し、一緒に年越しの瞬間を迎えた。
　カウントダウンの生中継をしているテレビを見ながら、みんなでおばちゃんが作ってくれたおそばを食べて。
『残り、3、2、1……あけましておめでとうございまーすっ！』
　テレビの生中継で年越しカウントダウンを見て、司会のお笑いタレントが大声で叫ぶのと同時に、
「あけましておめでとうございます」
「こちらこそ、あけましておめでとうございます」
　それぞれ頭を下げ合い、新年のあいさつを交わした。
　そのあとは、大吉とふたりで近くの神社へお参りに。
　夜なので日中よりも気温が低く、先程少しだけ降っていた雪も止んで澄み切った星空が広がっている。
　昼間に解けた雪が足場を悪くしていて、夜空に見惚れていたら、うっかり転びそうになってしまった。
「ほら、危ねぇぞ」
　転びかけた私の腕をつかみ上げてくれる大吉。
「……ありがと」
　ポツリとお礼をして、なるべく凍ってない道を選んで先を急いだ。


　神社には大勢の人達が訪れ、同級生の姿も数多く見かけた。
　家族と来てる子や、友達同士で来てる子。
　顔見知りの人達とすれ違いざまに新年のあいさつを交わ

し、手を振り合って別れる。
　昔から友達が多くてみんなに好かれている大吉は、小学校から高２の現在に至るまでの知り合い達に会う度、次々声をかけられていた。
「よー、大吉。あけおめー」
「猿、久しぶりじゃん。高校別れてから元気にしてたか？」
「あ、猿飛くん。あけましておめでとう」
　同級生はおろか、部活や少年野球時代の先輩・後輩、そのほかにもいっぱい……。
　学年や男女問わず、いろんな人達に話しかけられていてすごいな。
「おうっ、あけおめ！　お互い良い１年になるといいなっ」
　人懐っこい笑顔を浮かべて、話しかけてくる人達全員に愛想良く受け答えしている大吉を見て、さすがだなって感心する。
　普通、クラスや学校が離れたら、元クラスメートとの付き合いなんて自然と疎遠になっていくものなのに。
　久しぶりに会った人とも、まるで昨日口をきいたみたいなテンションで自然に接している。
　派手で目立つグループにいた人達から地味で大人しそうな人達まで、大吉の人脈の広さには驚かされてばかりだ。
　昔から常にクラスのムードメーカー的存在でみんなに好かれていた大吉だからこその友人の多さなんだろう。
「あれ？　大吉の隣にいるのって宮澤さんだよね？　ふたりって付き合ってるん？」

「バーカ。杏子とはただの幼なじみだって前から何度も説明してんだろうが。なっ、杏子！」
「……うん」
　途中、何人かに同じ質問をされて。
　その都度、大吉が「幼なじみ」を強調して否定するから、地味にへこんだ。
　わかってる。
　わかってるけど、目の前で何度も否定されると正直こたえるわけで。
「ん？　お前、なんかおこってねぇ？」
「……別に」
　気分を損ねた私は、小さく頬を膨らませてそっぽを向く。
　大吉のバカ。無神経……。
　顔を背けて腕組みする私に大吉はきょとんと首を傾げて「トイレかー？」なんてデリカシーの欠片もないこと言うし。
「違うし。てゆーか、そろそろ参拝列並ぶよ」
「おう？　まあ、体調悪いわけじゃねーならいいけど」
　大吉が着ているコートの裾をぐいぐい引っ張り、列の最後尾に並ぶ。
　それから、待つこと約10分。
　やっと私達の順番が回ってきた。
「うしっ。たくさん願い事すんぞ〜！」
「声に出さなくていいから。黙って参拝して」
　さい銭箱の前で軽くお辞儀をしてから鈴を鳴らし、おさい銭を入れて二拝二拍手一拝。

ふたりで目をつぶり、手を合わせて願い事を心の内で唱えた。
（……大吉が幸せになれますように）
　自分のことよりも先に願っていたのは大吉のこと。
（ママが仕事で体調を崩しませんように。あとは……大吉以外の人を好きになれる日が訪れますように）
　5円玉で3つも願い事をするなんて欲張りだけど。
　どれも全て叶いますようにって必死にお祈りした。
「今年こそかわいい彼女が出来ますように。そんで、彼女が出来たら、キャッキャッうふふなバラ色ハイスクールライフが俺に待ち受けていますように……！」
「……大吉、願望が口からダダ漏れしてる」
「うおっ!?　ちょ、おまっ、恥ずかしいから聞くなやっ。つーか、聞こえても聞こえなかったフリしろ！」
「はいはい。うしろがつかえてるから次行くよ」
　真っ赤な顔でギャーギャー騒ぎ立てる大吉の背中を前に押し込み、おみくじ売り場まで移動。
　そこで運試しにおみくじを1回ずつ引いたら……。
「あ。【凶】だ……」
「よっしゃ！　俺、【大吉】！」
　新年早々、おみくじが【凶】なんて不吉すぎる。
　あんまり良くない内容が書かれてるし、地味にへこむなぁ。
　とくに恋愛面。
【成就叶わぬ。ほかに意識を向けるべし】
　って、そんなのおみくじに注意されなくても十分わかっ

てるし……。
　しゅんと落ち込んでいたら、
「ほい。俺のと交換な」
「！」
　私の手元から【凶】のおみくじを奪い取り、その代わりに大吉が引いた【大吉】のおみくじを手渡された。
「なっ、駄目だよ。【凶】なんてついてない運勢、交換したって何もいいことないんだから」
「いいんだって。それに、俺にはおみくじさんからもらった【大吉】がたくさんあるから。１枚くらい運が減っても余裕だべ」
「……っ」
　親指をグッと突き立てて大吉がニッカリ笑う。
　ずるい。
　そこで「おみくじさん」の名前を出すなんて。
　そのおみくじを匿名で差し出してるのが私だなんて気付きもしないくせに。
「それにしても雪降るなー。帰ったら、日の出までコタツでゲームしようぜ」
　寒さで真っ赤になった鼻を指先でこすり、大吉が頭のうしろで手を組んで出口の方までスタスタ歩きだす。
　その背を追いかけ、大吉の横顔をチラリと見上げたら、ぱちりと目が合って。
「……？　何笑ってんだよ」
「別に？」

溢れる笑みを隠しきれず、口元を綻ばせてにやける。
　そんな私を見て大吉が不思議そうに首を傾げていた。
『俺にはおみくじさんからもらった【大吉】がたくさんあるから』
　大吉が口にした何気ないひと言。
　それが、こんなにも私を喜ばせていること、アンタは知らないでしょ？
　吐き出す息の白さ。
　低い気温にかじかむ指先。
　空から降りはじめる粉雪。
　真っ白な地面の上を靴跡を残して歩きながら、強く強く願ったんだ。
（──好きだよ、大吉）
　決して、口には出せない、本当の気持ち。

第1.5章
# 過去

## 恋愛対象外

　小学生の頃。
　私と大吉はクラスの男子達からよくひやかされていた。
　同じ団地の向かいの部屋に住む私達は毎日一緒に登下校していて。
　自分達にとって当たり前のことが、周囲からすると普通のことではなかったらしく、何度も何度も「お前らデキてるだろ」と同じ誤解を繰り返されていた。
　例えば、前日の放課後、ふたりでひとつの傘に入って帰宅すると。
　翌日の朝、教室の黒板にピンクのチョークで落書きされたハートマークの相合傘が描かれていて、相合傘の下には私と大吉の名前がそれぞれ記入されていた。
　週刊誌のスクープ写真みたいに【熱々カップル!!　白昼堂々の相合傘】なんて見出しコメントまで添えられている。
　最初にそれを目にした感想は「バカみたい」。
　何度も否定してるのに、私達の仲を面白おかしくはやしたてて、人のことを暇つぶしの道具か何かと勘違いしてるんじゃないの？
　うんざりしてため息を零す。
　こっちが反応すればするほど余計面白がらせるだけなんだから相手にするだけ無駄。
　経験上、スルーしておけばいいかと、無反応を貫き自分

の席に向かおうとしたら。
『お前らいい加減にしろよ！　なんべんも言ってっけど、俺と杏子は家が隣同士の幼なじみだっつーの！』
　学習能力のない大吉はムキになって反論し、壇上に上がるなり黒板消しで相合傘の落書きを消していった。
『否定すんなって。オレら、昨日見たんだかんな。猿飛と宮澤が相合傘してふたりで帰るの』
『そんなん、自分の傘忘れたから杏子の傘に入れてもらっただけだろ。何がおかしいんだよ!?』
『おかしいに決まってんだろ。普通、女の傘なんて入んねぇし。ほら、猿飛と宮澤はデーキッてる！　デーキッてる』
　落書きの犯人と思しきリーダー格の男子生徒が『デキてる』と連呼しながら手拍子をはじめ、周りにいた男子達もにやにやしながら手を叩いて真似しだす。
　その中には口笛を吹いてはしゃぎ回る奴まで。
　……本当、男子って単細胞のガキばっかり。
『だからデキてねぇっつーの！　杏子のことは家族みたいに大事に想ってるけど、異性として見たことなんてこれっぽっちもねぇよっ』
　ムキーッと猿みたいに顔を真っ赤にさせて、教室の外まで響き渡るような大声で全否定する大吉。
『お前ら、自分の母ちゃんや姉妹を恋愛対象に見たり出来んのか？　俺が杏子を好きになるってそうゆうことだぞっ』
　その言葉のひとつひとつが私の胸に鋭く突き刺さって。
『つーか、俺が好きなのは別の子だし！　杏子にも失礼だ

からやめろや』
　私を気遣ってくれてるはずの言葉すら透明のナイフみたいにグサリと傷口をえぐって。
（……そこまで全否定することないじゃん）
　表面的には無表情のまま。
　内心ではぐしゃぐしゃの泣き顔で大吉に抗議する。
　私はどれだけひやかされたっていいよ。
　っていうか、本音をぶっちゃけたら、ちょっぴり嬉しいぐらい。
　だって、好きな人との仲を噂されるんだもん。
　からかわれるのは嫌だけど、まるっきり嫌なわけじゃない。
　嫌なのは、からかわれる度、私に恋愛感情はないとキッパリ断言されること。
（大吉のバカ……）
　無言で席に着き、机の下で拳を固く握り締める。
　悪ふざけがヒートアップしていく男子達に、一部の女子達から「やめなよー」と注意の声が上がりだす。
　ざわざわと大きくなるみんなの声に反比例して、私の耳にはなんの音も届かなくなり、思考が真っ黒に染まっていく。
　家族と同じ対象だとハッキリ言いきられて悟った。
　私の想いは決して大吉に届くことはないのだと。
　だって、母親や姉妹みたく思ってる人に告白されたら気持ち悪いじゃん。
　大吉が私に求めてるのは『家族みたいな幼なじみ』で、異性としてではないんだ。

子どもながらに絶望して、幼なじみとして出会ったことを嘆いていた。


　小学校を卒業して中学生になっても。
　高校に進学してからも。
　幼なじみで仲がいい私達は、いろんな人達から「付き合ってるの？」と同じ質問をされてきた。
　昔みたいにクラスを巻き込んでひやかすような人はさすがにいなくなったけど。
『付き合ってねぇよ。俺と杏子は家族みたいな仲だから、幼なじみ以上の関係になることはまずない』
　徐々にスルースキルが身に付いた大吉は、同じ質問をしてくる人に笑顔で受け答え出来るようになっていって。
『なあ、杏子〜。俺また新しく好きな子が出来たくせぇ』
　真っ赤に頬を染めながら、逐一(ちくいち)私に恋の相談を持ちかけてきて。
『……そう。よかったね』
　照れ顔で浮かれる大吉に、私は口元だけ笑みを浮かべて応援の言葉を口にし続けた。


『お前ら、自分の母ちゃんや姉妹を恋愛対象に見たり出来んのか？　俺が杏子を好きになるってそうゆうことだぞっ』

　大吉が私を異性として意識することは決してないのなら……。

いっそ、ほかの人と両想いになって、目の前で幸せになってくれた方がよっぽど諦めがつく。
　どんなに諦めようとしても、大吉のそばにいれば想いは募る一方で。
　振り向いてもらえない長年の片想いに私の気持ちも限界にきていた。
　だから……。
　大吉に彼女が出来さえすれば全てが解決すると。
　そう、信じ込んでいたんだ。

第2章
# 高3 - 春

## 出会いの春

　長い冬が終わり、雪が解けて、街中に桜の花が咲き乱れる、4月。

　春休みが明け新学期の始業式、高3に進級した私と大吉は、登校するなり昇降口の前に貼られたクラス割り表を眺めていた。

　ざわざわとした周囲の生徒達にまじり、自分のクラスと名前を探していくと……あった。

「私、D組だ」

「マジかっ。俺はB組だった」

　顔には出さないけど、地味にショックを受けて口を閉ざす。

　マンガ的な擬音で表現するなら、まさに「がーん」って心境。

　小1から高2までずっと同じクラスだったのに。

「まあ、杏子とはクラスが離れても、いっつも顔合わせてるしな。そう落ち込むなって」

　顔を伏せて、下唇をきゅっと噛んでいたら。

　沈みがちな私に気付いた大吉が人目も気にせずポンポンと優しく頭を撫でてくれた。

「……落ち込んでなんかないし」

　大吉の手を払い、ふいっとそっぽを向く。

　嘘だよ。

　本当はめちゃくちゃへこんでる。

でも、大吉の前で素直になれない私は、相変わらずのポーカーフェイスでクールな態度を装ってしまう。
　だって、私が「寂しい」なんてしおらしくしたところでキュンとくるわけないし……。
　そんなことしたら逆に心配されるに決まってる。
　なら、はじめから気にしてないフリをした方がいい。
　その方が少しでも傷付かなくて済むから。


「おはよ〜、杏子。3年も同じクラスになれてよかったね」
「おはよう、あずさ。私も仲いい子がいてくれて安心したよ」
　大吉と3年生の教室のある3階の廊下で別れ、新しく自分のクラスになったD組に入ったら、真っ先にあずさが話しかけてきてくれた。
　お互いに春休み中の近況報告を交えながら教室の入り口付近で談笑していたら。
「あ、そうだ。ほかのクラスの友達から借りてた物返しにいかなきゃだった。ちょっと行ってくるね」
　あずさがハッとした様子で思い出し、自分の席からスクールバッグを持って教室から出ていった。
「いってらっしゃい」
　あずさの背中に手を振り、ひとりになった私は教卓の前へ行き、黒板に貼られた座席表を確認して、自分の席に移動した。
「窓際のうしろから2番目の席、っと。……ここか」
　肩に掛けていたスクールバッグを机の上に下ろし、椅子

をうしろに引いて席に着く。
(……あずさがいないと話す相手いないや)
　教室全体を見渡し、クラスメイトの顔ぶれを見て判断する。
　あずさとは高校に入学した時からずっと同じクラスで、常にふたりで行動することが多かったから、ほかに仲いい子があんまりいないんだよね。
　社交的な性格のあずさは先輩後輩含めて交流が多いんだけど、無口で無愛想なイメージを持たれやすい私は人から敬遠されがちだったりする。
　あずさがいないなら、別にひとりでもいいかって感じだし。
　実際、ひとりで行動するのはそこまで苦じゃない。
　うん。決めた。
　始業時間まで適当に音楽を聴いて過ごそう。
　スマホにイヤホンを差し、動画サイトを開いて、好きなミュージシャンの名前で検索をかける。
　お気に入りの楽曲ページにアクセスして再生ボタンを押すと、イヤホンから音楽が流れ出して周りの雑音が遠くなっていった。
(中庭の桜、すごいなぁ……)
　机に頬杖をつき、ぼんやりと曲を聴きながら窓の外を眺めていると。
「へぇ。宮澤さんて『RIKAKO』とか聴くんだ。今話題の女性シンガーソングライターだよね？」
「？」
　右隣から名前を呼ばれて。

チラリと声のした方を向くと、隣の席の男子がニッコリ微笑みながらこっちを見ていた。
　光に当たると金色に透けて見える明るめの茶髪。
　アシンメトリーふうにセットされた長めの前髪と、肩に届きそうな襟足。
　耳には赤いピアスが光り、鎖骨にもシンプルなシルバーネックレスが光っている。
　ブレザーのボタンは全開、ワイシャツは第3ボタンまで開けられ、斜めにストライプの入った指定ネクタイをしておらず、腰ばきしたズボンの腰回りにはゴツめのバックルがチラ見えしてる。
　格好自体はだらしないはずなのに、着崩した制服姿が自然にカッコ良く見えるのは、相手のスタイルが抜群に良いせいだからだろうか。
　180cm近くありそうな細身の長身に、スラリと伸びた長い手足。
　芸能人並の小顔。
　細く整えられた眉。
　二重まぶたの切れ長の目。
　高く通った鼻筋に薄い唇。
　完璧なまでに顔中のパーツが整った中性的な顔立ちの美形男子。
（……この人、知ってる）
　高校に入学した頃からすごいイケメンがいるって有名だった人じゃん。

名前は確か——生田洋平。

みんなから「ヨウ」って呼ばれてる人だ。

「あ、急に話しかけて驚かせちゃった？」

相手をじっと凝視してたら、申し訳なさそうに謝られ、慌てて首を横に振った。

「いや、なんで私が何聴いてるか、わかったんだろうと思って……」

耳からイヤホンを外し、首を傾げる。

机に片肘をついて手の甲に顎を乗せた生田洋平が自分の耳元を指差してニンマリ笑い、指先をくるくる回す。

「イヤホンから音もれしてたから。それ、今聴いてたの『RIKAKO』の新曲でしょ？　ドラマの主題歌になってるやつ」

「そうだけど……？」

「やっぱり。女の子にすごい人気あるよね。切ない歌詞が共感出来るってみんな言ってるし」

「……らしいですね」

溢れ出るイケメンオーラに圧倒されて思わず表情が強張ってしまう。

普段から男子は大吉ぐらいとしか話さないので、変に緊張して口元が引きつりそうになる。

「宮澤さんて恋愛とか興味なさそうなクールなイメージだったから意外だな、って」

「…………」

なんか一瞬、探りを入れられたような？

っていうか、それよりも。
「あの、なんで私の名前……」
「知ってるのかって?」
　眉をひそめ、疑いの眼差しで相手を凝視する。
「宮澤さん、入学した時から清楚系の美人で有名だったし。うちの学年の男子で宮澤さんのこと知らない奴なんていないと思うよ?」
「……は?」
　素で間抜けな声が出て、唖然とした表情になってしまう。
　私が有名って……何それ。初耳なんですけど。
「卒業してった上級生や下級生にも人気あるよね。でも、誰の告白も受けないらしいじゃん。なんで?」
「なんで、って……逆になんでそんな質問してくるわけ?」
　お互いに顔と名前は知ってたみたいだけど、話すのは今日がはじめてなのに。
　いきなりプライベートな質問をされて動揺する。
　うさんくさいなぁと思いながらジト目で生田洋平をにらんでいると、タイミングよく始業のベルが鳴って。
「なんでなんて決まってるじゃん。オレが宮澤さんのこと狙ってるからだよ」
　――カタン。
　生田洋平が机に手をつき、椅子をうしろに引いて立ち上がった。
「これから仲よくしようね。俺のことは『ヨウ』でいいから」
　とろけるような甘い笑顔を浮かべて、廊下側の席に戻っ

ていく『ヨウ』。
　甘いマスクに悩殺スマイルを向けられ、思わず「うっ」と黙り込む。
　何あのキラキラオーラ。
　今、バックに大量の赤いバラの幻覚まで見えたんですけど。
『オレが宮澤さんのこと狙ってるからだよ』
　ヨウの言葉を脳内リピートして頭を抱える。
　いやいや、いくらなんでもチャラすぎでしょ。
　本気度なんて全然伝わらないし。
　第一、初対面の相手に言うセリフじゃなくない？
　その前に、ちょっと待って。
　あの人、私と話すためにわざわざ席まで来たの？
「よーし、お前ら席に着けー」
　意味がわからなさすぎて混乱してると、初老の男性教師が教室の中に入ってきて、出席確認を取りはじめた。
　ひとまず、深く考えるのはやめておこう。
　あんなの冗談に決まってるし。
　多分、だけど……。


　……そう思っていたのに。
　始業式の翌日から、やたらとヨウに絡まれるようになってしまった。
「おはよう、宮澤さん」
「……お、はよう」
　朝、学校に登校するなり早々、私を待ち構えていたかの

ようなタイミングでヨウがあいさつしにくる。
　それも、わざわざ私の席までやってきて。
　一回、二回じゃなく、毎朝あいさつされるので、嫌でも返事をしないといけない流れが出来上がりつつある。
　隣の席から椅子を借り、体を私の方に向けて足組みしながら座るヨウ。
　その手にはしっかりスマホが握られていて。
「今日こそ連絡先教えてよ。毎日聞いてるのに教えてくれないから、いい加減すねそうなんだけど？」
　ナチュラルスマイルで連絡先の交換を強要してくるヨウに、私は頬の筋肉を引きつらせて手でバツを作る。
「……結構。てゆーか、元々そんなに携帯いじらないし。連絡きてもあんまり返事しないから」
「へぇ〜。SNSに依存してない女子とかいいねぇ。ますますポイント上がるわ」
「ポイントって……」
「そこまでガード固いってことは、宮澤さんと付き合えたら一途に想ってもらえるってことでしょ？」
　私の髪をつかみ、毛先をいじって遊ぶヨウ。
　その顔は新しい獲物を見つけて爛々と瞳を輝かせる肉食動物みたいでゾクッとする。
「あの……なんで私なの？」
「え〜、なんでって？」
「だから、口ききはじめたのだってつい最近だし。それまで話したことなかったし……」

「ははっ。内緒」
「は？」
「簡単に教えたら面白くないじゃん。それに、最初に言ったはずだよ。宮澤さんのこと狙ってるからって」
　サラリと爆弾発言を再投下されて硬直する。
　ヨウは私の髪から手を離すと、にこりと目を細め、
「わりと本気だから、覚えてて」
　と、意味深な台詞を残して椅子から立ち上がり、廊下の方からヨウを呼ぶ女子達の元へ行ってしまった。
「ヨウ、おはよ〜。昨日はカラオケ楽しかったね〜！」
「今日はぁ、別のクラスの子達も誘ってみんなでゲーセン行こうよ。ゲーセンじゃなくても、うちらはヨウがいればそれだけでいいんだけど」
「ヨウとクラス離れてから毎日つまんな〜い。ヨウ並みにカッコいい男子いないし、超寂しいよ〜っ」
　教室の入り口付近で派手目な女子３人組に囲まれ、彼女達と楽しそうに会話を弾ませているヨウ。
　ギャル達は声のボリュームが大きいので会話の中身が筒抜けだけど、ヨウの話し声は周囲の雑談にかき消されて全く聞き取れない。
　一見、楽しそうに盛り上がってるように見えるけど、なんだろう。
（……なんか、適当に受け流してる感じ）
　ヨウがどんな態度をとろうが私には関係ないけど。
　それにしても、毎日グイグイこられるとさすがに参る。

これまでは強気な態度で迫ってきた相手も、私のそっけない態度に脈無しだと察すると諦めてくれた。
　ところが、ヨウの場合、どんなにつれない態度をとってもますます面白がるばかりで厄介というか。
　ハードルが高いほど燃え上がるタイプなのか、こっちが距離を置こうとすればするほど、その距離をどんどん詰めてくる。
「おはよ〜。今日も朝から王子に口説かれてたね」
「……あずさ。からかわないでよ。本当に迷惑してるんだから」
　ヨウが去って、ほっとしたのも束の間。
　今度は、あずさがニヤニヤしながら私の席までやってきた。
　あずさが呼ぶ「王子」っていうのはヨウのこと。
　まるで本物の王子様みたいにキラキラしたオーラを放っているので、一部の女子からそう呼ばれているらしい。
　色白で中性的な整った顔立ちをしているから王子って呼ばれるのも納得。
　……けど、高3になってまで「王子」ってあだ名はちょっと。
「えー？　いいじゃん。いつまでも振り向いてくれない幼なじみなんかより、学校一のモテ男に乗り換えた方がいろいろと良くない？」
「乗り換えるって……。電車じゃないんだから」
　あはは、と笑いながら、あずさが窓枠に手をつき、冬場しか稼働していない暖房に腰掛けながら話を続ける。

「でもさあ、あたしはわりと本気でイイと思うんだよね、王子のこと」
「……え？」
「だって、これから先も叶う見込みのない相手を想い続けてくうちに、うちらの高校時代終わっちゃうじゃん？　制服デートとか、学生のうちしか出来ないカップルの楽しみ方ってあると思うし」
「…………」
「報われない片想いって、長引けば長引くほど諦めるタイミングがつかめなくて苦しくなってくだけだと思うよ」

　私を気遣うようにあずさが優しい声で諭す。

　報われない片想い……。

　自覚はしていても、友達から指摘されると、正直胸が痛む。

「王子じゃなくても、あたしは杏子が幸せになれる人と付き合えるなら、誰が相手でも応援するけどね」

　アヒル口でにんまり笑い、それよりさぁ～と空気を読んで別の話題にすり替えてくれる。

　あずさの配慮にほっとして息を吐いた。

　仲良しのあずさだからこそ、私のことを心配してほかの人をすすめてくれてるんだってわかってる。

　あずさが言うとおり、いつまでも振り向いてもらえない相手を想い続けるのは限界があるから……。

　大吉のことを長年想い続けてきた私は、この恋の諦め時がわからなくなってるんだと思う。

　大吉に彼女が出来ればスッパリ諦められる。

そう思い込んでいるだけど、実際にその状況になったら、本当に大吉への想いを断ち切ることが出来るんだろうか？
　私の大吉への想いは、もはや執着に近く、盲目的なものなのかもしれない。
　あずさが気にかけているのは、大吉にいざ彼女が出来た時にショックを受けないよう、今からほかの男に目を向けてきたるべきダメージを軽減させた方がいいということ。
「そういえば、今日って新入生に部活動紹介する日だよね？野球部の紹介で猿飛もステージに出るんでしょ？」
「うん。部長が活動内容を説明してるバックで、ほかの部員とキャッチボールしてるところを見せるんだって」
　鞄から手鏡と化粧ポーチを取り出して机に広げる。
　色付きリップを唇に塗りながら、興味なさそうに答えたものの、どうやら表情が少しばかり緩んでいたらしい。
「杏子って、猿が絡むと本当かわいい顔になるよね。うーん。これは、ほかの人をすすめても無駄かな」
　あずさが呆れたように肩をすくめて苦笑し、私は照れ隠しで唇を引き結んだ。

　その日、午後の授業がはじまると、全校生徒が体育館に集まり、新入生への部活動紹介を見学することになった。
　1年生は体育館の中央に座り、2年生と3年生はうしろの方に座って見学するのが例年の流れだ。
　後部座席で見えない人のために体育館ステージには巨大スクリーンが設置されていて、放送部がカメラで撮影する

映像がそのまま映し出されるしくみになっている。

　文化部は壇上に上がって紹介することが多いけど、運動部はステージの真下に作られた特設スペースで実践して見せることが多い。

　はじめは運動部の紹介から。

　トップバッターはイケメン揃いで有名なサッカー部。

　青いユニフォームを着た部員達が登場すると女子達から黄色い悲鳴が上がり、キャプテンの説明が全く聞こえないほどだった。

　次は赤いユニフォームを着たバスケ部が出てきて、実際に特設ステージを利用して１on１を披露し、最後に我が部のエースと紹介された２年生の男子がスラムダンクを決めて終了。体育館中が熱気の渦に包まれた。

　袴姿の弓道部は体育館の端から端に弓を持った部員と的を持った部員がそれぞれ立ち、矢が的を射た瞬間に全校生徒がどよめき、拍手喝さいが起こった。

　そのほか、陸上部、テニス部、卓球部と紹介は続き、いよいよ大吉が登場する野球部の番に。

「よっしゃっしゃーす!!」

　白と黒を基調としたユニフォームとお揃いの野球帽を着用してステージの上に登場し、部員が一斉にお辞儀をしてあいさつする。

　大きな声が体育館中に響き渡り、壁や床にビリビリと振動している。

「新入生のみなさん、はじめまして。僕達、野球部一同は、

毎日精力的な活動に取り組み、去年の夏は地区大会ベスト8に残る好成績を上げることが出来ました。日々、顧問の松平先生を筆頭に――」

部長だけが壇上に残り、マイクを握って部活動の内容を説明し、ピッチャーの男子とキャッチャーの大吉がステージから下りて新入生のそばでキャッチボールを披露する。

残りの野球部員はステージから下りて、ゾロゾロと運動部の待機列に戻っていく。

「まずは、豪速球のストレート。次にカーブ。ピッチャーはキャッチャーとアイコンタクトと指でサインを出し合いながら、次にどんな球を投げるのか相談します」

初心者にもわかりやすいように説明しながら、実際に球を投げていく。

豪速球のストレートを大吉がミットに受け止めた時は、ドオォンッと重たい音が響いて周囲がざわめき、カーブの時は歓声が上がった。

元々、ピッチャーを務める3年の元木くんは女子人気が高い美形なので、彼がボールを投げる度に黄色い悲鳴が飛び交っていると表現した方が正しい。

キャッチャーミットを装着していて顔が隠れている大吉がこの声援をどう受け止めているのかはわからないけど。

お調子者なので会場の盛り上がりを楽しんでいるに違いない。

和やかな空気のまま、野球部の紹介が終盤を迎えた頃。

手元が狂ったのか、元木くんの投げたボールが暴投して、

ステージの近くに座る１年生の方へ投げられてしまった。
「危ないっ」
　周囲から悲鳴が上がり、館内がざわついた、次の瞬間。
　ダンッ、と大吉が地面を蹴ってボールの投げられた方向に向かって駆け出し、ここがマウンド上なら確実に砂埃（すなぼこり）が立っていただろうスライディングで滑り込む。
　最前列に座っていた黒髪のショートボブの女の子をうしろにかばい、そして。
　パシッ——！
　彼女の顔面にぶつかるスレスレのところでボールをキャッチした。
　固唾（かたず）を呑（の）んでいた周囲がほっとした顔になり、その直後に辺りは騒然。
　わっと会場の空気が盛り上がり、興奮の渦に包まれた。
「大丈夫か？」
「……は、はいっ」
　ボールがぶつかりそうになった女の子を気遣い、彼女の前に屈み込んで訊ねる大吉に、女の子は頬を赤くしてコクリとうなずく。
　子犬みたいにクリッとした大きな瞳が特徴的なかわいらしい彼女は、ぽーっとした顔で大吉を見つめ、
「あ、ありがとうございます」
　と、声を震わせながら頭を下げていて。
　放送部の照明係でたまたま大吉達の近くで仕事していた私は、その場面をばっちり目撃（もくげき）してしまった。

「怪我なくてよかったわ。マジでごめんな！」
　キャッチャーミットの下でにっとはにかみ、くるりと背を向ける大吉。
　その背中を放心しながら見つめ続ける1年の女の子。
（……なんだろう、この違和感？）
　胸に宿る、不思議な感覚。
　ううん。
　不思議というより、どちらかといえば嫌な予感っていった方が——。
「宮澤さん。次、水泳部が出てくるから、照明ステージの方に回して」
「あ、はい」
　ハッと我に返り、気持ちを切り替えて作業を続ける。
　登壇してくる水泳部の人達に照明を当てながら、心の中は終始もやもやしたままだった。

　高校生活最後の春。
　私と大吉。
　それぞれに新しい「出会い」がやってくる。

## 野球部のマネージャー

「杏子ー、明日から野球部の朝練はじまるから、またしばらく登校別々な」
「了解」
　新入生への部活動紹介が行われた日から数日後の夜7時。
　大吉が私の家に訪れて、玄関先で用件を告げてきた。
　学校で指定されている紺のジャージ姿ということは、部活帰りに真っ直ぐうちに寄ったんだろう。
　肩にはエナメル加工の大きなスポーツバッグを引っかけている。
「今日も部活、お疲れさま」
「おう。とりあえず、腹減ったから一緒にラーメン食いに行こうぜ」
「今から、って、おばちゃんがごはん用意してるんじゃないの？」
「そっちは夜食に回す。ラーメン食ったあと、マラソンしてく予定だから、どのみちあとで腹空くし。つーことで、はい決定。今すぐ行くぞ」
「わっ、ちょっと！」
　ぐいっと私の腕を引っ張り、強引に外に連れ出す大吉。
　慌てて玄関の鍵を締め、半ば引きずられるような形で近所のラーメン屋「善家」まで連れていかれた。

「吾郎のおっちゃーん、とんこつラーメンと塩ラーメンお願いね～」

のれんをくぐり、ガラガラと引き戸を横に引いて店内に入るなり、厨房で調理する店主の吾郎さんに大吉がオーダーする。

「おう、らっしゃい。ふたりともいつものな」

愛想良く出迎えてくれた吾郎さんにペコリと会釈し、ふたり掛けのテーブル席に腰を下ろす。

店内には私達のほかにも数人お客さんが入っていて。

カウンター席で新聞を広げながら食べてるサラリーマンや、野球の生中継を見ながら盛り上がる年配のおじさん、テーブル席で談笑しながら食事する建設作業員のお兄さん達がいる。

学校帰りによく立ち寄るファミレスと違って、ここはゆったりした空気が流れる落ち着いた店だと思う。

「ほい、水」

セルフサービスのポットからふたり分の水をくんできてくれた大吉がテーブルの上にグラスをコトリと置く。

「ありがとう」

「どーいたしまして。つーか、やっぱりお前、今日も俺が様子見に行かなきゃ晩めし抜く気だっただろ？」

椅子に座りがてら、大吉にサラリと指摘されてギクリと固まる。

「な、なんでそんなことアンタにわかるのよ」

「普通にわかるっつの。だって、杏子は胃が小せぇから、

晩めし食ってたら絶対ラーメンなんか食えねぇもん。学校帰りにめし食ってきてたら、食べてきたから無理って断るはずだし」
「……う」
「俺が定期的にめしに連れ出さないと何も食わねぇからな、お前。俺んちで一緒にめし食おうって誘っても変に遠慮するし」
「するに決まってるでしょ。人様の家なんだから」
「バーカ。俺んちは自分の家だと思えって何度言ったらわかるんだよ」

　おしぼりを包むビニール袋を破き、ホカホカのおしぼりで手を拭きながら小言を言う大吉。
「……小さい頃ならまだしも、高3にもなってごはんのことまでお世話になるなんておかしいでしょ。常識で考えなさいよ」
「常識ってなんだよ？」

　私も大吉に倣っておしぼりを取り出し、手を拭きながら、ぽつりぽつりと言葉を続ける。
「あくまで私達は向かい同士の部屋に住む『幼なじみ』で『親戚』じゃないの。極端に言えば他人なわけ。だから、つまりはそうゆうこと」
「ん？　杏子の言ってること、ちっとも意味わかんねぇ」
「……ッ、だぁかぁらぁ」

　イラッときて、思わずキレ気味の口調になった時。
「はいよ。おまちどうさま」

——コトン。

　グレーの半袖シャツに腰に黒いエプロンを巻いた吾郎さんが、お盆に載せたラーメンを運んできて。

　大吉の前に、とんこつラーメン。

　私の前に、塩ラーメンを置いてくれた。

「ふたり共、腹減ってっからカリカリしてんだろ？　それ食って落ち着きな」

　まるで小さな子ども達がケンカしそうになるのをなだめるように、私と大吉の頭にポンと手を置き、優しく笑う吾郎さん。

「ご、ごめんなさい。ここは吾郎さんのお店なのに」

「なぁに、そんなことは気にすんな。揉めてたら、折角作ったラーメンがまずくなっちまうからな。ゆっくり食ってけよ」

　説教されるよりも静かに諭される方がシュンとなるのはなんでなんだろう。

　さっきまでヒートアップしていた熱が引いたからか、冷静になった私達は大人しく「はぁい」と返事をした。

　ラーメンの器からもくもくと立ちのぼる白い湯気と、香ばしい匂いにつられて、おなかがグゥと鳴る。

　それを聞いて大吉が吹き出し、

「ほら、やっぱりな。本当は腹減ってたべ？」

　と、なぜだか勝ち誇ったような顔をして、割り箸をパキンと割った。

「よし、食うぞ。いただきまーす！」

「……いただきます」

顔の前で両手を合わせ、私も箸を割る。

ズルズルと麺をすすり、レンゲでスープをすくう。

あっさり風味の塩スープが効いていてすごくおいしい。

無意識のうちに口元がほころび、どんどん食が進んでいく。

これも吾郎さんが作るラーメンが特別おいしいからなんだろうな。

「ん。ちゃんと食ってんな。偉いぞ」

「……なんか、ペットの食事管理してる飼い主みたい」

ボソリとつぶやいたら、なんて言ったのか聞こえなかったのか、大吉が首を傾げながらニコニコ笑っていた。

ごはん支度をするのが面倒でごはんを抜きがちな私。

そのことを心配して、大吉はしょっちゅう私にごはんを食べさせようと自宅へ呼んだり、外食へ連れて行こうとする。

小さな子どもじゃないんだから、自分の体調管理くらいきちんと出来るし大丈夫だって言ってるのに。

大吉いわく、栄養バランスをまるで無視した私の食生活は目にあまるものがあるらしい。

朝食に栄養補助食品のクッキー。

昼食に菓子パン1個。

夜は基本的にスナック菓子が主流で、たまにコンビニ弁当。

目の前に食事を出されればきちんと食べるんだけど。

なければないで「別にいいかな」って感じ。

栄養はフルーツとかで補えばいいし。

「毎回言ってっけど、杏子は痩せすぎなんだよ。手足なん

て今にもポキッと折れそうだし」
「あのねえ、そんな簡単に人の骨は折れないから」
「最低でも、あと5キロ……いや、8キロは太った方がいいな」

　ブツブツつぶやく大吉を無視して食事に専念する。
　本当心配性なんだから。
　……でも。
　家族のように私の体調を気遣ってくれて。
　大事にしてくれて。
（ありがとう……）
　大吉に彼女が出来ればいいなんて言いつつも、心の奥底では今の関係が長く続くことをどこかで願っていて。
　変わらない距離で、いつまでも、ずっと。
　大吉のそばにいられたらいいなって思ってた。
　でも、私の見えないところで着実に変化の時は訪れていたんだ。

　4月半ば。
　帰りのSHR(ショートホームルーム)が終了し、ざわざわと賑わう校舎内。
　身支度を整えて教室を出た私は、昼休みに大吉から借りた英和辞典を返しに3年B組へと足を運んでいた。
「うるぁ、食らえっ、チョークスリーパー！」
「ウエッ。ギブッ、ギブギブ！　マジでギブアップ！」

教卓の前でクラスの男子達と楽しそうにプロレスごっこをしている大吉の姿を見つけて、入り口の前でぴたりと足を止める。
　友達にプロレス技を決めて無邪気にはしゃぐ大吉。
　相手は真っ赤な顔で大吉の腕を叩き、大吉は「参ったか」と得意げにはにかみながら腕の力を緩めている。
　周囲の男子達は楽しそうに「ぎゃはは」と笑い、大吉達の周りは大盛り上がり。
　高3にもなってプロレスごっこではしゃぐとか小学生かっつーの。
　それにしても、相変わらず、大吉の周りには大勢の友達がいるな。
「大吉」
　盛り上がってるところに水を差すようで少し躊躇したけど。
　教室の入り口からそっと名前を呼ぶと、私の声に反応した大吉が顔を上げて。
「おう！」
　目が合うなり、片手を上げて、にっとはにかんでくれた。
「コレ……昼休みに貸してくれてありがとう。おかげで助かったよ」
　友人の輪を抜け、私の元まで歩いてきてくれた大吉に、手に持っていた英和辞典を返してお礼する。
「どういたしまして。つーか、何気にクラス離れたの初だから、杏子に物貸すのとか新鮮(しんせん)な気分だったわ」

「それはあるかも。今度、お礼に何かおごるよ」
「ははっ、気にすんなって。俺も忘れ物した時に借りるかもだし」
　……借りる相手は私って決まってるんだ。
　どうでもいいことだけど、ちょっぴり嬉しかったり。
　若干浮かれ気分で頬が赤らんだ時。
「……大吉先輩！」
　鈴が鳴るような愛らしい声がうしろから聞こえてきて。
　大吉と声のした方に振り返ると、私達のすぐそばに小柄な女の子が立っていた。
　黒髪のショートボブ。
　背が低くて童顔なせいか、中学生にも見えそうな幼い外見。
　子犬みたいにくりっと丸まった黒目がちの瞳が印象的なかわいい女の子。
　上履きのラインが赤ってことは、2個下の1年生だよね？
　誰……？
「おおっ、山岸(やまぎし)ちゃん！　どうした、2階まで来て」
「あ、あの、今日の部活、顧問の松平先生が職員会議で参加するのが遅れるそうで……かっ、各自自主トレに励むよう伝言を預かって参りまして……」
　大吉と目が合うなり、カーッと顔中に火が点いたように赤面してうつむく女の子。
　ブレザーの裾をぎゅっと握り、恥ずかしそうにもじもじしている。
「了解。わざわざ教室まで連絡しにきてくれてありがとな」

にっとはにかみ、大吉が彼女の肩をポンと叩く。
「はっ、はい！　では、失礼します……っ」
　ぎくしゃくした動きで敬礼ポーズをとり、ダッシュで逃げ出す女の子。
　なんだったんだ今のは……。
　呆然と彼女の背中を見送っていると。
「あの子、つい最近、野球部のマネージャーになった１年の山岸舞ちゃん」
　聞いてもいないのに、大吉の方から説明してきて。
　あれ？
　あの子の顔、どこかで……。
　見覚えがあるような、ないような？
　あ、そうだ。
「……部活動紹介の時、大吉が守ってあげた子じゃない？」
「そうそう。って、よく知ってんなお前！」
「あの時、放送部の仕事でたまたま近くにいたから」
「なるほどな。それにしても、山岸ちゃんて小動物みたいでかわいいよなぁ。仕事熱心なイイ子だし、感心するわ」
　気のせいか、大吉の鼻の下が伸びてるような……。
「何。さっそくあの子に目つけてんの？」
「バッカ、ちげぇよ!!　山岸ちゃんはうちの部のマスコット的存在で、なんつーの？　かわいい妹みたいな感じだっつーの」
　ムキになって否定する大吉に、内心ほっとする。
　今までのパターンだと、本当に気になる子の場合、顔を

真っ赤にして「わ、わかっちまった？」って白状するから。
「言われてみればそうか。大吉はロリっぽいのタイプじゃないもんね」
「俺はつるぺたよりもボイン派だからな」
「……最低」
　ドスッ。
　大吉の左腕を肘で突き、軽蔑の目を向ける。
「いでっ」
　モロにダメージを食らった大吉は、わざと大袈裟に右手で腕を押さえ床にしゃがみ込む。
　オーバーリアクションしたって演技なのバレバレですから。
「ひでーよ杏子っ、俺が何したっつーんだよおぉぉ」
「フンッ」
　腕を組んでそっぽを向き、大吉のことをシカトする。
　それにしても。
　あのマネージャーの女の子。
　今、放課後なんだから、部員が集合した時に顧問の伝言を伝えればいいんじゃないのかな？
　第一、顧問の伝言を部長でもない大吉にわざわざ伝えにくるかな、普通……？
　大吉を前にした時の緊張した様子といい、何かが胸に引っかかって。

　はじまりは小さな違和感。

大吉が誰かに惚れることはあっても、その反対は今までなかったから、すぐにはピンとこなかった。
　新しい出会いがきっかけで、私と大吉の関係が少しずつ変わっていくことも、何もかも。
　この時の私には想像もついていなかった——。

# 打ちあけ話

　高3に進級してから半月以上が過ぎた、4月下旬(げじゅん)。
　桜の花もすっかり散りはじめ、新緑の葉が芽吹(めぶ)きだす頃。

　お昼休み。
　今日は放送委員会の当番なので、4時間目の授業が終わるなり、急いで4階の放送室まで移動した。
　放送室には私と1年生の後輩女子のふたりきり。
　ラジオスタジオみたいなAV調整卓の前に座り、ランチタイムに流す音源を事前確認してから放送開始。
　ここは防音室なので、外の廊下から人の話し声や物音が聞こえてこない。
　静かな場所を好む私にとって最適な空間だ。
　今日の仕事はリクエスト曲を流すだけなので、あとは放送終了時刻に音楽を止めるだけ。
　その間に先生方から生徒の呼び出しを頼まれたり、読み上げてほしい原稿(げんこう)があれば校内放送をかけたりする。
「──で、時間になったら、ここの機材をいじって昼放送スタート。やってみて」
「はっ、はい」
　私に教えられたとおり機械を操作し、曲を流しはじめる後輩女子。
　よほど緊張してるのか顔が強張って手が震えている。

「……大丈夫だから、落ち着いて」

　少しでも緊張を和らげるよう優しい声をかけると、後輩女子——野球部の新マネージャー、山岸舞ちゃんは真っ赤な顔でうなずいた。

　以前、大吉に舞ちゃんのことを「新しく入部したマネージャー」と教えてもらったあと。

　放送委員会の集まりに出ると、彼女の姿がそこにあって。

　目が合うなり、舞ちゃんの方から私に話しかけてきてくれた。

『あ、大吉先輩と一緒にいた……』

『そっちは確か……野球部のマネ、だったっけ？』

『は、はい！　でも、どうして舞のこと知って……』

『この前、大吉に教えてもらったから。あなたが大吉のクラスまで来た時ね。それで覚えてた』

　困惑する舞ちゃんに説明すると、彼女はほっとした表情を浮かべて。

　顔を伏せ、ポッと頬を赤らめながら小声でつぶやいた。

『大吉先輩が舞のこと……』

　舞ちゃんのしぐさに引っかかるものはあったものの、見ないフリをして。

　委員会がはじまるまでの短い間に、お互い自己紹介をし、私は彼女のことを「舞ちゃん」、向こうは私のことを「杏子先輩」と呼んでくれるようになった。

そして、今日は舞ちゃんとペアを組んではじめて仕事する日。
　1・2年の時も放送委員をしていて手慣れている私と違い、はじめて触れる機械に緊張しまくりの舞ちゃん。
　一から手順を教え、放送開始時間に入ると同時に、舞ちゃんにスイッチを押させてスタート。
　校舎の中に生徒からのリクエスト曲が流れだした。
「ふぅ、緊張しましたー」
　舞ちゃんが安心したように胸に手を当てて深い息を吐き出す。
　よほどドキドキしていたのか、顔が真っ赤でかわいいな。
「慣れたらそうでもないよ。リクエスト曲の編集とか、そっち任されてる人の方が大変だから」
「そうなんですか!?　放送委員って思ってたよりも細かい仕事が多いんですね」
「まあね。でも、何事も慣れれば大丈夫だから」
　パイプ椅子に足を組んで座り、横髪を片方の耳にかけ直す。
　舞ちゃんも私の隣の椅子にちょこんと座り、さきほど習ったことをピンクのメモ帳に一生懸命記入していた。
　真面目だなぁ……。
　舞ちゃんのやる気に感心していたら。
「……あ、あのっ」
　メモを取り終えた舞ちゃんが太ももの上でぎゅっと拳を握り締め、何か決心したように顔を上げて私を見てきた。
「ん？　どうしたの？」

今の作業でわからないことでもあったのかな？
　のん気に考えていた私に、次の瞬間、舞ちゃんから意外すぎる質問をされてしまった。
「き、杏子先輩と大吉先輩って付き合ってるんですか……っ!?」
　顔を真っ赤にして叫ぶ舞ちゃん。
　私は目が点になって、ぽかんとした顔になってしまう。
　え……なんでここで大吉の名前が出てくるの？
「校舎内で見かけた程度なんですけど……。ふたりが仲よさそうに話してるところとか、野球部が休みの日に一緒に帰ってたりとかしてるの見て、気になって……」
　声がどんどん小さくなり、みるみるうちに舞ちゃんの瞳が潤みだす。
　何これ。
　どんな状況？
「え、っと……どんなって、私と大吉はただの幼なじみだけど？」
「えっ、そうなんですか!?」
　今度はパッと顔を上げて、嬉しそうな表情。
「家が隣同士だから、お互い用事がない日は一緒に登下校したりするけど……どうして舞ちゃんが私達のこと気にしてるの？」
　正直、この時点で次にくるだろう大体の流れは読めていた。
　緊張気味に私と大吉の仲を探ろうとする舞ちゃん。
　ただの幼なじみだと判明するなり、ぱっと明るくなった

表情。
　表面こそ平静を装っているものの、内心はとても複雑で。
　その嫌な予感は、次の瞬間、見事に的中してしまった。
「実は、舞、大吉先輩のことが好きなんです……」
　ぽっと赤くなった頬を両手で押さえ、衝撃的な事実を告白された。
　胸がドキッと反応して、とっさに何も言えなくなってしまう。
「前に、新入生歓迎の部活動紹介の時、大吉先輩が舞の方に飛んできたボールをキャッチして守ってくれたことがあって……その時にひと目惚れしたんです」
　照れくさそうにはにかむ舞ちゃんに、私は何も言えなくて。
「ここだけの話、野球部のマネージャーになったのも、実は大吉先輩が目当てなんです。不純な動機ですよね。あははっ……」
　大吉"が"恋することはあっても、大吉"に"恋する女の子は今までいなかった。
　イイ奴なんだけど『イイ人止まり』なタイプで。
　三枚目な性格のせいか、あまり男として意識してもらえないことを、大吉はよく嘆いていた。
　大吉にはたくさん魅力があるのに。
　優しくて人想いなところや、責任感が強くて熱血漢なところ。
　アホなことばっかしてるけど、それは全部人を楽しませるため。

……ああ、なんだ。
　私、心のどこかでタカをくくってたんだ。
　自分だけが大吉の良さをわかっていて、自分だけが大吉に恋してるって。
　大吉に恋人が出来るよう願いながら、本当は……。
「あの……杏子先輩？」
「あ、ごめん。ぽーっとして」
　ハッとして我に返り、真顔で舞ちゃんの顔を見つめる。
　今ほど自分がポーカーフェイスに見られやすいことにほっとしたことはないと思う。
　じゃなかったら、今頃、ひどく動揺してるのが彼女にバレて、私の大吉に対する想いを見透かされるところだった。
「……大吉、イイ奴だよ」
　無理矢理口角を持ち上げ、舞ちゃんに微笑みかける。
　どうか私の想いが悟られませんように。
　ズキズキと痛みが増す胸の奥。
　本音を隠して、私はライバルの背中を押す。
「アイツ、アホだけど……すごい優しい奴だから、幼なじみとしてもオススメするよ」
　大吉は決して私を好きにならない。
　幼なじみ以上の関係を望めないなら、いっそ誰かのモノになってくれれば諦めがつく。
　そのためなら……。
「ありがとうございますっ、杏子先輩。先輩にそう言ってもらえて、すごく勇気が出ました！」

「そう？　ならよかった」
「はい！　大吉先輩に振り向いてもらえるよう頑張りますっ」
　真っ直ぐな瞳で大吉への想いを口に出来る舞ちゃんがうらやましい。
　舞ちゃんみたいなかわいい子に好かれたら、惚れっぽい大吉のことだもん。
　……きっと好きになるに決まってる。
　頑張って、と伝えようとして、結局言えなくて口を閉ざした。


　その日の放課後。
　昇降口を出て、校門に向かう途中。
　ふと、グラウンドから聞こえる野球部のかけ声が耳にとまって。
　なんとなくグラウンドの方に近付き、フェンスの金網越しに中の様子をのぞいてみた。
「もう１本行くぞーっ」
　顧問の先生がいろんな方向に球を打ち、部員達がボールをキャッチしに全力でダッシュする。
「次っ、大吉！」
「はい！」
　名前を呼ばれ、マウンドに立つユニフォーム姿の大吉。
　カキーンと先生の金属バットがボールに当たり、ボールが飛んで行った方向に向かって大吉が走りだし、スライディングでキャッチする。

ズザザッ……と高く舞う砂埃。
　大吉のグローブには投げられたボールがしっかりと収まっている。
　すごいじゃん、大吉！
　大吉の活躍(かつやく)を遠目に見ながら心の中で拍手を送っていると。
　……あ、目が合った。
　ふと、顔を上げた大吉と視線が重なって。
　その瞬間、大吉が私に向かってニッとはにかみ、グローブをつけてない方の手を大きく振ってくれた。
　まぶしいほどの笑顔にドキッと胸が高鳴り、思わず頬が熱くなる。
　輝く太陽の下でマウンドに立つ大吉の姿は普段の何倍もカッコ良く見えて、無意識のうちに見惚れていた。
　部活に真摯に取り組む姿。真面目な横顔。野球帽のツバを持ち上げてニッカリとはにかむ、爽(さわ)やかな笑顔。
　きっと、この瞬間の大吉なら誰もがカッコよさを認めて「残念なイケメン」なんて呼んだりしない。
「杏子ー、気を付けて帰れよー！」
　グラウンド中に響く大声に、周囲にいた人達が一斉に私達ふたりに注目する。
「コラッ、大吉！　練習中に何よそ見してんだ、バカ野郎っ」
「あっ、やべ！」
　顧問に叱られ、ぺろりと舌を出して肩をすくめる大吉。
「……バカ」

手のひらで顔面を押さえ、ハーッと深いため息を漏らす。
　でも、今のあいさつが嬉しかったからか、口元は自然とほころんでしまう。
　と、その時。
　ほんの少し浮かれかけていた私は、グラウンドの中から強い視線を感じて。
　そっちに顔を向けたら、スコアブックを胸に抱き締めながらベンチに座っている舞ちゃんと目が合った。
　あれ……？
　今、私のことにらんでた？
　私と目が合った瞬間、厳しい眼差しから人懐っこい笑顔に変化する舞ちゃんを見て、わずかに戸惑う。
　気のせい、だよね……多分。
　今日の昼休み、放送室で顔を真っ赤にしながら大吉への想いを打ち明けてくれた舞ちゃんの顔を思い出し、まさかと否定する。
　私がペコリと会釈をすると、舞ちゃんも会釈を返してくれて。
　この場に部外者の私が長居するのもはばかられるので、そのままくるりと背を向け、フェンスの側から離れていった。

## 賭(か)け事

　爽やかな風が吹き抜ける、新緑の５月。
「今から席替えのくじやるぞ。出席番号順に教卓前の箱の中のくじを引きにこい」
　新しいクラスにもすっかり慣れはじめた頃に席替えが行われた。
　担任に名前を呼ばれた人からくじを引きにいき、不正がないよう、その場で四つ折りにされた紙を開封させられる。
　黒板に書かれた座席番号の下に自分の名前を記入し、全員が引き終わったあとに一斉に座席移動。
　くじ引きの結果、私は廊下側の最後部席に。
　本当は窓際がよかったけど、一番うしろの席ならまあいいかな。
　教室の中に生徒の話し声がざわがやと響く中、机の上に椅子を載せ、机の両端を持ち上げて自分の新しい席のある場所に向かった——ら。
「おっ、ラッキー。宮澤さん、隣の席じゃん」
　私よりも一足早く座席移動を済ませて席に着いていたヨウが、嬉しそうに手を小さく振ってきた。
「……げっ」
　なんでよりにもよってこの人の隣に。
「あはは。人の顔見て『げっ』って。ひどいなぁ～、宮澤さんは」

露骨に嫌な顔をする私に、ヨウはめげるどころか楽しそうに笑っていて。
「隣の席になったのも何かの縁だと思って、今日こそいい加減連絡先教えてよ？」
　ブレザーのポケットからスマホをのぞかせ、もう何度目になるかわからないいつものお願いをしてきた。
　毎日毎日、顔を合わせる度に連絡先を教えてって……。
　うんざりした面持ちで「嫌」とキッパリ斬ると。
「そんなこと言わずにさ。こんなにお願いしてるんだから、せめてメアドくらいは──」
「メアドの番号もSNSのIDも全部教える筋合いはないし、ヨウとプライベートで深く関わる気ないから」
　冷たくあしらい、机の位置を確認して椅子に座り直す。
　ヨウを無視して髪の毛先をいじっていたら、隣から不満げな声が聞こえてきた。
「相変わらずつれないなぁ〜。ほかの子ならすぐ教えてくれるのに」
「だから、はじめからヨウに好意がある子とだけ連絡取り合えばいいでしょ？　私は個人的に連絡する気ないから」
「そんなにオレのことが嫌い？」
「……嫌いじゃないけど、ヨウと関わったらいろいろと面倒くさそう。現に、今もアンタの取り巻きからにらまれてるし」
　前の席から感じる敵意むき出しの視線。
　ヨウに気がある女子達からのバチバチした視線に、私は

うんざりしてため息を零した。
「ごめん。もしかして、オレが話しかけてたせいで嫌な思いさせてた？」
「アンタの取り巻きから、すれ違いざまに『ヨウに近付くな』って肩ぶつけられたり、ヨウと話しただけで『男好き』っていわれのない悪口を吹聴される程度の被害は受けてるけど？」

そうゆう本当くだらないよね、と呆れながら、鼻であざ笑うと。
ヨウが愕然とした表情を浮かべて、左手で無造作に前髪を掻き上げた。
「……マジかよ。ごめん。それは本当に悪かった」
「そう思うなら、私の連絡先を入手するのは諦めて、取り巻き達に私とはなんの関係もないって証明してあげてよ」
「うーん。それは厳しいかな」
「は？」

今の会話の流れでどうして断られるわけ？
驚いて、思わずヨウの方に顔を向けたら、なぜだかヨウは照れたように苦笑していて。
「だって俺、宮澤さんのことかなり本気なんだもん。前から同じ学年にキレイな子がいるなって惹かれてて、今年やっと同じクラスになれて話すきっかけがつかめてさ。正直、すぐ諦めたくない」

真剣な眼差しで告白されて絶句する。
誰が？

ヨウが。
誰を？
あたしを。
前から惹かれてたとか、何それ？
にわかには信じがたく、何かの冗談ではと真っ先に疑ってしまう。
眉間にしわを寄せていぶかしがる私に、
「あ、信じてないでしょ？」
と、ヨウが笑いながら指摘したので、正直にうなずいた。
「本当なのに。ひどいなぁ」
そんなの嘘に決まってる。
本気で好きなら、ヘラヘラしながら告白するはずないじゃん。
ヨウの存在を無視して前に向き直り、頬杖をついてため息をつく。
これ以上話しかけても私の機嫌を損ねるだけだと感じたのか、ヨウも大人しく黙り込み、机の下でコッソリとスマホを操作していた。
『実は、舞、大吉先輩のことが好きなんです……』
その時、ふと頭をよぎったのは、先日、放送室で聞かされた舞ちゃんのカミングアウト。
大吉にひと目惚れして、大吉を追いかけて野球部のマネージャーになったと話していた舞ちゃん。
(……どうしてみんな、そんな簡単に自分の想いを人に打ち明けられるの？)

私は、あずさみたいによっぽど親しい相手じゃないと相談出来ないし。
　ましてや、当人に告白なんてもってのほか。
　私が重くとらえすぎなのかな……？
　人と比べて冗談が通じにくい性格だって自覚してるけど。
　なんか、いろいろ面倒くさい。
　考えるのが億劫(おっくう)になった私は瞳を固く閉じ、短く息を吐き出した。


　席替えが終わった直後の休み時間。
　あずさがメイクポーチ片手に私の席へやってきて、化粧直しにトイレに行こうと誘ってきた。
「杏子、またうしろの席じゃん。うらやましいなぁ」
「あずさは？」
「教卓の真ん前！　居眠り出来ないし、超最悪」
　女子トイレの鏡の前でアイラインを引き直すあずさ。
　放課後、他校の男子達と遊ぶらしく、普段の何倍もメイクに気合いが入っている。
「ねえ、放課後行く前にさ、髪形セットしてもらってもいい？　杏子に整えてもらうと男ウケかなりいいんだよね」
「いいけど、道具は？」
「鞄の中に入ってる」
「オッケー。ならいいよ」
「さっすが杏子♪　頼りになる～」
「はいはい。てか、集中しないとラインはみだすよ？」

「ぎゃーっ、早く教えてよーっ。もっかい引き直さなくちゃ」
　相変わらずあずさはアグレッシブだなぁ。
　つい最近、大学生の彼氏に浮気されて別れたばかりなのに。
　フラれた直後は泣いて落ち込んでたけど、すぐに気持ちを切り替えて、新しい出会いを求めにいけるなんて。
　告白すらしていない私の方が未練たらしく引きずってる。
「どした〜？　暗い顔して」
「……ちょっとね」
　あいまいに苦笑してごまかす。
　大吉にひと目惚れした後輩の女の子や、いまだにしつこく迫ってくるヨウの話を、どのタイミングであずさに報告しようか悩んで。
　ひとまず、今頭の中は合コン一色だろうから、もうしばらくしてから相談しようと思った。


　そして、その日の放課後。
　教室に残った私は、あずさを教卓の椅子に座らせ、ヘアセットしてあげた。
　室内には私とあずさのふたりだけ。
　黒板消しクリーナーのコンセントを抜き、代わりにヘアアイロンの電源を入れる。
「じゃあ、はじめるから」
「はーい。お願いしまーす」
　ブラシで髪をとかし、まずは両サイドの髪を編み込みしてハーフアップに。

アイロンで毛先を緩く巻いて、形が崩れないよう軽くスプレーを吹きかけて完成。
　これから合コンする相手が、市内で有名な進学校の生徒だっていうから、清楚なイメージでアレンジしてみた。
「はい、おしまい」
「うわっ、すご。てゆーか、なんであたしが清楚系にしたいって考えてたのわかったの!?」
　手鏡で髪形の仕上がりをチェックするあずさ。
　興奮気味に「すごい」と連呼されて、ちょっとだけ鼻高々な気分。
「杏子って本当ヘアアレンジうまいよね。あたしだったら、こんなふうに仕上がらないもん」
「どういたしまして」
　ふっと口元をほころばせ、あずさの肩に両手を置く。
　どんなに些細(ささい)なことでも人に褒められるのって単純に嬉しいな。
　子どもの頃、ママが仕事に行く前に美容室でセットしてもらっていたゴージャスな髪型を見てから、ヘアアレンジに興味が湧いて。
　暇な時間を見つけると、ドレッサーの前に座って自分の髪をしょっちゅういじって遊んでいた。
　「夜会巻き」と呼ばれるヘアアレンジの真似や、アイロンを使った巻き髪を何度も練習して。
　ママが寝坊(ねぼう)して美容院へ寄る時間がない時に出勤用の頭を作ってあげたらすごく喜んでくれたっけ。

少しでもママの役に立てたことが嬉しくて。
『ありがとう、杏子！』
　って抱き締めてくれたママの腕の温もりを今でもしっかり覚えている。
「杏子のおかげで普段の何倍も盛れたし、気合い入れて合コン行ってくるわ」
「ん。健闘を祈っておくよ」
　ふたりで空き教室を出て、下駄箱まで向かう。
　その途中。
「あ」
　あずさと階段を下りていた私は、教室の中にヘアアイロンを忘れてきたことを思い出し、ピタリと足を止めた。
「どしたの、杏子？」
「教室に忘れ物」
「一緒に取りに行こうか？」
「ううん。大丈夫。あずさは、このあと予定入ってるんだから、先に行ってて。じゃあ、また明日ね！」
「わかった。ありがとね。バイバーイ」
　お互い手を振り、その場で別れて教室に戻ることに。
　先生に見つかったら没収されるかもだし、早めに回収しないと。
　帰宅ラッシュのピークが過ぎて、シンと静まり返る校舎内。
　２階まで戻ってきた私は、真っ直ぐ自分のクラスへ向かう。
　そして、教室の近くまでたどり着いた時。
　……あれ？

中に人がいる？

さっきまで誰もいなかった教室の中から人の気配を感じて。

入り口の前に立った私は、窓からこっそりと室内の様子を伺った。
「で、どうなの？　結局、落とせそうなわけ？」
「いや。思ってた以上にガード固い。毎日連絡先聞いてんのに、真顔でスルーされるもん。女にこんな扱い受けるのはじめて！」

窓際の席に座る４人の男子生徒達。

そのうち、机に腰掛けているひとりはヨウで。

ヨウが座る机の周りにふたりが立ち、もうひとりは隣の席の椅子に足組みして座っている。

ヨウ以外は全員ほかのクラスの人達だ。

全員派手な格好をしていて目立つ存在なだけに、気後れして教室の中に入るのを躊躇してしまう。
「ぎゃははっ、あのヨウが相手にもされないとか。さすが、クールビューティー。宮澤杏子は手強いねぇ」
「同級生、下級生、上級生、みんな全滅(ぜんめつ)だもんな～」

えっと……。

これって、もしかしなくても、私のこと話してる？

ゲラゲラと下品な笑い声を上げる男子達。

自分の名前が出てきたことに反応して、肩に掛けているスクールバッグの紐をギュッと握り直す。
「本当、思わぬ大誤算だよ。もっとてっとり早く落として

『賭け』に勝つ予定だったのに」
　ヨウが下唇を突き出し、チェッとふて腐れた顔をする。
　でも、本気で嘆いているわけじゃなくて。
　どちらかといえば、ふざけて笑ってるようなニュアンス。
　……ちょっと待って。
　"賭け"ってどういうこと？
　聞き捨てならないひと言に、とっさに聞き耳をそばだてる。
「ほかの奴が落とせない女をゲットするって男として箔付く感じするし？　それに、お前らからもひとり1万もらえる約束だからな」
　ニヤリと口角を持ち上げ、人差し指を立てるヨウ。
　——ドクン、と嫌な音を掻きたてる心臓。
　男子達は口々に、
「相変わらず最低だな、お前〜」
「顔が整ってるっていいよな。ヨウみたいな最低な奴でもモテんだから」
「ヨウの本性知ったら、みんな素で引くんじゃね!?」
　なんて、好き放題言いながら爆笑していて。
　私を落としたら、ヨウに男としての箔が付いて、おまけに友人から1万ずつもらえる？
　それって……。
　静かな怒りが込み上げ、下唇をきゅっと噛み締める。
　どうりでおかしいと思ったんだ。
　今まで話したこともないのに、急に接近されて。
　何度も断ってるのに執拗に連絡先を訊かれて。

サラリと告白されたけど、本気度が伝わらなくて。
　上辺っぽいなって感じてたけど……。
　そういうことだったんだ。
　別にヨウのことを意識していたわけじゃないから、特別落ち込むわけじゃないけど。
　賭け事の対象にされていたことが腹立たしくて。
　悔しいのに何も言えず、教室の前に立ちすくんだままの自分に呆れる。
　ムカつくなら、中に入って文句のひとつでも言ってやればいいのに。
「ま、宮澤さんを落としたあとは適当にヤリ捨てして次のターゲットに移るけどね」
　ヨウの口から放たれた最低最悪の発言に頭にカッと血が上る。
　……あれ？
　おかしいな。
　なんで、目元が熱くなって……。
　瞳にじんわりと涙が込み上げかけた時。
　——グイッ。
　うしろから誰かに肩を押さえられて。
　びっくりして顔を上げた私の視界に飛び込んできたのは、野球部のユニフォームを着た人物だった。
「オメーラ、ふざけんじゃねぇぞ!!」
　バンッと大きな音を立てて教室の扉を開け、ヨウ達に向かって怒鳴ったのは——。

「だいき……ち……？」

　私を背中にかばうようにして前に立つ男子生徒の名前をつぶやく。

　眉間にしわを寄せて怒りをあらわにした大吉は、ツカツカとヨウ達の前に歩み寄って。

　そのまま、ヨウの胸倉を強引につかみ上げ、額と額がぶつかりそうな至近距離で相手をにらみ付けた。
「な、なんだよ急にっ。つーか、急に何すんだよ!?」

　大吉の剣幕に圧されたヨウが焦り声を出す。

　周囲の友人達もいきなりヨウにつかみかかった大吉に驚いているのか唖然としている。
「悪ぃけど、お前らが今話してたこと立ち聞きさせてもらった。そんで言わせてもらうけど、杏子のことを賭けの対象にして遊ぶとか、ふざけたことすんのやめろやっ」

　真っ直ぐヨウをにらみ、大吉が廊下の外まで響き渡るような大声で怒鳴る。
「……っ、お前に関係ないし、離せよ！」

　大吉の手を乱暴に払い、不愉快そうに舌打ちするヨウ。
　一触即発の雰囲気に固唾を呑み、私は胸の前で手を合わせて硬直してしまう。

　普段から滅多におこらない大吉が顔を真っ赤にさせて本気でおこっている。

　それも、私なんかのために……。
「関係あるから言ってんだろうが!!　杏子は俺の大事な幼なじみだ！」

「幼なじみだからなんだっつーんだよ！　彼氏でもねぇくせに、いきなりしゃしゃり出てきて説教垂れんなっ」

　ガンッと乱暴に椅子を蹴り上げ、机から下りるヨウ。

　そして、今度はヨウが大吉の襟元をつかみ寄せ、バチバチと火花を散らせてにらみ合う。

「ちょ、落ち着けって、ふたりとも」

　まずい空気を感じ取ったのか、ヨウの周りにいた友人達が慌ててふたりの間に入ろうとするものの、

「っるせーな、黙ってろよっ」

　頭に血が昇ったヨウに怒鳴られ、困惑した様子で顔を見合わせている。

「……やべぇって。ヨウ、キレたら手ぇつけられねぇぞ」
「でも、先にケンカ吹っかけてきたのは向こうからだし……」

　ヨウの友人達がブツブツ話している間に、ガツッと鈍い衝撃音が室内に響いて。

「たかが幼なじみが調子こいてんじゃねぇよっ」

　ヨウの右ストレートが大吉の頬に当たり、殴られた大吉がうしろによろめく。

「……て、めぇ」

　ぷちんと切れたのか、大吉が拳を高く振り上げて。

　怒りの形相で殴りかかろうとする姿を目にした瞬間、暴力沙汰で野球部の活動が停止になったらという最悪の事態が頭に浮かんで。

「大吉……っ!!」

　気が付いたら、教室の中に飛び込み、無我夢中で大吉の

背中にしがみついていた。
「やめて、大吉!!」
　ヨウに殴りかかろうとする大吉をうしろから必死で押さえ、やめてと何度も叫ぶ。
　私の悲鳴にハッとしたのか、ヨウの友人達も慌ててヨウを取り押さえて。
　なんとかふたりを引き離し、ほっとした直後。
「み、宮澤さん……いつからここに？」
　やっと私の存在に気付いたヨウが顔を青ざめさせて。
　表情を強張らせながら、おそるおそる質問してきた。
「…………」
　ヨウの質問には答えず、無言でうつむく。
　胸の内からふつふつと込み上げる静かな怒り。
　それは、自分に対する冒とくではなく、大吉に手を出したことへの激怒だった。
　一歩間違えば、校内での傷害事件で停学になっていたかもしれない。
　そうなれば、野球部の活動も停止させられて、大吉が大変な目に遭うところだった。
「杏子……？」
　大吉の前に一歩出て、ヨウの前までツカツカと歩み寄る。
　そして。
　──パンッ。
　ヨウの右頬に平手を打ち、冷たい眼差しを浴びせた。
「これは大吉が殴られた分」

「……ッ」
　女にぶたれたことがよほどショックだったのか、驚愕(きょうがく)の表情を浮かべるヨウ。
　叩かれた箇所を手で押さえ、信じられないといった様子で目を見開いている。
「……あと、賭け事とか相手のことバカにしすぎだし。そんな最低な奴、どれだけ下手に出られても絶対なびかないから」
「ち、ちが……誤解だよ、宮澤さ……」
「さっきまで大きい口叩いてたくせに、私にバレたとたんに挙動不審とかカッコ悪すぎ。てゆーか、肝小さっ」
「オ、オレがカッコ悪い……!?」
「あー、キモ。今度は声裏返ってるし。てか、さっき私のこと適当に付き合ってヤリ捨てとか調子乗ってほざいてたけど、誰が死んでもアンタなんかと付き合うかっつーの」
　ポーカーフェイスで無口なイメージが強い私の口から次々飛び出てくる毒舌に周囲は愕然。
　とくに、カッコ悪いと言われたことがよほどショックだったのか、ヨウは見るからにうろたえまくっている。
「新学期初日から人の連絡先しつこく聞いてきてたけど、毎回断ってるんだから嫌がられてるって察しなよ。あれも結局、オレに口説かれて落ちない女はいないって自惚(うぬぼ)れてるから出来ることだよね。そうゆうの本当キモいから。この勘違いナルシスト！」
「！」

真顔でひどい言葉を浴びせる私にヨウが凍りついて。
　とどめにキツイひと言を炸裂したら、ヨウの顔色がみるみる青くなり、机の端に手をついてフラリとよろめいた。
　今の発言でかなりのダメージを与えたのは明らか。
　だけど、私の怒りはこれっぽっちじゃちっとも収まらなくて。
　更に暴言を浴びせてやろうと息巻いていたら——。
「こら、杏子。いくらなんでもそりゃ言いすぎだ。その辺でやめといてやれって」
　我に返った大吉にうしろから肩を叩かれ、ストップをかけられた。
　やめろって言われても……まだ全然腹の虫が治まらないし。
　猛獣のようにぐるるる……と相手を威嚇していたら。
「ほら、行くぞ」
　事態の収拾を図った大吉が私の手を引き、教室の外に連れ出していった。
　ツカツカと足早に廊下を歩き、そのまま階段を下りて昇降口へ。
　大吉が足を止めたのは下駄箱の前だった。
「……お前なぁ。男相手に挑発するなよ」
　くるりと振り返り、大吉が野球帽の上から頭を押さえてハァーッと深い息を吐き出す。
　私を心配してこその忠告だってわかってる……けど。
「……大吉に手を出されて、黙ってろって方が無理」

ぶすっと頬を膨らませて黙り込み、視線を斜め下に落とす。
　上履きをじっと見つめて、下唇を突き出していると。
　大吉がポンと私の頭を叩いて。
「その気持ちはすげー嬉しいけど、向こうが逆上してお前に殴りかかる場合だってあるんだ。俺の言ってることわかるべ？」
　私の目線に合わせて、大吉が背中を屈ませる。
　正面から見つめられて、ぐっと反論の言葉を呑み込んだ。
　真っ直ぐな瞳の奥——、大吉が本気で私のことを心配してくれてるのが伝わってきたから。
　すんなり納得するのは癪だけど素直にうなずいた。
「よし」
　ニッと白い歯を見せてはにかみ、大吉が私の髪をくしゃくしゃに撫で回す。
　私を恋愛対象外に見てる大吉には、大きな手のひらに撫でられて、私の頬がじんわり熱くなってしまう理由が伝わっていないんだ。
「大吉こそ、私なんかのために危険を冒さないでよ。あのまま殴り返してたら、下手したら停学や……野球部の活動だって停止させられてたかもしれないんだから」
「バーカ。それはいんだよ。つーか、杏子は俺にとって『なんか』な存在じゃねえし。立派な家族みたいなもんだろ？」
「いてっ」
　頭から手のひらが離れたと思ったら、今度は軽いデコぴんを額にくらわされてキュッと目をつぶる。

立派な家族……。

特別に思ってもらえて嬉しいけど、切ない響きに胸が締め付けられる。

……でも。

「大切」に思われてる。

それだけで十分じゃないか。

「ありがと、大吉」

ふっと表情を和らげ、心から感謝の気持ちを伝えた。

大吉は満足そうにうなずき、それから少しだけ真面目な顔になって、

「アイツの言ったことで傷付いてないか？」

って心配そうに気遣ってくれた。

「全く。これっぽっちも。だって、私、あの人のことなんとも思ってないし」

「……そこまでキッパリ即答されたら、向こうの方がちょっと気の毒に思えてきたわ」

「そう？ それより、大吉はなんで教室の側にいたの？」

「あっ、いっけね！ 俺、自分のクラスに忘れ物して荷物取りに行ったんだった！」

ハッと思い出したように慌てふためく大吉。

どうやら、部活を途中で抜けて教室に忘れ物を取りにきたらしい。

「じゃあ、急いで取りにいって戻らないと。顧問の先生に叱られちゃうよ」

「おう。ダッシュで行ってくるわ。そんじゃあ、気を付け

て帰れよ」
「そっちもね」
　下駄箱の前でバイバイのあいさつをしていると。
「大吉先輩……！」
　大吉の名前を呼ぶ女の子の声が響いて。
　声のした方に目を向けると、校舎の昇降口から中に入ってくる舞ちゃんの姿が見えた。
　学校指定外のピンク色のジャージを着て、動くのに邪魔にならないよう重ための前髪をヘアピンで斜めに分けている舞ちゃん。
　よほど急いでいるのか、私達のところまで小走りで駆けてくる。
「もうっ、先輩遅いですよ！　みんな外周に出て、顧問の先生おこっちゃってますよっ」
「うげっ、マジか。それはやべーな」
「そうです！　顧問には舞から遅れた理由を説明しておくんで、大吉先輩は急いで部員のあとを追って下さい」
「でも、その前に忘れ物取りにいかんと……」
「それは先輩が外周に出てる間に舞が取りに行ってあげますから……では、そうゆうことなんで、杏子先輩サヨウナラ」
　私を一瞥(いちべつ)して、大吉の腕に自分の腕を絡めて強引に歩きだす舞ちゃん。
　やけに「サヨウナラ」の部分が強調されていたというか、感情の込もってない棒読みだったんですけど。気のせい？

「杏子、じゃーなっ」
「……じゃあね」
　呆気にとられつつ、舞ちゃんに連れて行かれる大吉に小さく手を振る。
　その時。
　ほんの一瞬だけ振り返った舞ちゃんがものすごい形相で私をにらんでいて、ピタリと手の動きが止まってしまった。
　え……と、今の何？
　ドクンッと心臓が嫌な音を立てて、冷や汗が頬を伝う。
　にらまれた？
　……いや、あの子に限ってそんなまさか。
　まさか──ね。
　──キーンコーン。
　夕方の16時を報せるチャイムが校舎中に響き渡る中、私はひとり、下駄箱の前に立ち尽くしたまま静かに動揺していた。

# 告白

　翌日の朝。
　昨日の今日で隣の席のヨウと顔を合わせるのは気まずく、あまり気乗りしないまま学校に登校したら。
「やっと来た……」
「!?」
　教室の前で、私を待ちわびていたらしきヨウとバッタリ遭遇。
　昨日の仕返しをされるのではと身構えた直後。
「おはよう、宮澤さんっ。いや、オレが認めた唯一のスイートハニー」
　バラ色に頬を染めたヨウが私の手を両手でガッシリ握ってきた。
「は？」
　瞳を輝かせ、うっとりした眼差しで私を見つめてくるヨウに、唖然として目が点になる。
　何言ってんのこの人。
　仕返しどころか、なんなの。
　頭でも強く打ったわけ？
　頬を引きつらせ、うしろに一歩後退(あとずさ)る。
　警戒して身を引く私に、なぜだかヨウは前のめりにグイグイ距離を詰めてきて。
「昨日の宮澤さんのビンタで目が覚めたんだ。今までオレ

の周りの子達はみんな俺に夢中だったけど、宮澤さんだけは俺をゴミ虫を見るような目で蔑んでくれただろ？　あの嫌悪感丸出しの冷たい眼差し……ああ、思い出しただけでもゾクゾクするよ……！」
「ヒッ」
　予想をはるかに上回る斜め上な発言に全身にゾッと鳥肌が立ち、ヨウにつかまれた手を思い切り振り払う。
　肩に掛けていたスクールバッグを胸の前に持ち直し、盾代わりにしてガードする。
　廊下にいる生徒達は興味津々な目でこっちを見てヒソヒソしてるし。
　お願いだから、遠巻きに眺めてないで助けてほしい。
「さあ、もう一度あの冷たい眼差しをオレに……っ」
　じりじりと距離を詰めてくるヨウに恐れをなして一歩ずつ後退するものの、ついに逃げ場を無くして柱にトンと背中がぶつかってしまう。
　やばい。
　もう逃げ場がない。
　ぎゅっと胸の前で鞄を抱き締めた時。
「コラ、やめろ。相手、困った顔してんだろ」
　──トンッ。
　長身の黒髪男子がヨウの首元にチョップをお見舞いし、面倒くさそうにため息をついた。
　彼のチョップが急所に入ったのか、ヨウが意識をふっと手放して。

気絶して前に倒れかけたヨウを、黒髪男子がさっと腕に抱きかかえた。

　全体的に重さを残した柔らかな質感のふんわりパーマヘアー。

　細く整えられた眉に、眠そうな印象を受ける、くっきり二重のタレ目。

　スッと通った高い鼻筋。

　キレイな形をした唇。

　シャープな顎のライン。

　わざと着崩した制服姿は、前開きの白シャツ、緩く締められたネクタイ、腰ばきズボンに、踵を踏み潰して履いている上靴と、一見だらしなく見えそうな格好。

　けれど、背が高くて手足の長いバランスのとれた絶妙な体型にそのルーズなスタイルがとても様になっていて。

　パッと見の印象は、無気力そうな男子。

　学校一の美形と評されるヨウ。

　そのヨウの隣に並んでも全く見劣りすることのない美形。

　……この人、知ってる。

　同じクラスになったことはないけど、あずさが前に「超カッコいい」って騒いでたから。

　名前は確か……。

「コイツが朝から暴走してごめんね」

「へっ？」

　彼の名前を思い出そうと相手の顔を凝視していたら、淡々とした口調で謝られてきょとんとした。

「ヨウってガキの頃から周りの女にちやほやされてきたから、自分にマジ切れしてきた女子が物珍しかったみたいで。アンタに殴られて、なんか変なスイッチ入ったっぽい」
「あ、えと……うん？　変なスイッチって」
「多分、Mとかそっちの方向」
「あー……」
　お察しムードで沈黙(ちんもく)していたら、ちょうど予鈴(よれい)が鳴って。
「じゃあ、とりあえずヨウのこと保健室運んでくるから。担任になんか聞かれたら適当に答えといて」
　くるりと背を向け、近くにいた友人らしき男子生徒に「運ぶの手伝って」と眠そうな顔で頼み、ふたりがかりでヨウを抱えて階段を下りていった。
「な、なんだったの一体……」
　一連の流れに呆然としつつ、ふらふらした足取りで教室に向かったら。
「ちょっとー！　今の一部始終見てたけど、どーゆうことー!?　なんで杏子が榊(さかき)くんと話してたわけ？」
　あずさが興奮気味に私の元まで走ってきて、事情を説明しろと詰め寄ってきた。
　榊……って、ああ、やっと思い出した。
　今の男子の名前、大吉と同じB組の榊潤(じゅん)だ。
「どうゆうって……どうもこうもないけど」
「こらー、お前ら席に着けー」
　ありのままの事実を告げた直後、担任の先生が日誌を腕に抱えて教室の中に入ってきた。

「もー、SHR終わったら詳しく説明してもらうからね」
　あずさが慌てた様子で自分の席に戻っていく。
「……だから何もないんだってば」
　日直当番の号令で椅子をうしろに引いて立ち上がりながらボソリとつぶやき、ため息まじりに肩を落とした。

　朝のHRが終わってすぐにあずさが私の席まで話を聞きにやってきた。
「さーて、どうゆうことか説明してもらいましょうか？」
「……話、結構長くなるけど？」
「じゃあ、特別にサボることにして、適当な場所で話しようか」
　という、あずさの提案で屋上手前の非常階段で座って話すことに。
　屋上の扉が施錠されているため人の通りが少なく、先生方も滅多に見回りにこない穴場スポット。
　そこで、声のボリュームを下げて一連の出来事をあずさに説明した。
　今まで接点のなかったヨウが私に急接近してきた理由。
　男子達とのくだらない賭け事。
　賭けの内容はヨウが私を落とせるかどうか。
　成功した暁には1人1万円払う約束までしていて。
　その話を偶然通りがかった大吉が聞いてブチ切れ、危うく乱闘騒ぎになりかけた。
　大吉が殴られた仕返しに私がヨウに平手打ちして教室か

ら撤収。

　どんな報復が待ち受けているかと身構え登校したら、瞳をハートマークに輝かせたヨウに気色悪いことを言われて。

　じりじり詰め寄ってくるヨウに困惑して後退りしてたら、B組の榊潤が現れピンチを救ってくれた。

「で、今に至るわけですが。残念ながら、あずさが望むような榊潤との接点は一切無しです」

　ふぅと息を吐いて右隣に座るあずさを見ると、あずさはドン引きした顔になっていて。

　二の腕に鳥肌が立ったらしく、ゴシゴシと腕をさすりながら「キモッ」と悪態をついた。

「それマジでないわ。人のこと賭けの対象にするとか超最悪。バカにすんなっつーの」

「まあね」

「てか、あたしも軽はずみに王子いいじゃんとかオススメしてごめん。いくら外見整ってても中身がクズじゃ駄目だわ」

「あずさ……」

　私がやられたことなのに。

　まるで自分のことみたいにあずさが本気でおこってくれて、あったかい気持ちになった。

「王子と杏子なら美男美女でお似合いだなぁとか思ってすすめてたんだけどさ、そんな最低な奴だってわかった以上、あたしの大事な親友に近寄ってほしくないわ。それなら、外見猿でも、杏子のために必死になってくれる猿飛のが

100億倍マシ」
「マシって……」
「ただなぁ〜、猿飛が相手だと絵図が『美女と野獣』ならぬ『美女とモンキー』になるのがなぁ。美人の杏子にはもったいないっていうか、なんていうか。普通にしてれば、猿飛も顔整ってるイケメンなんだけどさ」

　うーんと腕組みをしてうなるあずさ。

　美女とモンキーって。

　大吉、散々な言われようじゃん。

　頭の中で『ウキーッ』と雄叫びを上げる大吉の姿を想像したら吹き出しそうになったので、左手で口元を覆い、必死で笑いを噛み殺した。
「なんで小刻みに肩を震わせてんの、杏子」
「別に」

　私にとっては猿だろうがなんだろうが、中身が『大吉』ってだけで十分なんだけどな。

　……なんて、乙女なこと言えないけど。
「王子には本気で腹立つけど、杏子にとって元から興味無い相手だったからよかったよ。あたしだったら、イケメンに気に入られたってだけで舞い上がって勘違いしちゃうからさ」
「だって、私顔で選ばないもん」
「でしょうねー。なんたって『あの猿』に長年片想いしてるくらいだもん」
「……それ以上大吉のことバカにしたらさすがにおこるよ？」

「わーっ、嘘、嘘！　冗談だって」

　顔の横で握り拳を作り、横目であずさを見たら、あずさが慌てたように顔の前で両手を振って。

　笑いをこらえきれなくなった私は吹き出し、つられてあずさも苦笑した。

「でも、本当に猿飛がいてくれてよかったよね。昨日の話聞いてて、ちょっとヒーローみたいって思ったもん」

「……うん」

　あずさが優しい声で言うから、素直にうなずいてしまった。

　大吉がヒーロー、か……。

　確かに、いつも私のことを見守って、ピンチの時に助けてくれる大吉はヒーローみたいな存在なのかもしれない。

「猿飛に彼女が出来る前に告っちゃえばいいのに」

「告らないよ」

「……なんで？」

　納得いかなそうに唇を尖らすあずさに「なんでも」と静かに答え、微笑んだ。

　そう。

　この時、私は大吉に想いを伝えないとハッキリ断言したんだ。


　だから……。

　その日の夜。

　相変わらず仕事で家にいないママはお金だけ置いて外に出ていて。

何か買いに行こうか、それとも出前をとろうか迷っているうちに、食事すること自体がどうでもよく思えてきて。
　茶の間のソファに座り、テレビを見ながら足の爪にペディキュアを塗っていたら、ローテーブルの上でスマホが震えて。
　マニキュアの瓶を床に置いてスマホを確認すると大吉からSNSがきていた。
　夜9時。
　こんな時間になんだろう？
　疑問に思いながら未読メッセージを開くと【ベランダ出て】と書かれている。
「ベランダ……？」
　首を傾げつつ、カラカラと窓を開けて外に出たら、ゆったりした赤いパーカーに黒のスエット姿の大吉が隣家のベランダに立っていた。
　柵に両手をついて、ぼんやり夜空を眺めている大吉。
　その横顔は、どこか放心気味で。
　心ここにあらずといった感じでほうけている。
「大吉？」
　ベランダ越しに名前を呼んだら、ハッと我に返ったように大吉が振り向いて。
　目が合うなり、ゆでダコみたいに顔中真っ赤にさせて、柵に手をついた状態でその場にしゃがみ込んだ。
　長い息を吐き出し「あー」だの「うー」だの声にならないうめき声を上げている。

「どうしたの？」
　明らかに様子のおかしい大吉を不審に思って訊ねたら。
「タンマ！」
　大吉が顔の前にバッと左手をかざし、心の準備が整うまで数秒待ってと叫んだ。
「待つけど……なんなわけ？」
　スーハーと深呼吸を繰り返す大吉を見て首を傾げる。
　一体何がしたいんだコイツは。
　せかしても仕方ないので、心の準備とやらが完了するまで、ベランダの柵に肘をついてスマホをいじることにした。
　あずさから届いたSNSのメッセージに返信を打ちながら待つこと数十秒。
　やっと決意が出来たのか、大吉が意気込んだように「んっ、んっ」と大きな咳払いをして立ち上がった。
「よしっ」
　パンッと両手で頬を叩き、気合い入れする大吉。
　いちいち動作が大きい奴だなぁ、なんてシラケた目を向けていたら。
「あんさ、今から言う話、疑わんで聞いてな？」
　耳の付け根まで赤く染めた大吉が私をじっと見つめ、柵をつかむ手に力を入れて、覚悟を決めたように口を開いた。
「今日、部活帰りに、後輩から告られた」
　夜風に吹かれてカサカサとこすれ合う樹木の葉っぱ。
　厚い雲に覆われて光が陰る半月。
　どこかの家庭が窓を開けているのか、団地の敷地内から

聞こえてくる笑い声の入った談笑やテレビの雑音。
　全ての音が遠のいて。
　ドクン、と。
　胸の鼓動が……。
「後輩って……舞ちゃん？」
　嫌な音を掻き立てて、バクバクと脈拍数が上昇していく。
　唾を呑み込む音がやたら大きく聞こえて、頭の中が真っ白に染まっていって。
「……うん」
　私から目を逸らした大吉が朱色に染めた頬を指先でポリポリ掻きながらうなずいた。
　瞬間、息が止まって。
　衝撃で目を見開き、全身の力が一気に抜けた。
「……え？」
　間抜けな声が出て、慌てて口元を押さえる。
　動揺が見抜かれないよう、横髪で顔を隠してうつむいた。
　脳裏に浮かぶのは、以前、放送室で大吉への想いを私に語った舞ちゃんの言葉。
『実は、舞、大吉先輩のことが好きなんです……』
　真っ直ぐ一途に。
　なんの躊躇もなく大吉を好きだと言った舞ちゃんの笑顔。
「4月の部活動紹介で、野球部はキャッチボールのパフォーマンスしたじゃん？」
「うん。覚えてるよ」
「あん時、ボールぶつかりそうになってた子いたべ？　一

応、俺がかばってキャッチしたから怪我はなかったけど」
「それも見てたからわかるよ」
　あの場面を目にした時から、ずっと嫌な予感がしてたんだ——って言ったら、大吉はどんな顔する？
「……なんか、そん時に、俺にひと目惚れしてくれたっぽい」
　ねえ、大吉。
　私、今、混乱して胸が張り裂けそうだよ。
「野球部のマネージャーになったのも、俺と接点を持ちたかったからだって。……みんな帰ったあとの部室で『好きです』って言われた」
　覚悟を。
　いつかは、こんな瞬間が訪れると覚悟をしていた。
「俺、自分から告ることはあっても、人から告られた経験って一回もねぇし。つーか、まず顔も大してよくねぇからモテないしよ？」
　へっと、鼻の下をこすって、大吉がわざとおどけてみせる。
　でも、ごめん。
　今は冗談に乗って笑える余裕がないんだ。
「そんな俺がなんで、って結構びっくりしてるっつーか……なんて返事すればいいのか迷ってて」
　迷ってるってことは、断る可能性もあるってこと？
　……ううん。違うよね。
　本当になんとも思ってない子だったら、悩む前に答えが出てるはず。

私に相談してきたってことは……。
「少しは気になってるんでしょ、舞ちゃんのこと？」
　痛む胸を押さえて、大吉に作り笑顔を向ける。
　優しい声で諭す私に大吉は目をぱちくりさせて。
　それから、首の裏を押さえて「……やっぱそうなんかな」と照れくさそうにつぶやいた。
　あ、駄目。
　今、ちょっとでも気を抜いたら泣きだす。
「かわいいもんね、あの子。素直そうで、イイ子だと思うよ」
　これまで何度も大吉から恋の相談を受けてきたのに。
「見た目的にはつり合いとれてるかどうかは人の価値観次第だからわかんないけど、性格的には正直者同士で合うんじゃない？　てか、顔自体は元々整ってるんだから気にする必要ないよ」
　なんでだろう。
　今まで大吉の恋を応援してきた中で一番胸が苦しくなるのは。
「私はいいと思うな。舞ちゃんと付き合うの」
　片耳に髪をかけてふんわり笑う。
　作り笑顔を見抜かれないよう、必死で笑った。
「俺が山岸ちゃんと付き合うことで『お前の彼氏、猿！』とかバカにされたりしねぇかな」
「プッ、小学生じゃないんだから。『お前の母ちゃん、でーべそ！』みたいなノリで悪く言う人なんていないでしょ」

口元に手を添え小さく吹き出す。
……大丈夫。
あと少し。
大吉の背中を押してあげるまで泣くのをこらえろ。
「頑張れ、大吉」
夜風になびく髪をそっと手で押さえ、優しく微笑んだ。
私から後押しのひと言をもらえるのを待っていた大吉は、決心がついたようにうなずき「おう」とはにかんだ。
「あんがとな。お前に相談して正解だったわ」
迷いが吹っ切れたのか、爽やかな笑顔を浮かべる大吉。
頑張れ、なんて……。
……本気で思ってないくせに。
「さっそく、明日返事してくるわ」
「ん。舞ちゃんも返事待ちの間は不安だろうから早く伝えてあげなよ」
じゃあ、と大吉に背を向け、家の中に引き返そうと窓枠に手をかけたら。
「杏子、お前も何か悩んでることとかあったら真っ先に俺に相談しろよ！」
調子を良くした大吉が明るい声で言い、私の背中に「おやすみ」と声をかけてくれた。
おやすみ、と返したかったのに、嗚咽をこらえるのに精一杯だったせいか言葉が何も出てこなくて。
無言で、カラカラ……と窓を開けて部屋に戻る。
茶の間のカーテンを閉めるなり、脱力してずるずると床

の上にしゃがみ込んでしまった。
「……ふっ」
　木目調の床にポタポタと跳ね落ちる、大粒の涙。
　目頭が熱くて、喉の奥が締め付けられたように息苦しくて。
『今日、部活帰りに、後輩から告られた』
　いつかはこんな時がくると覚悟していた。
　今の関係が崩れることを恐れて、想いを告げないと決めたのは自分の意志だったはずなのに。
「う〜……っ」
　唇を引き結び、声を押し殺してぽろぽろ泣いた。
　どうしようもない想いをぶつけるように力の入らない手で太ももの上を叩き、体を丸めて泣き崩れる。
『あんがとな。お前に相談して正解だったわ』
　大丈夫。
　大丈夫、大丈夫、大丈夫。
　必死に言い聞かせているのに。
　……嘘つき。
　本当は、これっぽっちも大丈夫じゃない。
　どんどん浅くなる呼吸。
　涙でにじむ視界。
　止まらない嗚咽、止まらない本音。
「っ……いやだ」
　かすれ声でつぶやいた、本当の気持ち。
「嫌だよ、大吉……っ」
　届かない想い。

……大吉に『彼女』が出来る。
　激しく動揺して思い知らされる。
　その時に向けた『覚悟』なんてちっとも出来ていなかったことを……。

　翌朝、赤く腫れた目を登校時間ギリギリまで氷で冷やして登校したら、珍しく大吉が私のクラスにやってきて入り口で手招きしてきた。
　内心では重い気分を引きずっていたものの、普段と変わらない態度で「何？」と言って廊下に出ると、大吉は鼻の下をこすりながらにやけていて。
「今朝、朝練のあとに返事して、山岸ちゃんと付き合うことになった」
　開口一番に最も聞きたくなかった報告をしてきた。
「……そう。おめでとう」
　パチパチと真顔で手を叩き、すぐさま背を向ける。
「おう、って反応そんだけかよ!?　おいっ、おーい!!」
　大吉が呼び止める声を無視して自分のクラスに戻る。
　教室の戸に手をかけ、中に入る前にチラリとうしろを振り返ったら。
「猿、彼女出来たってマジ!?」
「失恋王のお前が１年の女子に告られてOKしたって噂、学校中に広まってるぞっ」
　大吉の友人達が噂の真相を確かめるべく、盛大なタックルをお見舞いして、突撃インタビューしている場面を目撃

した。
「!?　なんでおめーらがそのこと知ってんだよっ」
「通行人の多い下駄箱前で返事したら、そら噂広まるに決まってるべー」
　ぎゃははっ、と笑い声を上げてはやしたてる男子達。
　その中心で大吉は顔を真っ赤にして参った顔してる。
「……ちくしょー。頭ん中いっぱいいっぱいで人目なんて気にしてなかったー」
　後頭部をポリポリ掻き、観念したように事実を認める大吉。
　噂が本当だったことを確認した男子達の盛り上がりは更に大きくなって。
　その日のうちに大吉と舞ちゃんカップルの誕生の話が学校中に広まっていた。

「……杏子、大丈夫？」
　私の気持ちを唯一知ってるあずさだけが気遣ってくれて。
「今日はあたしのおごりでカラオケ行って思いっきり歌おう！　この前、短期バイトの給料入ったばっかだし、帰りにはファミレスで食事もごちそうしたげるから。ね、決定。はい、行くよ！」
　放課後、帰りのSHRが終わるなり、ガッチリ腕をつかまれて強引に街の方へ連れ出されることに。
「ありがと、あずさ」
　あずさなりに私を心配して元気づけようとしてくれていることが伝わったので、素直に誘いを受け入れた。

ふたりで教室を出て、階段を下りて下駄箱へ。
　雑談しながら靴を履き替え、昇降口の外に出ようとした時。
「——ちょっと待ってて」
　あずさだけ先に外に出てもらい、下駄箱の方に足をUターン。
　3年B組の下駄箱前まで移動し、周囲に人がいないのを確認してから大吉の靴箱を開けた。
「……おめでとう」
　ポツリとつぶやき、上履きの上に「恋みくじ」を置いて蓋を閉じた。
　恋蛍神社でたくさん引いた【大吉】のおみくじ。
　これまでは失恋した時に贈っていた物だけど、今日は違うね。
　ちゃんとお祝いの気持ちが詰まってるから。
　サッとその場を離れ、急いで靴を履き替える。
「おまたせ」
　外で待っていてくれたあずさの隣に並び、ふっと表情を和らげて笑う。
「さーて。じゃあ、行きますか。カラオケの前に、駅前に新しく出来たショップのぞいてく？　かわいい服いっぱいあるって」
「いいね。少し寄ってこうか」
　オシャレトークに花を咲かせて、真っ直ぐ振り返らずに校門を通り抜ける。
　グラウンドの方からは野球部のかけ声が響いていて、そ

の中でもとくに大吉のバカでかい声が目立っていた。

　おめでとう、大吉。
　彼女が出来たこと、心から素直に喜んであげられなくてごめんね……。

## 進路

　本格的な梅雨入りで、じめじめした湿気に悩まされる６月。
　毎朝のヘアーセットに倍以上の時間がかかるわ、洗濯物を外干し出来ないわで毎年憂鬱になる季節。
　ただでさえ億劫な私を悩ませる種がふたつ。

　ひとつ目は──。
「おはよう、宮澤さん。今日も冷たい眼差しを存分に浴びせてくれるって期待してるよ！」
「…………」
　隣の席の男子、ヨウのウザさが前以上に増したせい。
　雨が降る中、ひとりで学校に登校したら、昇降口の前でヨウにバッタリ遭遇して。
　傘に付いた水滴を払い落としていた私は、背後からぬっと人の顔をのぞき込んできたヨウに言葉を失って絶句。
　ニコニコと爽やかな笑顔を浮かべて、なんつーこと抜かしてるんだこの男は。
「ああ、そのシラケた目も堪らないよっ」
「キモッ」
　あまりの気持ち悪さに傘を持ってない方の左手で右腕をさすり、ヨウから距離をとる。
　でも、私が逃げれば逃げるだけヨウも距離を詰めてきて……。

ヨウが腕を広げて私に抱きつこうとしてきた、次の瞬間。
「どうして俺から離れようとするの？　もっと近くでオレをにらん……ゴフッ」
「……ヨウ、嫌がってる相手にしつこくするのは駄目だよ」
　ごんっ、と鈍い衝撃音がして。
　真顔の榊くんがヨウの頭頂部にげんこつを食らわし、首根っこをひょいっとつかんでヨウを私から引き離してくれた。
「いってぇ～!!」
　よほど痛かったのか、両手で頭を抱え、地面にしゃがみ込むヨウ。
　王子様のカッコ悪い姿に、昇降口の前を通る生徒達は好奇の視線をジロジロ向けている。
　ヨウに巻き込まれる形で注目されてかなり恥ずかしい。
「……榊くん、ありがとう」
「……こっちこそ、ヨウが毎日しつこくしてごめん」
　ぺこりと小さく頭を下げる榊くん。
　私も榊くんも基本真顔で無口なタイプなので、無表情のまま頭を下げ合い、ひと言だけの短い会話を切り上げた。
　はぁ、助かった……。
　例の一件以来、ヨウのしつこさは前にも増してひどくなった。
　Mに目覚めた（？）ヨウは、私に冷たくされることに至上の喜びを感じているらしく、毎日私のそばをうろちょろしては気持ち悪いことを言ってくる。

端から見れば、学校1のイケメンに迫られてうらやましいシチュエーションなんだろうけど（あずさがそう言ってた）、会話の内容はひどいもので。
　こういうタイプの人につきまとわれるのははじめてで対処法もわからずうんざりしている。
　唯一の救いといえば、ヨウと仲がいい榊くんが、ヨウの暴走を見かねて私のピンチを毎回救ってくれることだ。
　あずさの話によると、ヨウと榊くんは血のつながったイトコ同士で、家が近所にある幼なじみだそう。
　どうりで榊くんも人目を惹く美形なわけだ。

　ヨウとは別に、ふたつ目の悩み。
　それは──。
「宮澤。うちのクラスで進路希望が決まってないのお前だけだぞ」
「はぁ……」
　小雨が降り続ける、ある日の放課後。
　50代半ばの中年教師に職員室に呼び出され、お説教されること20分。
　ぼんやり上の空で返事する私に、担任は痺れを切らしたようにデスクの上を叩き「真面目に考えろ」とおこられてしまった。
「まだ具体的に決まってなくても、せめて『進学』か『就職』、どっちを希望してるかだけでも記入せんと駄目だろう」

先日、私が名前だけ書いて未記入のまま提出した「進路希望調査票」のプリントを指先でつまんでひらひら振る先生。
「親御(おやご)さんときちんと相談して今週中に再提出するように」
　回転椅子に腰掛けた担任を見下ろす形で目の前に立っている私は、やる気がなさそうに「わかりました」とうなずき、プリントを受け取って職員室をあとにした。
　ガラガラとうしろ手でドアを閉め、ため息を零す。
　進路によって必修科目が変わるから、先生に注意されるのは仕方ないんだけど。


「親と相談、ねぇ……」
　自宅に帰り、制服姿のまま布団の上に倒れ込む。
　あお向けに横になり、担任から突き返された進路希望調査票のプリントを眺め、ため息。
　高3の6月……。
　本来なら、とっくに卒業後の進路に向けて動き出さなくちゃいけない時期なんだろうけど。
　進学か就職か。
　一応、去年の段階では進学組の方に〇を付けて提出したけど……。
「専門学校に行きたいって言ったら、ママの負担になるよね……」
　むくりと起き上がり、机の引き出しからそっと美容専門学校のパンフレットを取り出す。

美容に関することに興味があるから、もっと勉強して、その手の職に就けたら……って、一度は資料を取り寄せたものの。
　私が希望する専門学校は県外の離れた場所にあって。
　仮に、試験に受かって入学出来たとしても、家から出て、仕送りをしてもらわなければ生活できないのは明らか。
　当然、自分でもバイトして、基本的な生活費は捻出(ねんしゅつ)しようと思ってる。
　だけど、仕送りの心配をする以前に、入学金や学費だけでも相当な額になるので、こんな大金を出してほしいなんてママにお願い出来るわけがなくて……。
「やっぱり、自分で働いて稼(かせ)いだお金で行くべきだよね……」
　何年かかるかわからない。
　それでも、自分でお金を貯めて、行きたい学校に行くべきなんじゃないかな。
　体をボロボロにしてまで一生懸命働くママの姿を見てたら、簡単に頼めることじゃないのは当然で。
　進学希望から就職希望に修正して、今からでもエントリーシートや面談の練習をはじめた方がいいよね、きっと。
　複雑な心境でパンフレットを眺めていると。
「……ただいまぁ」
　玄関の方からママの声が聞こえて、慌ててパンフレットを引き出しの中に戻した。
「おかえり」
　夕方6時過ぎ。

部屋から出てリビングに行くと、タイトなスーツを身にまとったママが、アップに結わえた髪をぐちゃぐちゃにかき乱しながら、食卓テーブルに片手をついてニコニコしていた。
「うっ。ママ、お酒臭い」
「うふふ〜、お得意さんが飲みにいくの付き合ってほしいって言うから、昼間から飲んできちゃったぁ」
　ふらふらとおぼつかない足取りで私の前まで歩き、ぎゅっと抱きついてくるママ。
「杏子ちゃ〜ん、1時間したら出勤の用意するから起こしてちょうだ〜い」
「はいはい。今日は同伴無くてよかったね」
「久々に、少しの間だけど夕方のんびり出来て嬉しいわぁ。……あ、杏子ちゃん、ごはんはもう食べた？　まだなら、ママと」
「自分の分は自分で用意出来るから大丈夫だよ。それに、お酒飲んできたってことは、さっき食べてきたばっかりなんでしょう？　私なんかと食事する時間があるなら、少しでも体を休めてゆっくりしてよ」
「杏子ちゃん……」
　申し訳なさそうに眉を下げるママ。
　……そんな顔しなくていいんだよママ。
　だって、もう高校生だし。
　食事くらいどうとでもなるんだから。
　そういう思いを込めて「ね？」と優しく促すと、ママが

少しだけ寂しそうに苦笑して。
　私を抱き締める腕に力を入れて「いつもありがとう」とつぶやいた。
「ううん。気にしないで。それより、昨日、ママの部屋片付けておいたから。あと、脱ぎっぱなしになってたドレスも全部クリーニングに出してきたから、明日取りにいくね」
　ママの背中を軽く叩き、部屋で寝るよう促す。
　ママはもう一度だけ謝ると、壁に手をつきながら自分の部屋に戻り、スーツを着たまま布団の上に倒れ込んでしまった。
　よほど疲れていたのか、ものの数分もしないうちに爆睡状態。
　……ママ、体大丈夫かな？
　ここ数年、不況のせいで客足が遠のいて店の経営が大変だってよく言ってるし。
　ホステスとしてお店に出る一方で、ベテランのママは経理の仕事もしていて。
　分刻みのスケジュールで、いつも大変そう。
　体を酷使しすぎて倒れないといいんだけど……。
　ママの体が心配で、顔を合わせる度に胸が苦しくなる。
　そんなふうにボロボロになるまで働いているのは、家族の……私のためだってわかってる。

　18歳の時に私を出産したママ。
　ママは小さい頃に事故で両親を亡くしていて、親戚中の

家をたらい回しにされて育ったらしい。

　中学卒業と共に親戚の家を出て働きはじめた苦労人。

　それでも、親戚に気を使って生活するよりかは、仕事しながらでものんびりひとりで暮らした方が気楽だったと笑って話せるママは本当にすごいと思う。

　17歳の時に、友人の紹介で知り合ったパパと大恋愛の末、私を妊娠(にんしん)。

　ママと同い年のパパは、その時まだ高校生で……。

　パパの家族はふたりの交際に猛反対。

　せめて、お互いに成人して、きちんと責任を取れるようになってからじゃないと認められないと、子どもを中絶するよう説得された。

　はじめは、ママとおなかの子どもを守るために必死で説得していたパパも、現実的な問題に直面して、どんどん消極的に。

　これから先もママといるために、今回は子どもを諦めようと泣く泣く頭を下げるパパに、

『絶対に嫌！　私はひとりでもこの子を産んで育ててみせる……っ』

　とママはたんかを切り、パパの前から姿を消して。

　パパとの連絡先を全て断ち、知人のツテをたどって別の町へ引っ越し、ひとりで私を産んで、ここまで一生懸命育ててくれた。

　せっかく授かった命を……自分の子どもを諦めるくらいなら、どれだけ大変な目に遭っても産み育てたい。

そう固く決意して……。

　子育てをサポートしてくれる身内がいない状態で、想像を絶する苦労をしてきたママ。
　自分が若い時から働いてきた分、私には普通の学生生活を送ってほしいからとアルバイトを禁止し、毎月多めのお小遣いを渡してくれる。
　どんなに疲れていても、娘の前では笑顔を絶やさず、決して弱音を吐いたりしない。
　だからこそ、これ以上ママの負担になるようなことはしたくないし、ママには誰よりも幸せになってほしいんだ。
　ママが寝てるのを確認したあと、部屋に戻った私は、進路志望調査票の紙に「就職希望」と書いて、スクールバッグの中にしまった。
　明日、担任に提出して、進学から就職の方に変更したいって伝えにいこう。
　……大丈夫。
　きっと、この選択は間違ってなんかいないはず。
　自分自身に言い聞かせ、小さくため息を零した。

## 変わりだす関係

　まだ梅雨が続く、6月中旬の土曜日。
　今日も朝から小雨が降り続き、外はどんより曇り空。
　昼12時30分。
「ん……」
　布団をよけて、目元をこすりながらのそりと起き上がる。
　パジャマ用のTシャツとスエット姿のまま部屋から出てダイニングに行くと、食卓テーブルの上に1万円札が置かれていた。
「……夜中に一回帰ってきてたんだ」
　お札を手に取り、ぽつりとつぶやく。
　今日は学校も休みだし、昨夜は夜中の2時まで起きてたんだけど……どうやら、私が眠ったあとにママが帰ってきていたらしい。
　深夜帰宅で早朝出勤……。
　お仕事なのか、それとも別の用事なのか。
　1年くらい前から、忙(いそが)しい合間を縫(ぬ)って外出してるところから察するに、ママには今付き合っている人がいるような気がする。
　仕事用の時とは違う、オシャレな洋服や控えめな化粧をしている姿を度々見かけるようになったからかな？
　今までずっと仕事ばかりで浮いた話のひとつもなかったもんね。

私のために全てを犠牲にして仕事と子育てに専念してきたママ。
「急な再婚話とか出たりしてね」
　お札をテーブルに戻し、冷蔵庫を開けてペットボトルのミネラルウォーターを取り出す。
　キャップを開けて、渇いた喉に水分を流し込むと、うーんと片手で伸びをして、大きな欠伸を漏らした。
「あ、シャープペンの芯、切れてたんだった」
　洗顔と歯磨きを済ませて部屋に戻ったあと。
　もうじき控えたテスト勉強をしようと机に勉強道具を広げていたら、シャープペンシルの芯が無くなっていたことを思い出した。
　昨日、学校帰りにコンビニで買って帰ろうと思ってたのに、すっかり忘れてた。
「……面倒くさいけど、買いに行くか」
　はぁ、と深いため息を漏らしながら椅子から立ち上がり、壁掛けフックに掛けてある薄手のパーカーを手に取る。
　Tシャツの上に羽織り、スエットを脱いでジーンズに着替え、ビニール傘と財布を持って家を出た……ら。
　──ガチャッ。
　玄関のドアを開けた直後、ある人物達が目に飛び込んできて。
「おう、杏子。お前、頭に寝癖付いてるけど、さっき起きたばっかだろ？　もう昼回ってんぞ」
「杏子先輩、こんにちは！　これからお出かけですか？」

今まさに向かいの家に入ろうとしていた大吉と舞ちゃんのツーショットを目の当たりにして、大きく目を見張る。
　びっくりしすぎて、一瞬で眠気が吹き飛び、息をするのも忘れてしまった。
　お気に入りの赤いパーカーに、ところどころ穴が空いたダメージジーンズをはいている大吉。
　いつもと違って頭をワックスでセットしているのか、短い髪がツンツン立っている。
　隣にいる舞ちゃんは、ゆったりした七分袖のニットに、花柄のショートパンツとショートブーツを履いていて、オシャレに気合いが入ってる感じ。
　耳元にはハート形のイヤリングが揺れていて、首元にはシンプルなシルバーのネックレスが光っている。
　学校にいる時と違って大人っぽいメイクをしているせいか、雰囲気がいつもと全然違う。
「……えっと、自宅デート？」
　動揺してるのがバレないよう、なるべく柔らかいトーンで訊ねる。
　すると、舞ちゃんが大吉の腕にぎゅっと絡みついて「はいっ」と満面の笑顔で返事をしてきた。
「大吉先輩のご家族、今日は親戚の家に泊まりで出かけるから、うちに遊びにこないかって誘ってもらっちゃったんです。ちょうど、テスト期間前で部活休みだし。ね、大吉先輩」
「ま、まあ、普段部活ばっかでのんびりデートもしてやれ

てないからな。俺んちなら気兼ねせずゆっくり出来そうだし」
「ふふっ。大吉先輩の部屋ってどんな感じなんだろうって、昨日からずっと想像膨らませてたんですよ」
「弟と一緒の部屋だから狭えけど、舞が楽しめるよう前に観たいって言ってた映画のDVD借りてきたから、まずはそれ観るべ」

　付き合いたてのカップルらしく、人目も気にせずイチャつくふたりに、私は財布を持つ手にぎゅっと力を入れる。
　──舞。
　今、大吉、舞ちゃんのこと「舞」って呼び捨てした。
　そんな小さな変化にすら、気持ちを乱されて。
「彼女が家に来てるからって変なことするんじゃないよ、アホ猿」
　無理矢理口角を持ち上げ、目は笑ってないまま笑顔を作る。
　……どうか、作り笑顔だとバレませんように。
「ばっ、変なことってなんだよ変なことって……！」
　顔を真っ赤にして取り乱す大吉に、やれやれって呆れた感じで肩をすくめ、舞ちゃんの方に向き直る。
「コイツが何かしてきたら、すぐ私の家に来ていいからね」
　冗談っぽく言う私に、舞ちゃんは「ぷっ」と口元に手を添えながら吹き出し、
「大丈夫ですよ、杏子先輩。それに『何か』されに家まで来たんですから、安心して下さい」
　と、サラリと爆弾発言を落とし、「ねっ」とかわいら

く小首を傾げて赤面する大吉を見上げた。
　何か……って。
　ドクン、と嫌な音を立てる心臓。
　頬の筋肉が引きつりそうになって、必死でこらえる。
　バカ。
　ふたりは恋人同士なんだから、別に何かあったっておかしくないじゃない。
　私は何を余計なこと言って……。
「……そう。じゃあ、ゆっくり楽しんでいってね」
　目を細め、ニコリと笑う。
　自然に笑ったつもりだけど、もしかしたら口元が引きつっていたかもしれない。
　スッとふたりの横を通り過ぎ、サンダルの靴音を鳴らして鉄筋階段を下りていく。
　動揺していることが悟られないよう、なるべく自然な足取りで。
　早歩きにならないよう注意して。
　集合ポストが設置された１階の玄関から出ると、泣きそうな顔でグシャリと前髪を掻き上げた。

「……つい、ここまで来てしまった」
　当初は、近所のコンビニで買い出ししてすぐ帰る予定だったけど、大吉と舞ちゃんのいる団地に帰りたくなかっ

た私は、バスに乗って隣町の「恋蛍神社」までやってきていた。

あずさのところに行こうか迷ったけど、土曜日は予定があるって言ってたし。

確か、友達の紹介で知り合った男の人と遊びに行くとかなんとか。

短期間で付き合っては別れてを繰り返すあずさなので、今は誰が本命なのかサッパリわからない。

……って、私がもっと積極的に恋愛トークを振れば話してくれるんだろうけど。

「さてと……どうしようかな」

鳥居の前に立ち、神社で何をしていこうか考え込む。

勢いで来ちゃったものの、とくに用事もなかったり……。

けど、せっかく訪れたんだから参拝でもしてこうかな。

雨が止んできたので傘を閉じ、鳥居をくぐって神社の中へ。

天候が悪いせいか、今日は参拝客の数が少なく……というよりは私ひとりしかおらず、閑散としていた。

きょろきょろと辺りを見渡し、先に参拝を済ませることに。

おさい銭を投げて、二拝二拍手一礼。

目をつぶり、神様に真剣な願い事をする。

ママの体調が崩れたりしませんように。

大吉が彼女と幸せになれますように。

それから……。

いや、自分に関することはやめておこう。

参拝を終えたあとは、お守りやおみくじが販売されてい

る売店に向かい、何を買おうかジロジロ物色していた。
　よくよく考えてみたら、今まで大吉の恋愛祈願しか頭になくて、自分のために買ったことってなかったんだよね。
　今までは数か月に１回、フル変装して恋みくじを大量購入してたあやしい客だったし……はは。
　大吉用に買い込んでいた恋みくじも、この前、下駄箱に入れた分でちょうど最後だったし。
　初カノが出来たタイミングで無くなるなんてすごい偶然だよね。
　……そう。
　大吉にはもう「恋人」がいるんだから。
　私もいい加減気持ちを切り替えて「次」を考えていかなくちゃいけないよね……。
　恋愛祈願用のピンクのお守りを手に取ったままぽーっとしてしまう。
　さっきからずっと頭の中に浮かんでいるのは、さきほど目にした大吉と舞ちゃんのツーショット。
　大吉、舞ちゃんのこと下の名前で呼び捨てしてたな。
　舞ちゃんも、嬉しそうに大吉と腕組みしてたし。
　付き合いたての幸せカップルって感じで、なんかうらやましかった。
　ううん。違う。
　うらやましかったのは、大吉の隣にいられる……。
「めずらしいね。今日は変装してないんだ」
「？」

ぼんやりしていたら、前方から話しかけられて。
　男の人の声に首を傾げながら振り返ると、禰宜(ねぎ)の衣装を身にまとった榊くんが売店の中からじっとこっちを見ていた。
　禰宜というのは、巫女さんの男バージョンの服装。
　白い着物に浅黄色の袴をはいてる彼を見て、思わず目をぱちくりさせてしまう。
　見つめ合ったまま沈黙すること数秒。
「……えっ、なんっ、え!?」
　めずらしく動揺が顔に出てしまった私は、口をぱくぱく開閉させて榊くんの顔を指差す。
「な、なんで榊くんが神社で売り子を……?」
「ああ、この格好?」
　袴の合わせ目に触れながら、私の疑問を理解した様子の榊くん。
　人のことは言えないけど、いまいち感情がつかめない真顔のせいか、榊くんがぼーっとしているように見える。
「んーと、宮澤さんて今暇?」
「へ?」
「時間あるなら少し話しませんか?」
「え、と……いいけど。なんで敬語?」
　私の質問には答えず、隣にいる年配の巫女さんに売店の仕事を任せて榊くんが中から出てくる。
「じゃあ、行こうか、宮澤さん」
「えっ……今って仕事中なんじゃ……?」
「大丈夫。今日は雨降りで客足も少ないし、どのみち、も

うすぐ上がりの時間帯だから」
　砂利を踏み締めてスタスタと前を歩く榊くん。
　いきなりどうしてこんなことに……。
　そもそも、「今日は変装してないんだ」ってどういうこと？
　嫌な予感がしてサーッと顔が青ざめていると。
「用意してくるから待ってて」
「う、うん……？」
　神社内にある小さな施設(しせつ)の中に入り、恐らく更衣室で着替えてくる旨(むね)を伝えているのだろう。
　建物の前で待つこと数分。
　白のUネックシャツの上に黒のカーディガン、細身のジーンズに革靴を履いた私服姿の榊くんが中から出てきた。
「お待たせ」
　ぺこりと無表情のまま頭を下げる榊くんに、私も真顔で会釈を返す。
　……正直、一瞬ドキッときたかも。
　ラフな格好なのに、スタイルがいいからすごく様になってるというか。
　整った顔立ちの美形だから、パッと見モデルみたいって思った。
　これはイケメン好きのあずさが騒ぐのも納得だわ……。
「とりあえず、近場でお茶する感じでいい？」
「え？　ああ、うん……どちらでも」
　ていうか、今更だけど、この状況って一体……？

疑問に思いつつも、肩を並べて恋蛍神社をあとにした私達は、すぐ近くにある小さな喫茶店に入ることになった。


　——カランカラン……ッ。
　木枠のドアを開けると、来店を報せるカウベルが鳴って、お店の人が出てくる。
「いらっしゃいませ。2名様でよろしいでしょうか？」
「はい」
　榊くんがうなずき、私達は店員さんに案内された奥の方の窓際席へ。
　木製の椅子の背をうしろに引き、丸テーブルの前に座る。
「へぇ……。住宅街の中にこんないい場所あったんだ」
　店内を見渡し、素直な感想を口にする。
　ウッドを基調とした温かみを感じるレトロな内装。
　木目調の床板に、クリーム色の壁。
　柔らかく店内を照らす間接照明。
　店内に置かれた飾り用のオシャレな本棚には、ディスプレイ用の洋書や、数種類のパスタ麺が入った瓶が並んでいる。
　店内に流れるBGMも静かなピアノ曲で心地良く、まったりとした落ち着いた雰囲気。
「ここ、パスタとケーキがおいしくて有名だから、宮澤さんも食べてくといいよ」
「そうなんだ。榊くん的にはどれがオススメなの？」
　手書きのお品書きを見ながら訊ねると、スープパスタをオススメされたので、それを注文してみることにした。

私が頼んだのは、ボンゴレスープパスタ。
　榊くんは、渡り蟹のトマトスープパスタ。
　それから、食後にクリームチーズタルトを注文した。
「……ところで、本題に戻ってもいいかな？」
　店員さんが厨房に戻るのと同時に本題を切り出す。
　榊くんはテーブルに片肘をついて、手の甲に顎を載せながら「うん」とうなずく。
「さっきの……恋蛍神社で売り子の仕事してたけど、前から働いてたの？」
「前からっていうか、あそこは元々うちの爺ちゃんが運営してる場所だから。休日とか人手が足りない時にバイトで呼び出されたりしてるんだよね」
「それって、榊くんの親族が経営してる、ってこと？」
「まあ、そんな感じかな。夏休みとか、長期休みの時はイトコのヨウも時々手伝いに駆り出されてるよ。……まあ、アイツの場合はバイトするの嫌がってほとんどサボってるけど」
　フッと呆れた感じでため息を漏らし、肩をすくめる榊くん。
　意外……っていうか、今まで何度も恋蛍神社に行ってたのに全然気付かなかった。
　それもそのはず。
　極力、巫女さんとも目を合わさないよう、帽子とサングラスとマスクを付けた重装備でおみくじを買っていたから。
　……って。
「ちょっと待って。それじゃあ、もしかして」

「うん。宮澤さんが恋みくじを大量購入してく場面を何度も目撃してるよ」
「！」
「気付かなかった？　宮澤さんが会計してる時、俺も売店のコーナーにいたんだけど」
　サーッと顔から血の気が引いて青ざめる。
　まさか、あの場面を目撃されていたなんて。
　恥ずかしすぎて穴があったら今すぐ埋まりたい。
「あやしい女が度々恋みくじを買い占めてく、って従業員の間で話題になってて。宮澤さんが買いに来た時、『あの人ですよ』って巫女さんが教えてくれて見てみたら、『あ。うちの学校の人だ』みたいな」
　かあああぁぁっ。
　滅多に感情が表に出ない私も、さすがにこれは赤面してしまう。
　両手で顔を覆い、「うあー……」と声にならないうめき声を上げる。
　あやしい女って。
　しかも、恋蛍神社の巫女さん達の間で話題になってたとかどんだけ!?
　もう無理。二度とあの神社に行けない。
「榊くんが気付いてたってことは……ヨウも知ってるの？」
　ヨウと榊くんはイトコ同士。
　ふたり共、恋蛍神社でバイトしてるなら、当然ヨウの耳にも入っているはず。

急に不安になって、おそるおそる訊ねたら。
「ううん。ヨウは知らないよ。俺しか気付いてないから」
　榊くんが頭を振って、真顔で否定した。
「え、でも……」
「だって、人に知られたくないから変装して来てたんだろうし。それに、俺が宮澤さんだって見抜けたのも、前から意識して見てたからで、ほかの奴にはわかんないんじゃないかな？」
　おしぼりで手を拭きながらサラリと答える榊くん。
　前から意識して見てたから……？
　ええっと、それって、つまり。
「失礼なこと言うようだけど、私達ってはじめて話したのつい最近だよね？」
「そうだね」
　榊くんがうなずくのと、店員さんが注文したパスタを運んできたのはほぼ同じタイミングで。
「このあと、クリームチーズタルトをお持ちします。ご注文は以上でよろしいでしょうか？」
「はい」
　テーブルの上に並ぶ料理。
　スープパスタからホカホカ立ち昇る湯気と、香ばしい匂いにつられて、おなかがグゥ……と鳴って。
「とりあえず、食べながら話そうか？」
　どうぞ、と備え付けのカトラリーを指差し、榊くんが提案する。

「そうだね」
　お互い、食事の前に手を合わせて同じタイミングで「いただきます」をして。
　その時、チラッと榊くんの方を見たら、キレイな姿勢で両手を合わせる姿が目に入って、男の子だけどキレイだなって思った。
　……まつ毛なが。
　鼻筋も高いし、唇も薄くて、セクシーな色気を感じさせる。
　大吉しか目に入ってなかったから、こんなに整った顔立ちの男子がいたなんて気付かなかった。
　フォークにパスタ麺を絡めてぱくりとひと口。
「……！」
　あまりのおいしさに思わず口元に手を添え目を見開く。
　歯ごたえのある大粒のアサリと、ボンゴレスープがパスタ麺にマッチしていてすごくいい感じ。
　わずかに表情の緩んだ私を見て、榊くんもほんの少しだけ口端を持ち上げて。
　一瞬だけ、フッと柔らかい顔つきになったのを、私は見逃さなかった。
　ドキッ、と胸が反応したのは、不意打ちの笑顔のせい。
　だって、榊くんが笑ってるところをはじめて見たから。
「おいしいでしょ？」
「……うん。はじめて食べたけど、すごい気に入った」
「宮澤さんの口に合ったならよかった」
　上品な手つきでパスタ麺をフォークに絡め、口へと運ぶ

榊くん。

　食事する時の姿勢がキレイな人ってなんかいいかも。

　早食いでもしてるのかってくらい豪快にガツガツ食べる大吉とは大違いだ。

　榊くんの食事スタイルに感心してると。
「……さっきの話」
　——カチャン……。

　榊くんがフォークとスプーンをお皿の端に置き、氷の入ったグラスに手をつけながら静かに話しだす。
「俺、前から宮澤さんのことよく見てたって話したでしょ？」
「うん……？」

　スプーンでスープを飲みながら、頭の横にはてなマークを浮かべて首を傾げる。

　頭の中では、今度、この近くに来たらまたこのお店に食べに来よう、とか、大吉と一緒に来たいなとか、ぼんやり考えていて。
「高校に入った頃から、すごいキレイな子がいるなって、ずっと目で追ってたんだ。宮澤さんのこと」

　だから、榊くんの次の言葉はあまりにも予想外で、あやうく手元からスプーンを落としてしまうところだった。

　まつ毛の先が震えて。

　目を見張り、ぱちくりと瞬きを繰り返す。

　今、なんて……？
「ヨウが宮澤さんにターゲットを絞って接近したのも、俺が宮澤さんのこと意識してるのを知ってたからで……。多分、

宮澤さんを自分の方に振り向かせて悔しがる俺を見たくて嫌がらせしてきたんだと思う。昔からイトコ同士でよく比べられてきたせいか、たまに意味わからないことで対抗してくるところがあるから」
「……それって、友達と『賭け』の対象に私を選んでたやつだよね」
「うん。あの時は、本当にごめん」
　目をつぶり、心から申し訳なさそうに謝罪する榊くん。
　でもね、謝ってもらうようなことではないというか。
　それよりも、榊くんの口から気になる単語がいくつか出てきたことの方が気になって。
「入学式の日にはじめて宮澤さんを見て惹かれて、うちの神社で恋みくじを大量に買い込んでく姿を見てなんだか無性に気になって、学校と外とのギャップにツボって、それで……正直、こうしてる今も、あんまり顔に出てないからわかりにくいと思うけど、相当緊張してる」
「……っ」
　榊くんが、まるで愛おしいものを見るような目で私を見るから。
　眉を下げて、照れくさそうに苦笑するから。
　嫌でも、耳たぶが熱くなって、その熱が全身に広まっていく。
「……知り合いからでいいんで、良ければ、これからも俺と話してくれませんか？」
　雨が上がって、キレイな虹が晴れ渡る空。

窓から差し込む温かな日差しが私達を照らして。
……ああ、なんでだろう。
昨日までなら、即座に断っていたのに。
これまで告白された経験は何度かある。
どれもみんな真剣で、一生懸命私に想いを伝えてくれていたのに。
心に刺さらなかったのは、常に大吉が私の中心にいたせい。
でも……。
今日、出がけに見た大吉と舞ちゃんのツーショットが脳裏をよぎって。
ツキン、と。
針が刺さったような痛みが胸に走った瞬間。
「……知り合いからでいいなら」
自分でも無意識のうちに、ぼんやりとテーブルの上を見つめたまま、そう口にしていたんだ。

「……じゃあ、宮澤さんが暇な時で良ければ、連絡して」
「……ん。わかった」
食事を終えたあと。
喫茶店を出た私達は、その足で駅まで向かい、改札口の前で連絡先を交換し合っていた。
大吉やクラスの連絡網に使用してるSNSのIDを除いて、男子のアドレスを携帯に保存するのってはじめてかも。

「今日は食事に付き合ってくれてありがとう。……すごく嬉しかった」

　恐らく、本人的には緊張しながら言ってくれているのか、口元に手を添えて、うつむきがちに話す榊くんの耳は若干赤く染まっている。

　表情こそクールなものの、似た者同士なせいかなんとなく気持ちが読めてきた。

「こちらこそ、ごちそうさまでした。今度、何かでお礼するよ」

　私も真顔のままお礼をして頭を下げる。

　でも、声のトーンは普段よりいくらか柔らかいものになっているはずだ。

「じゃあ、また」

「うん。またね」

　榊くんに見送られながら、駅の改札口を抜ける。

　私の姿が見えなくなるまで、背中を見つめていてくれたことに気が付いたのは、ほとんど人のいないホームに出る前、一瞬だけ振り返った時。

　じっとこっちを見ていた榊くんと視線がぶつかって。

　不意打ちの出来事に胸がドキッと反応して、少しだけ頬が熱くなった。

　だって、そんな熱っぽい目で見られたら、誰だって緊張しちゃうよ……。

　榊くんに向かって小さく手を振ると、会釈を返してくれた。

　ホームに出て、スタスタとベンチに向かう。

すとんと腰を下ろしたら、一気に緊張が解けて。
「…………」
　声にならないため息を零して、両手で顔を覆った。
　どうしよう。
　恋蛍神社に変装して現れていたことがバレたことも、榊くんからの告白も全てが予想外すぎて頭がパンクしそうだ。
『——1番線に〇〇行きの電車が参ります。ご乗車のお客様はホームの内側まで下がってお待ち下さい』
　ホームに流れる電車のアナウンス。
　強い風が吹き抜けて、横髪が風にさらわれる。
　……ごめん、榊くん。
　私、榊くんが想いを伝えてくれてる時も、ずっと。
　猿顔のバカの顔が頭から離れていなかった。

## キス

　榊くんと別れて、電車で地元の駅まで帰り着く頃には、すっかり日が暮れていた。
　茜色(あかねいろ)の夕日が東に沈みはじめ、藍色(あいいろ)の空が広がりつつある。
　頭の中を整理したくて、ぼんやりしながら徒歩で家まで向かう途中。
　目の前にフクムラ団地が見えてきた時のこと。
「あ……」
　団地内にある、児童公園。
　そこでブランコを漕(こ)ぐ舞ちゃんと、ブランコの前の柵に腰掛け、腕組みしながら楽しそうに話している大吉の姿を目にしてぴたりと足の動きが止まってしまった。
「きゃははっ、ブランコ漕ぐのとか小学生以来！　超懐かしい〜っ」
「帰りがけに急に公園寄りたいって騒ぐから何かと思ったら、ガキだなお前〜」
「舞はガキじゃないもん！　もう立派な高校生ですぅ〜」
「そうゆうふうにムキになるところがすでにガキですぅ〜」
「もうっ、大ちゃんてばっ」
「わはは」
　楽しそうなふたりのはしゃぎ声。
　どこからどう見ても仲良さそうなカップル。
　舞ちゃん、大吉のこと『大ちゃん』呼びしてた……。

今朝は、呼び方違ったよね？
　そんな小さな変化すら、ふたりの進展をにおわせて、心がズキズキ痛みだす。
　このまま駐車場の側にいたら近くにいるのがバレそうだったので、足音を忍ばせて号棟ごとに連なる物置の陰に隠れた。
「大ちゃん、また部活が休みの日に遊びに来ていい？」
「おう。いつでも遊びに来いよ」
　声を聞いただけで、大吉がどれほど嬉しそうな顔をしてるのか予想がつく。
　耳を塞ぎ、目を伏せて、逃げるようにその場から去った。


『舞』
『大ちゃん』


　下の名前とニックネームで呼び合うくらい、ふたりの距離はどんどん縮まっていっている。
　部屋で何してたの？
　どんな会話をして、どんなことに笑い合って、どんなふうに……。
　下世話な想像ばかり働いて、自分の浅ましさが嫌になる。
　──ガチャッ。
　自宅の玄関を開けて、物音を立てないようドアを閉めた直後。
　ずるずるとドアに背中をもたせかけて、その場にしゃが

み込んでしまった。
　ぐしゃりと前髪を掻き上げ、深いため息をつく。
　何考えてるんだ私。
　ふたりは付き合ってるんだから、仲が深まって当然でしょう。
　こうなることを予期して大吉の背を後押ししてきたのに……。
「バカみたい…」
　ボソリとつぶやき、両手で顔を覆った。
　頭の中はぼんやりしていて、涙は一滴も出てこなかった。

　榊くんと連絡先を交換し合った翌日から、ごくたまにだけど彼からメールが届くようになった。
　絵文字や顔文字のない、飾り気のない文章で送られてくる「おはよう」に、私も同じく装飾無しで「おはよう」と返す。
　学校で顔を合わせれば、ぺこりと会釈し合い、少しずつ会話するように。
　話すっていっても、大体は────。
「おはよう、宮澤さん！　今日こそオレと放課後デートしてく……いででででっ」
「……おはよう、宮澤さん。相変わらずヨウがしつこくしてごめん」

毎朝恒例の行事となりつつある、ヨウの突撃アプローチから私をガードしてくれる時にひと言ふた言話す程度。
「……おはよう、榊くん。いつもありがとう」
　スクールバッグを盾のように構えながらお礼すると、榊くんはこくりとうなずいて。
「ちょっ、なんで潤にだけあいさつ!?　オレはっ!?」
　ヨウはあいさつをスルーされて大騒ぎ。
　校門の前で話す私達３人に周囲の生徒達は大勢注目していて。
「あの３人が並ぶとすごい目立つよね～」
「ヨウくんと榊くんに挟（はさ）まれてるとか悔しいけど、相手が宮澤さんじゃ何も言えないって。納得の美男美女じゃん」
「わかるわかる。でも、実際どっちとくっついてるんだろ？　超気になるんですけど」
「くそー、オレの宮澤さんが……っ」
「ぎゃははっ。誰がお前の宮澤さんだよ！」
　外野の声がたくさん耳に入ってきて大変恥ずかしいのですが。
　女子人気の高いヨウと榊くんに挟まれて、気まずさに顔が引きつる。
「気を取り直して、って。今日が駄目なら明日の放課後遊びに行かない？　ふたりきりが無理なら、潤も一緒でいいから」
　パンッと顔の前で両手を合わせ、一生懸命お願いしてくるヨウ。

「……って、宮澤さん!?」
「先、教室行ってるわ」
　ヨウを無視してスタスタ歩きだすと、うしろの方から奇声のような叫び声が聞こえてきたので、耳を両手で塞いで聞こえないフリをした。

　──ブーッ、ブーッ。
　教室に入って自分の席に鞄を下ろしていたら、カーディガンのポケットの中でスマホが振動しだした。
　誰からの連絡か確認してみると、榊くんからメールが届いていて。
【ヨウがごめん】
　絵文字どころか丸文字すらない簡素な文章。
　それに対して、私も【いいえ】と３文字で返信する。
　すると。
【アイツの話に乗っかるのは癪だけど、宮澤さんさえ良ければ、今度どこかに遊びに行きませんか？】
　と、めずらしく長文で返ってきて。
「…………」
　椅子に座り、机に両肘をついてため息。
　これはなんと返事をすればいいのやら……。
　迷いに迷って【保留で】とだけ送り、スマホをカーディガンのポケットに戻した。
　ただでさえヨウからの怒涛のアプローチに困惑していたのに、これは地味に困ったことになった。

あずさが登校してきてから、この悩みを打ち明けたら、
「女子人気№1と№2に迫られて困るとか超贅沢者！」
　と、額に軽くチョップされてしまった。
　でも、と言葉を続け、私の前の席から椅子を拝借して座るあずさ。
「これはこれでいい機会なんじゃないの？　猿飛に彼女が出来たタイミングで出会いがあって」
　私の机にコンパクトミラーを立てて、あずさがブラシでヘアセットしはじめる。
「……出会い、ねぇ」
　そんなロマンチックな響きに聞こえないのはなんでだろう。
「あたしからしたら嬉しいけどね。みんなに自慢出来るイケメンの彼氏なんて」
「……別に顔で好きになるわけじゃないし」
　あずさに「ブラシを貸して」と手でジェスチャーをして、あずさを前に向かせる。
　うしろ髪を丁寧にとき、それから自前のヘアピンとヘアゴムを取り出してアレンジ開始。
　前髪は毛先をねじって、まとめた髪を少し前の方に持っていってずらし、ボリューム感を出してからピンで固定。
　手で膨らみをつけて、前髪ポンパドールの完成。
　サイドとうしろの髪はゆったりめのポニーテールに結んで、仕上げに軽くヘアースプレーを吹きかけた。
「はい、出来た」

「うわっ、超かわいい!!」
　完成した髪形をコンパクトミラーで確認して大満足の様子ではしゃぐあずさ。
　喜んでもらえたことが素直に嬉しくて口元が緩む。
　……うん。やっぱり人の髪をいじるのって好きかも。
　なんて、ほんの少しだけ得意げな気持ちになったのは内緒だ。


　そして、その日の昼休み。
「あ、杏子先輩こんにちは！　先に機材の用意しておきましたよ〜」
「……ありがとう、舞ちゃん」
　委員会の仕事で放送室に来ていた私は、舞ちゃんとふたりきりの空間に秘かに胃を痛めていた。
　昼放送の当番で舞ちゃんとペアを組むのは久しぶりで、大吉と付き合いだしてからは初だと思う。
　……気まずい。
　狭い密室でふたりきりの状況なので逃げ場がないし。
「じゃあ、そろそろだから、キュー出ししてくね」
　舞ちゃんがリクエスト曲を事前にセットしておいてくれたので、あとは放送開始時刻まで待つのみ。
　ディレクター担当の私は腕時計で時刻を確認しながらキュー出ししはじめる。
「1分前……30秒前……10秒前……、5秒前、4、3、2、1……」

とカウントして、いよいよ放送開始。
　舞ちゃんは音量が大きくないか、反対に小さくないかボリュームを確認するため一旦(いったん)廊下に出てもらい、デスクにいる私に報告してもらう。
「曲と音量、どっちもとくに問題無しです」
「ありがとう、舞ちゃん」
　校舎内に曲が流れ出したのを確認し、ほっと息をつく。
　毎回だけど、キュー出しの瞬間は胸がドキドキ緊張してしまう。
「1時過ぎに校内放送を流すから、手元にある原稿をチェックしておいてね」
　舞ちゃんに原稿を手渡し、まだ放送委員の仕事に不慣れだろう彼女に懇切丁寧に原稿の読み上げ方を指導する。
　なんとか無事に舞ちゃんの校内放送も終わり、今日の当番はひとまず終了。
　やっとふたりきりの空間から抜け出せる、と放送室の片付けをしながら胸を撫でおろしていたら。
「……杏子先輩。杏子先輩って、大ちゃんの家にしょっちゅう遊びに行ってるって本当ですか？」
「え……？」
　放送室の前に置いてある楽曲リクエストBOXを回収し、室内で確認作業を行っていると、隣にいた舞ちゃんに話しかけられた。
　振り返ると、舞ちゃんは冷たい瞳でじっと私を見ていて……。

「大ちゃんから聞いたんです。向かいの家の杏子先輩とは、家族みたいに家を行き来する仲だって。クリスマスやお正月も一緒に過ごすし、少食な杏子先輩を連れ出して頻繁にごはんを食べに行ったりしてるって聞いたんですけど」
「えっと……まあ、うん。そう……なるかな？」

歯切れわるく返事する私に、舞ちゃんはどこか不満げな様子。

キッとにらまれ、たじたじになってしまう。
「あの、今後はそうゆうの一切やめてもらえませんか？」

はぁ……と大袈裟にため息を零し、うんざりした顔をする舞ちゃん。
「そうゆうのって……？」
「わかりませんか？　大ちゃんと個人的に親しくするのをやめて下さいって言ってるんです」

——チッ、チッ、チッ、チッ……。

壁時計の秒針の音がやけに大きく響いて。

シンとした静寂に包まれ、頭の中が真っ白になる。

舞ちゃんは、何を言って……。
「杏子先輩みたいな美人が幼なじみってだけでも不安なのに、舞が彼女になってからも今までどおり仲良くされると心配なんです。大ちゃんは杏子先輩のことを『家族』だって言うけど、いつ異性として意識するかわからないじゃないですか」
「……異性って、ありえないよ。私と大吉じゃ」
「どうしてそう言い切れるんですか!?　ってゆーか、本当

なら杏子先輩の方から舞達に気を使って距離を置いてくれてもいいと思うんですけど」
「そんな無茶苦茶な……。急にどうしたの？」
　額に手を当て、ふーとため息をつく。
　舞ちゃんの肩に手を伸ばしたら、パシンと手を跳ねのけられて。
「急にじゃないです！　大ちゃんと付き合う前から、舞はずっとずっと不安でした。だって、大ちゃんはいつも杏子先輩のことしか話さないから……っ」
　声を詰まらせ、涙声になる舞ちゃん。
　その肩は小刻みに震えていて、今にも泣きそうになるのを我慢しているようだった。
「大ちゃんには舞以外の女と親しくしてほしくないし、連絡だって取ってほしくない。舞さえいればいいって思ってほしいんです！」
　手の甲でぐいっと目元を拭い、舞ちゃんが強気な視線で私をにらむ。
　自分とさえつながっていればいいって、そんな傲慢な……。
　言いかけた言葉は、次の舞ちゃんの言葉によって封じ込められた。
「大ちゃんの幸せを願うなら、舞のことを不安にさせないで下さい。じゃないと、いちいちふたりの仲を疑って大ちゃんのことを信頼出来なくなる……」
　舞ちゃんに告白されてまんざらでもなさそうに浮かれていた大吉。

はじめての彼女に喜んでいたアイツの顔が頭に浮かんで。
……私の存在が舞ちゃんを不安にさせてる？
そんなこと、今まで考えたこともなかった。
だって、舞ちゃんは大吉と付き合ってるのに。
「……舞、先に戻りますね」
　くるりと背中を向けて足早に放送室から出ていく舞ちゃん。
　ひとり、その場に取り残された私は、昼休み終了のチャイムが鳴るまで機材が置かれたデスクの前で呆然としていた。

　昼休みが終わって、午後の授業がはじまってからも気持ちはぼんやりしたままで。
「おかえり、宮澤さん。次の授業だけど、うっかり教科書忘れちゃってさ。よければ宮澤さんと机をくっつけて一緒に見せてもらいたいなぁ、なんて。あっ、別に宮澤さんの横顔を至近距離から眺めたいからわざと教科書を忘れてきたわけじゃなくって……って、宮澤さん？　宮澤さーん？」
「…………」
　隣の席のヨウにしつこくちょっかいを出されても返事する気力もなく、机に頬杖をついて放心していた。
　舞ちゃんに言われたことが胸にグサグサと突き刺さって、頭の中が混乱している。
　授業の内容なんて全く頭に入らず、生気が抜けた状態。
　そのまま、気が付けば放課後になっていて。
　榊くんに返事しないまま、ひとりで放送委員の仕事をし

に放送室に来ていた。

　私がしているのは、レンタルショップから借りてきた楽曲を編集し、今度の昼放送で流すためにまとめる作業。

　リクエストBOXで集計した曲を1枚のCDにまとめ、CDケースに曲名と収録時間を記入する。

　黙々と作業に集中している間は何も考えずにいられて、幾分か気持ちは楽だった。

　でも……。

　ふとした瞬間に、昼休みの舞ちゃんの言葉がよみがえって。

　あれだけわかりやすく敵意を向けられたのははじめてで正直戸惑う。

「……出来た」

　編集し終わったCDの表面に「〇月〇日・放送予定の音源」と記入したシールを貼って完成。

　ずっと同じ姿勢でいたせいか首と肩が凝って痛い。

　椅子から立ち上がり、うーんと大きく伸びをして深呼吸。

　帰り支度をはじめて放送室から廊下に出ると、窓の外はオレンジ色の夕日に包まれていた。

　放送室の中は防音になっているので外の音は遮断されていたけど、吹奏楽部の合奏や、グラウンドで活動する運動部のかけ声なんかが聞こえてきてなんだかほっとする。

　廊下がシンと静まり返ってる分、人の気配を感じて安心するというか。

「……って感傷に浸ってる場合じゃなかった。職員室に鍵返してすぐに帰ろう」

ハッと我に返り、慌てて職員室まで。
　放送室の鍵を返却して、いざ帰ろうと職員室から出ようとした時。
「宮澤。お前、猿飛の向かいの家に住んでたよな？」
　大吉のクラスの担任に呼び止められて、先生のデスクまで来るよう手招きされた。
「はあ、そうですけど……？」
「じゃあ、悪いけど、猿飛にこれを返却してやってくれないか」
「……スマホ？」
「ああ。授業中にずっといじってたから、一旦没収したんだよ。反省文を提出したら返すつもりだったんだが、返しそびれてしまっててなぁ。猿飛の姿も見当たらなくて。宮澤がたまたま通りかかってくれて助かったよ」
　ポンと先生から大吉のスマホを手渡され、気のない返事をして職員室をあとにする。
　スマホ没収って、あの猿どんだけ授業中にいじってたのよ。
　どうせアプリゲームに熱中しすぎて先生の気配に気付いてなかったんだろうけど。
「……野球部、まだ帰ってないよね？」
　それなら、今のうちに直接届けにいってあげようかな。
　舞ちゃんのことが引っかかるけど、大吉の目の前で「うちらはなんでもない、ただの幼なじみ」って宣言すれば、少しは納得してくれる……よね？
　大吉のスマホをスクールバッグの中にしまい、急いでグ

ラウンドの方まで移動する。
　時間的にも、もうそろそろ部活が終わる頃だし。
　そう思って外まで出たものの、すでに野球部員の姿がグラウンドから消えていて。
　残っているのは、後片付け中のサッカー部だけ。
　あれ？
　来るのが少し遅かったかな。
　グラウンド側のフェンス前で立ち尽くしていると、昇降口の方から坊主頭の集団がゾロゾロ出てきた。
　制服を着てるってことは、野球部の活動は既に終わってたみたい。
「野球部の人達だ……」
　ってことは、あの中に大吉も……って、いないし。
「ごめん。大吉知らない？」
　校舎から出てきた野球部の男子に近付き話しかけると、
「みっ宮澤さんだ！」
「やべぇ、超キレイ……！」
　と、なぜか全員赤面して興奮しだして。
　お互いの肩をどついたり、照れくさそうに頭を掻いたり、なんだかソワソワしている。
「だ、大吉ならまだ部室の方にいるッス」
「もしかしてミーティングとかしてる？」
「いえ、今日のミーティングはもう終わったんで、猿飛しか残ってないはずッス。グローブの手入れしてから帰るって言ってたんで、部室にひとりだと思います」

「そっか。ありがと」

　野球部の人達にお辞儀をしてくるりときびすを返す。

　その足で体育館裏の部室棟まで赴き、野球部の札が掛けられた部室の前へ。

「……ここだ」

　部室の前に立ち、キョロキョロと辺りを見回す。

　中には大吉しかいないと聞いていたので、とくにノックする必要もないか、と軽い気持ちでドアノブを回したら。

　――カチャ……ッ。

　ドアの隙間から、ベンチに座る大吉の背中が見えて。

「大き……」

　ち、と呼びかけた名前は、次の瞬間『ある光景』を目にしたせいで声が出なくなってしまった。

　大吉の肩に両手を置き、背中を屈めている女の子。

　ピンク色のジャージを着た舞ちゃんが、大吉にキスしていて。

　――ド……クンッ。

　嫌な心拍音が鳴り響き、思考が真っ白に染まる。

　夕日が差し込む部室の中で口づけを交わす、大吉と舞ちゃん。

　カップルなら当たり前のキスシーン、が。

　どうしようもないくらい、私の心を揺さぶって。

　グラリと。

　全身から力が抜けて、眩暈がする。

「……っ」

下唇をキュッと噛み締め、物音を立てないよう最善の注意を払って静かにドアを閉める。
　そのまま部室に背を向けて。
　一歩、また一歩。
　片手で口元を覆い隠しながら、震える足取りで裏門から校舎の外に出ていく。
　喉の奥が締め付けられたみたいに息苦しい。
　目頭が熱くなり、じわりと視界がにじむ。
　見たくもない光景に心はズタズタで……。
「……はっ」
　くしゃりと前髪を掻き上げ、電柱に手をついて項垂れる。
　顔をうつむかせた瞬間、瞳からぱたぱたと大粒の涙が零れ落ちてコンクリートの地面に染み込んでいった。
「なんで……？」
　泣きじゃくりながら自分自身に問いかける。
　大吉に彼女さえ出来れば、私は未練を断ち切って『次』に進めるはずじゃなかったの？
　……なのに。
　断ち切るどころか、想いはどんどん深まって。
　自分でもどうしようもないくらい大吉に対する気持ちが強くなっている。
「……っ、バカじゃん、私」
　こうなってからやっと認めるなんて。
　どんなに諦める口実を探していたって、人の気持ちなんてそう簡単に変わるわけがないと。

身に染みて実感する頃には手遅れで。
　──ブブッ、ブブッ。
　ブレザーのポケットで震えるスマホの振動音にぴくりと顔を上げる。
「誰……？」
　鼻をすすり、手の甲で涙を拭い取る。
　鞄のファスナーを開けてスマホを取り出すと、榊くんからメールが届いていた。
【今、ヨウ達と駅前のカラオケ来てるけど、人前で歌うの苦手だから暇してます。それで、なんとなく宮澤さんにメールしてみました】
　榊くんらしい淡々とした報告文になんだか気が抜けてほっとする。
　それから、ほぼ無意識のうちに指先が動いて、衝動的に【私も今からそっち行っていい？】と返信していた。
　こんな気持ちのまま、向かいに大吉が住む家に帰りたくない。
　その一心で。
　逃げる口実が見つかるならなんだってよかったんだ……。

## 変化

「うおおおおっ。マジで来たーっ」
「すげぇっ。ガチだった！」
「やべぇ。超かわいい。テンション上がる〜っ」

　駅前のカラオケ店に到着し、榊くん達がいる部屋まで訪れた私はドアを開けるなりさっそく後悔した。

　……やっぱり来なきゃよかった。

　私が登場するなり、異様なテンションで盛り上がる同級生の男子達を見て頬の筋肉が引きつる。

　衝動的にここまで来ちゃったけど、冷静になればなるほどこの場から去りたくなって。

　普段から人と積極的に交流しない私が男子グループにまじって遊ぶとかありえなすぎでしょ。

「宮澤さん、やっとオレとの距離を埋めてくれる気になったんだね。今日という瞬間をどれだけ待ちわびたことか……って、グエッ」
「ヨウ、宮澤さんに詰め寄りすぎ。彼女、困ってるから」

　ドアの前で固まる私に飛びかかろうとするヨウ。

　そのヨウの首にうしろから腕を回し、ギリギリと力を込めて私から引き離してくれる榊くん。

「コイツ、宮澤さんを前にするとストッパー外れるから、誰か隣で監視してて」

　涼しい顔でサラリとすごいことを言い放つ榊くんに驚き、

ぎょっとする。
　監視って、あなた。
　何もそこまで、って。
　……いえ、大いに助かるわ。
　ヨウのアピールって本当にしつこいし。
「ぎゃはっ、オッケー。つーか、それ以前にヨウの奴、榊にシメられて伸びきってんじゃん」
「マジだ。失神してら〜」
　ソファの上に倒れ込むヨウを見て大爆笑の男子達。
　いやいや、気を失うって相当やばいんじゃないの？
　心配になって榊くんをじっと見つめたら、
「大丈夫。急所を狙っただけで、とくに命に別状はないから」
　と、私を安心させるためだろうか？
　心なしか表情を和らげて説明してくれた。
「……えーと、隣どうですか？」
　榊くんの隣に座らないか聞かれたのでコクリとうなずく。
　ヨウと榊くんのほかに3人いた男子達は「榊目当てか〜」とがっくりと項垂れ、気を取り直すようにカラオケを再開する。
　曲が流れだすなり、マラカスやタンバリンを盛大に鳴らし、床の上を跳ね回る男子達。
　すごい盛り上がりよう……。
　普段、女子としかカラオケに来る機会のない私にとって、彼らの騒ぎっぷりは圧倒されるものがあって驚く。

「アイツら、うるさいでしょ？」

　入り口に近いソファに腰掛け、呆然と彼らの様子を眺めていたら、隣の榊くんから質問されて正直に「うん」と答えた。
「みんな、普段からテンション高めの奴ばっかだから。萎縮させてたらごめんね」
「ううん。全然平気」

　はじめはびっくりしたけど、これぐらい騒がしい方が嫌なことが頭から離れてちょうどいいのかもしれないし……。

　薄暗がりの室内。

　ネオンの照明が壁を照らし、周りがわいわい盛り上がる中。

　大吉と舞ちゃんのキスシーンを思い出した私はぼんやりしてしまって。
「……宮澤さん、もしかして何かあった？」
「え？」
「ここ。赤くなってるから」

　自身の目元を指差し、心配そうに顔をのぞき込んでくる榊くん。

　目、って……ああ。さっき泣いたからか。
「落ち込んでるみたいだし、よければ話聞くけど」
「…………」

　なんでだろう。

　ほかの男に言われたら、下心を感じ取って嫌悪するのに、榊くんにそれを感じないのは。

無表情で淡々としたイントネーション。
　けれど、その中には確かに私を気遣うニュアンスが含まれていて。
　落ち込みすぎて投げやりな気分になっていたせいだろうか。
「……恋みくじ」
　誰かに今の感情をぶつけたくて仕方なかった。
「いつも大量に恋みくじを買ってたのには理由があって」
「うん……？」
　突然意味不明なことを言いだす私に、榊くんは首を傾げつつも真剣に話を聞いてくれる。
　周りはみんな騒ぐことに専念しているため、誰もこっちを見ていない。
　そのことに安心してか、するすると口から本音が零れ落ちていた。
「大切な、人がいて……、その人が失恋して落ち込む度に、元気になってほしくて匿名で恋みくじを送ってたの」
「…………」
「その人には最近恋人が出来たから、私がおみくじをあげる必要はもうないんだけど……」
　大吉に彼女が出来れば全て解決する。
　長年の想いを断ち切って、次に進めるはず。
　ずっと、そう信じてきたのに。
　実際には、ちっともそんなことなくて。
　諦めようとすればするほど、どんどん胸が苦しくなる。

「……ずっと応援するフリして、心のどこかでその人の告白がうまくいかなければいいのにって願ってた自分に気付いて、自己嫌悪してた」

　フッと口端をつり上げ、自嘲気味に笑う。

　自分でも認めたくなかった、醜くてグチャグチャした感情。

　それをどう受け止めて処理すればいいのかわからなくて……。

「……別に普通のことだと思うけど」

「え？」

　きょとんとして顔を上げたら、優しい目をした榊くんが私を見つめていて。

「大切な人だから応援してたけど、大好きだから嫉妬するってさ、全然普通のことじゃない？」

「普通の、こと……？」

「うん。俺だって、好きな人には幸せになってもらいたいけど、その幸せにする相手が自分以外の誰かだったら、相手に嫉妬するだろうし、面白くはないと思うよ」

「…………」

「けどさ、それも気持ちの整理がつくまでの間だから」

　長いまつ毛を伏せて榊くんが微笑む。

　静かな笑みは、まるで彫刻のようにキレイで。

　全然関係ないけど、いちいち絵になる人だなってぼんやり思ってた。

　……同い年なのに、榊くんは私より大人だな。

「確かに、こうゆうのって時間しか解決してくれないもん

ね」
　太ももの上で手を組み直し、私もフッと口元を緩める。
　私も榊くんも人より感情が顔に出ないから、ほかの人から見ればニヒルな笑みに映ると思う。
　でも、なんとなく。
　なんとなくだけど、似た者同士の榊くんなら、私が笑ったことに気付いてくれたような気がした。
「おいそこーっ、いつまでも宮澤さん独占してずりぃぞ、榊ーっ」
「そうだそうだ！　オレらにも会話させろー。つーか、残り時間少ないけど、宮澤さんも最後に何か歌ってけば？」
　ステージで熱唱していた男子が歌い終わると同時にブーイングしてきて。
　もうひとりの彼も、私にリモコンを差し出し、好きな曲を入れるようすすめてくれた。
　そして。
「……ウーン、潤テメェ絶対許さねぇ……って、ハッ!?」
　L字形のソファーにぐったり寝そべっていたヨウが飛び起き、慌てた様子で辺りを見回す。
「じゅ〜ん〜っ、よくも失神させてくれやがったなオイッ」
　起き上がると同時に勢い良く榊くんに飛びかかり、胸倉をつかみ上げて激しく前後に揺さぶる。
「ああ、起きたのヨウ。帰るまで寝ててよかったのに」
　激しく揺さぶられているにもかかわらず、相変わらずのポーカーフェイスでサラッと答える榊くん。

怒り心頭のヨウを見て殴り合いのケンカに発展しないかひやひやしたものの、ふたりの取っ組み合いは小さな子どもや動物同士のじゃれ合いに近いというか、揉めてるはずなのに仲むつまじい感じで。
　はじめは呆気にとられてたけど、ギャーギャー騒ぐふたりを見てたら、おかしくなって「プッ」と吹き出してしまった。
「あっ、宮澤さん……!?」
　やっと私の存在を思い出したのか、榊くんから手を離してヨウがこっちに向き直る。
「……そうだ。オレ、宮澤さんがこの部屋に入ってきてテンション上がった直後に潤にやられて……てか、今何時!? 宮澤さん入ってから何分経った!?」
　まだプチ混乱しているのか、伝票の退出時刻と現在の時刻を交互に見比べ、ヨウが真っ青な顔で「あと10分しかねーじゃん！」と騒ぎだす。
「宮澤さんさえ良ければ、時間延長して歌──」
「歌わないし、帰る」
「じゃっ、じゃあ、このあとゲーセンとか」
「行かない。うるさいとこ苦手」
　藁にもすがるような目で見つめてくるヨウをシカトして帰り支度をはじめる。
　カラオケ代を支払うのに財布からお金を取り出そうとしたら、榊くんにやんわり断られてしまった。
「宮澤さんが来てから30分くらいしか経ってないし、俺が

出すから払わなくていいよ」
「でも……」
「いいから。元々誘ったのはこっちだし。あと、帰り道暗いから送ってくよ」

榊くんの言うとおり、確かに外は暗くて、ひとりで帰るのは心細い。
「じゃあ、よろしく……お願いします」

散々悩んだ末に、榊くんからの申し出を受け入れることにしたら。
「あっ、待て潤！　お前またひとりで抜け駆けしようとして、ずるいぞっ。宮澤さん、オレも!!　オレも送ってくから──ってシカトしないで宮澤さん!!　でも、そのクールな対応がたまらないっ」

またまたヨウが私達の間に乱入してきて大暴れ。

学校での王子様っぷりはどこへやら、まるで駄々っ子丸出しな態度でふて腐れている。
「駄目だよ。どうせ、ヨウのことだから宮澤さんの部屋まで押し入る気だろう？」
「ぐっ……」

ヨウはイトコの榊くんの前だと素が出やすいみたいで。

カッコつけてる普段と違って、子どもっぽい部分がよく目立つ。

最初の頃のイメージはすっかり崩れ、今ではだいぶ印象が変わってしまった。

カラオケの帰り道、榊くんと駅前通りを肩を並べて歩き

ながらそう話すと、
「ああ。ヨウは女子ウケ狙って人前ではカッコつけてるから」
　と言われて納得。
「なるほどね……」
「子どもの頃から容姿が整ってた分、周りからちやほやされてきたからさ。本当は自分のことだけで手いっぱいなのに、大人ぶって余裕ありそうな態度とってるから笑えるよ」
　フッ、と口元に手を添えて小さく吹き出す榊くん。
　発言内容は軽くディスってるように聞こえるけど、声のトーンは柔らかいのでけなしてるわけではないのだろう。
「榊くんとヨウは仲いいんだね」
「一応、生まれた時からずっと一緒にいるからね。イトコ同士だし」
「……いいな」
「ん？」
「ううん。なんでもない」
　小さく首を振り、赤に表示が切り替わった信号機の前で足を止める。
　たくさんの車が行き交う道路を見ながら、けたたましいクラクションや排気音にかき消されるように、
「……私も男に生まれればよかった」
　とポツリとつぶやき、鞄を持ち直した。
　もし私が男だったら、大吉の親友としてずっと仲良くいられるのに。

一緒に野球したり、家でゲームをしたり、好きな女の子の話で盛り上がったりしてさ。
　恋愛相談されても傷付く必要のない、固い友情で結ばれた男同士だったなら……。
　無理だってわかっていても、バカげた妄想をせずにはいられなかった。

「家、この辺でいいんだっけ？」
「うん。夜遅いのに、わざわざ団地の前まで送り届けてもらってごめんね」
　とくに会話が盛り上がるわけでも、沈黙が続くわけでもなく、ポツポツと会話しているうちに、いつの間にか家の近くまで着いていた。
　団地の敷地内に入り、駐車場を抜けて自宅の３号棟へ。
「ここの５階がうちなんだ」
「へぇ……」
　まじまじと建物を見上げる榊くん。
　家まで送り届けてもらったお礼にお茶くらい出した方がいいよね？
　そう思って「家に寄ってく？」って聞いてみたら。
「……お言葉に甘えたいとこだけど遠慮しとくよ」
　困ったように苦笑されて申し出を断られてしまった。
　なんも疑問も持たずに「そっか」と返事をしたら、榊くんが顔を横に背けて、ゴホンと咳払いした。
「てゆーか、前にも言ったけど……宮澤さんのこといいなっ

て思ってるひとりなんで。そうゆう奴を軽々しく自宅に招くのはやめといた方がいいと思い、マス」

 ブレザーの袖口で口元を覆い隠す榊くん。

 言葉の意味を即座に理解出来ず、榊くんの顔を凝視する。

 表情こそ真顔だけれど、彼の耳たぶはどんどん赤くなっていって。

 あ、そういうことかって意味が通じた瞬間、私まで変にドキドキしてしまった。
「……なんかごめん。軽率だった」
「いや、こっちこそ変なこと言ってごめん」

 ふたりで謝り合って、目を合わせた瞬間。

 なんだか無性におかしくなって同時に吹き出していた。
「じゃあ、気を付けて帰ってね」
「うん。宮澤さんも元気出して」

 すっと背を屈め、私の顔をのぞき込んでくる榊くん。

 かなり腫れは引いたものの、泣いて赤くなった目元を見て心配してくれる彼に「ありがとう」と返事をしようとしたら。
「……杏子？」

 3号棟の玄関ドアが開いて、建物の中から人が出てきた。

 私は玄関に背中を向けた格好なので姿が見えなかったけれど、相手の声ですぐにわかった。
「大吉……？」

 ゆっくりと振り返り、外に出てきた人物を確かめると、ランニング用のジャージを着た大吉が立っていて。

私と榊くんの顔を交互に見比べ、驚いた表情を浮かべていた。
「お前ら、今何して……」
　途中まで言いかけて口をつぐむ大吉。
　なんとなく気まずい空気が流れる中、榊くんが「帰るね」と言って会釈し、私も頭を下げ返して彼に手を振った。
　その間に大吉はいつものランニングコースを走りだしていて。
　ひとり、その場に取り残された私は、なんともいえない複雑な心境に陥っていた。
　……もしかして、榊くんとキスしてるように見られた？
　薄暗がりでハッキリ見えなかっただろうし、大吉が誤解してる可能性はある。
　大吉以外の男子と親しくなるのも、家まで送り届けてもらったのもはじめてで。
　めずらしい光景に驚きを隠せない様子だった。
　いや、だからって別に大吉には彼女がいるし、誤解されたからどうなのって話だけど……でも。
　あとで大吉に事情を説明しにいくべきか真剣に悩んでいると。
　ブーッ、ブーッ。
　鞄の中から着信音を報せるバイブ音が響いて。
「あ。忘れてた」
　大吉のクラスの担任から本人に返しておくようスマホを託されていたことを思い出した。

「あとで渡しにいかなくちゃ……」

　はぁ、とため息を零して階段を上がっていく。

　着信はしばらく経っても鳴りやまず、これだけ長く鳴らすってことは急用だったりして、となんだか不安になってきた。

　せめて誰からの電話なのか確認だけでもしておこうとスマホを取り出したら、タイミング悪く着信が途切れて。

「え……？」

　スマホの画面に表示された「着信・12件」のお知らせを見てびっくりした。

　12件って……何か緊急事態でも起こってるの？

　——ブブッ、ブブッ。

　びっくりしたのもつかの間、今度は次々とSNSの通知が受信されて。

　それが収まったと思ったら、直後にまた着信が入り、画面に表示された名前を見たら——。

「……舞ちゃん？」

　着信もSNSの差し出し人も、全部彼女から入ったものだと気付き、首を傾げる。

　大吉と連絡がつながらなくて心配してるとか？

　授業中に没収されたって言ってたし、事情を聞かされてなければそう考えてもおかしくない、けど。

「なんでこんなに連絡して……？」

　SNSの中身を勝手に見るわけにはいかないので、着信履歴だけ確認してみると、どうやら1時間前から数分おきに

電話を鳴らしていたらしい。
「事情を説明してあげたいけど……私が電話に出たらまずいよね」
　大吉の身近にいる異性として、ただでさえ舞ちゃんを不安がらせているのに、余計もやもやさせちゃうよね。
　舞ちゃんからの連絡は途絶えず、ひっきりなしに着信と通知を知らせるバイブが震えていて。
　そのうち、スマホの充電が切れてOFFになるまで、舞ちゃんの名前が画面に表示され続けていた。

# 束縛
そくばく

「おや。杏子ちゃんじゃないか。大吉に会いにきたのかい？」
「先生から忘れ物を返すように頼まれて……」
「あらあら。あの子、今シャワー浴びてるから先に部屋で待ってなさい。飲み物とお菓子持ってくからのんびりしてな」

　榊くんに家まで送り届けてもらってから、約２時間後。

　大吉が戻ってくる頃を見計らって隣の家を訪ねたら、あずき色のエプロンを身に着けた大吉のおばちゃんが玄関に出てきて。

　スマホだけ預けて帰ろうとしたら、家に上がりなさいと言われ、断る間もなく背中を押されて大吉の部屋に通された。
「あーっ、杏子だ!!」

　大吉の部屋に入ると、勉強机の椅子に座って携帯ゲーム機で遊んでいた大貴がぴょこんと椅子から飛び下りて、嬉しそうに私の腰に抱きついてきた。
「久しぶりだね、大貴。ちょっと身長おっきくなった？」
「わはは。みんなにでかくなったってよく言われるぞ～。杏子はなんで最近うちに遊びにきてくれなかったんだよー」

　こっちこっちと２段ベッドの方まで引っ張られ、下の段に腰掛けるよう促される。

　言われたとおりベッドの端っこに座ると、大貴も私の隣にちょこんと腰掛けた。

「あんねー、おれねー、今このゲームにハマってんだぁ」

　じゃんっと手に持っていた携帯ゲーム機の画面を見せて、一生懸命ゲームの内容を説明しだす大貴。

　どうやら、モンスターを仲間にして冒険を繰り広げていくRPGらしいんだけど、ゲームにうとい私にはさっぱり内容がわからず、ちんぷんかんぷん。

　それでも、5歳なりに自分の知ってる言葉でどんな物語なのか教えてくれる大貴が微笑ましくて、最後まで相づちを打ちながら聞いていた。

「これっ、大貴！　あんまうるさくして杏子ちゃんのこと困らせるんじゃないよっ」

　両手にお盆を持ったおばちゃんが部屋に入ってくるなり大貴に注意すると、大貴は私の背中に隠れて「こまらせてないやい」と頬を膨らませて激怒した。

　そんな大貴の頭をよしよしと優しく撫でてあげると、私の腕にぎゅっとしがみついてきて。

　……か、かわいい。

　ちっちゃい頃の大吉そっくりな大貴に思わずキュンとしてしまう。

「悪いねぇ。大貴の奴、最近杏子ちゃんがあんまりうちに来てくれなかったから変に寂しがっちゃって。その分、余計に大はしゃぎしてうるさかっただろう？」

　みたらし団子の載ったお皿と麦茶入りのグラスを大貴の勉強机に置きながらおばちゃんが苦笑する。

　私もあいまいに言葉を濁し、

「……進路のことでいろいろ悩んでて」
　と、当たり障りのない言い訳をして、猿飛家に寄りつかなかった理由を隠した。
　まさか、大吉に彼女が出来て部屋に上がりづらかったから……なんて言えるわけがない。
「おれ、兄ちゃんの『かのじょ』より杏子の方が好きだもん」
「おや。この子はませたこと言っちゃって」
「うっせー！　だって、舞は……ううん、なんでもねぇやい」
　布団の上に携帯ゲーム機をポイッと投げて、大貴が私の太ももの上に体を寝そべらせてくる。
「杏子ちゃん、ウザったくなったら遠慮なくひっぺがしていいからね」
「いえ。大貴なりに甘えてるだけだから全然平気ですよ」
　クスッと笑みを零し、大貴の頭を優しく撫でる。
　大貴は嬉しそうにゴロゴロしてて、まるで甘えん坊の子猫みたい。
　おばちゃんは「大貴、杏子ちゃんに迷惑かけるんじゃないよ」とひと言釘を刺し、私には「悪いねぇ」と申し訳なさそうに目配せして部屋から出ていった。
　そのまま家事をしに台所まで戻ったのか食器を洗う音が聞こえてきて。
　茶の間からはテレビの音が漏れ聞こえ、いつもと同じ猿飛家のアットホームな空気に居心地の良さを感じていた。
　部屋の間取りは同じなのに、私の家と大吉の家は全然違

うな……。
　ママが夜仕事だから、今ぐらいの時間帯は家中がシンと静まり返っているし。
　学校から帰ると温かいごはんが用意されていて、食事のあとはのんびり湯船に浸かって、寝るまでの短い間を家族とのんびり過ごす。
　それが猿飛家にとっては当たり前の日常だとわかっていてもうらやましく感じてしまう。
「……なぁ、杏子ぉ？」
「ん？　どしたの、大貴」
「……あんさぁ、さっきの話だけど」
「さっきの、って」
　えーっと、なんだったっけ。
　確か、大吉の彼女……舞ちゃんより私の方が好きとか、かわいいことを言ってくれていたような。
　大貴が布団に手をつきながらむくりと起き上がり、真剣な顔つきで私の前に正座する。
「どうしたの？」
　なんだか様子がおかしくて、大貴の名前を呼んで首を傾げたら。
「にいちゃんのかのじょ、おれすっげー苦手だ」
　大貴が憎々しげにつぶやき、眉間にしわを寄せて、視線を斜め下に落とした。
「苦手、って……何かあったの？」
　誰とでもすぐ仲良くなれる大貴が苦手だなんてめずらし

い。
　大吉に似て人懐っこい子なのに。
　よりにもよって、舞ちゃんが苦手だなんて。
「……ふたりきりになった時に言われたんだ。にいちゃんのかのじょは自分だから、杏子よりも自分になついてほしいって。杏子はとなりの家にすんでるだけの『たにん』だから、あんまりなかよくしてほしくないっておねがいされた」
「え……？」
　ドクン、と心臓が嫌な音を立てて。
　衝撃的な発言に耳を疑い、目を見開いて絶句する。
　今、なんて……。
「舞、ふだんはいいやつだけど、にいちゃんが杏子の話題を出すとすっごくおこるんだ。『杏子とはなさないで！』って家で言い合いしてるの、前に偶然見ちゃったし……。あんまり見ちゃいけないと思ったから、すぐ外の公園に行ったけど、舞、なんか泣いてるっぽかった……」
　大貴の顔が怒りでみるみる真っ赤になっていく。
　舞ちゃんの言葉を思い出しているのか、複雑そうな表情で唇を噛み締めている。
「でも、いくら舞に言われてもおれは杏子のほうが大好きだからな！」
「大貴……」
　言葉を濁されているので、大貴が舞ちゃんから具体的に何を言われたのかまではわからない。

だけど、大貴の様子を見る限り、あまり口にしたくない内容だったに違いない。
「舞ちゃんは、大吉のことが大好きだから、やきもちをやいてるだけなんだよ、きっと」
「やきもち？」
「そう。だから、大貴が心配しなくても大丈夫」
　まだ小さな大貴。
　子どもを不安にさせるわけにはいかず、笑顔で嘘をついた。
　はじめは疑い深い目で私を見ていた大貴も、私の話を聞いて安心してきたのか、ほっとした表情を浮かべて。
　そのうち、眠気が襲ってきたのかうつらうつらしはじめ、まぶたを閉じて熟睡してしまった。
「……おやすみなさい」
　大貴を起こさないよう注意を払ってシーツの上に横たわらせ、布団をそっとかける。
　大口を開けてよだれを垂らしながら眠る大貴は昔の大吉そっくりで思わず笑みが零れてしまう。
　大貴の隣に寝そべり、おなかの上をポンポン叩いて幼い寝顔を眺めていたら。
「……杏子？」
　スーッとふすまが開いて、部屋に大吉が入ってきた。
「しー」
　ベッドで眠る大貴を起こさないよう、唇に人差し指を当てて注意する。
「今日は二段ベッドの下で大貴を寝かせてあげて。それか

ら……少しうちで話そうか？」
「……おう」
　歯切れの悪い返事をする大吉に、私も無言のままベッドを下りた。

「お邪魔しまーす」
　玄関先で脱いだスニーカーをきちんと揃え直して大吉が家に上がる。
　勝手知ったる家なので、私の部屋に入るなりすぐさま布団の横にあぐらをかいて座りだす。
　私も大吉の向かいに座り、無言で見つめ合うこと数秒。
　先に沈黙を破ったのは大吉だった。
「……さっきのアイツと付き合ってんの？」
　首の裏を押さえて気まずそうに視線を逸らす大吉。
　アイツ、って……榊くんのこと？
「なんか、キスしてたっぽく見えたから……」
　今までなら即座に違うって否定してた。
　だけど、大吉の口から『キス』って単語が出た瞬間、野球部の部室で目撃した大吉と舞ちゃんのキスしてた場面を思い出して。
「……大吉には関係なくない？」
　気が付いたら、自分でも無意識のうちに冷たい声で答えていた。

「関係ないって、おまっ……俺らは家族みたいになんでも報告し合う仲だろ？」
「だからって、恋愛方面まで大吉に口出される筋合いないよ。それに、大吉には舞ちゃんっていうかわいい彼女がいるんだから、あんまり私と仲良くするとまずいんじゃないの？」
「なんでそこで舞の名前が出るんだよっ」

　ぐしゃりと髪をつかみ、大吉が苛立った様子でローテーブルの上をドンッと叩く。
「大貴から聞いたの。舞ちゃん、私の存在が嫌でしょうがないみたいだね。大吉さ、私とあまり関わらないでって彼女に釘刺されてるんしょ？」
「……ッ」

　図星を突かれたのか、ぐっと拳を握り締めて下唇を噛む大吉。

　目が泳いでいて動揺しているのがバレバレだ。
「……やっぱり。本当だったんだ」

　ふぅとため息をつき、左耳に髪をかけ直す。

　でも、これでなんとなく話は読めた。

　私が大吉といると面白くなさそうな顔でにらんでいた舞ちゃん。

　自分達に気を使って大吉から距離を置くよう注意してきたのも、大貴に私と関わらないようおこっていたのも、みんな独占欲の強い舞ちゃんが私に嫉妬しているから……。
「舞ちゃん、人よりも嫉妬心が強い子なんじゃないの？」

カーディガンのポケットから大吉のスマホを取り出し、目の前にスッと差し出す。
「なんで、杏子が俺のスマホを……？」
「大吉のクラスの担任から本人に返しておいてくれって頼まれたの。それで……悪いけど、大吉のスマホに舞ちゃんから大量の着信履歴やSNSのメッセージがきてるの見ちゃったんだ」
「…………」
「もちろんメッセージの中身は見てないけど」
　アンタ達どうなってるの、と言いたげな視線を送ると、大吉は困ったように頭の裏を掻きむしって。
　スマホを受け取るなり、画面に表示された通知の数を確認して「はぁー……」と深いため息を漏らした。
「あんまり人のこと言いたくないけど、舞ちゃんと付き合ってて大丈夫なの？」
　こんなの余計なお世話だってわかってる。
　でも、舞ちゃんの行き過ぎた行為には異常さを感じて。
　これまでの忠告や、大貴の証言を思い出し、心配になって訊ねてみたら。
「……それこそ杏子には関係ねぇだろ」
　大吉は私と目を合わさず、そっぽを向いた状態で不機嫌そうに答えた。
「確かに、舞が杏子に迷惑かけてるのは申し訳ねぇし、舞にもやめるよう注意する。けど、こっちのことは自分でなんとかするから、お前は余計な首突っ込んでくんな」

多分、私が榊くんとの仲を内緒にして「大吉には関係ない」って突き放したからおこってるんだ。
　そりゃ、先に冷たい態度をとったのは私だけど。
　でも、人が本気で心配してるのに……。
　売り言葉に買い言葉でお互いにカチンときて。
　頭に血が昇った私達はバチバチと火花を散らしてにらみ合い、ツンとそっぽを向いた。
「わかった。じゃあ、今日から大吉のこと本気でシカトするから、大吉も私のこと無視してね。私と話してたら"彼女"が不安になるみたいだから」
「……っ、そっちこそ、イケメンの彼氏とラブラブすんのに俺の存在が邪魔だろうから話しかけてくんなよっ」
　――ダンッ！
　ローテーブルに両手をついて立ち上がり、大吉の襟首をつかんで「帰って」と低い声で指示する。
「言われなくても帰るわ、アホッ」
「うっさい。黙ってとっとと出てけアホ猿！」
　大吉の背中を玄関先までぐいぐい押し出し、バタンッと勢い良くドアを閉める。
「……大吉のバカ」
　怒りが頂点に達したら、みるみるうちに瞳に涙が盛り上がってきて。
「っ、なんでこうなっちゃうのよ……」
　手の甲で涙を拭い取り、きつく歯を食い縛った。

第3章
# 高3 - 夏

## 噂とケンカ

「……それで？　子どもの頃以来、久々に猿飛と本気でケンカしちゃったんだ？」
「うん」
「杏子から謝ったりとかは？」
「絶対しない」
「意固地だねぇ」
「…………」
　ムッとした表情を浮かべて、無言でコーヒーをすする。
　あずさはあんみつパフェをスプーンですくってひと口頬張るなり、頬に片手を添えてとろけるような笑みを浮かべた。
「ん～、おいしい」
「……よかったですね」
「はいはい、八つ当たりしないの。杏子にもひと口あげるから。はい、あーん。どう、おいしい？」
「……おいしい」
「素直でよろしい」
　今は学校帰りのファミレスであずさと食事している最中。
　軽く腹ごしらえをして、これから映画館に行く予定。
　私はおなかが空いてないからコーヒー1杯しか注文してないんだけど。
　あずさは甘い物が食べたいからってあんみつパフェを頼

んで、私にひと口お裾分けしてくれてたところ。
「ところで、あれだけ嫌がってた王子達と積極的に遊ぶようになったのも猿飛とのケンカが原因？」
「……別に積極的にってわけじゃないし」
　そう。
　実はこれからヨウと榊くんと合流して、4人で遊ぶことになっている。
　先日のカラオケ以来、榊くんと連絡を取り合うことが増えて。
　放課後になると、榊くんに誘われてヨウ達と過ごす時間が増えはじめていた。
　その理由は、同じ団地に住む大吉と顔を合わせたくないから。
　家にいる時間を少しでも短くするため、夜遅くまで外をぶらついている。
　大吉とケンカしてから約1週間。
　お互い顔を合わせても無言でシカトしまくっていたら、どんどん仲直りするきっかけを失って。
　私が大吉の家に行くことも、大吉が私の家に来ることもなくなり、校舎ですれ違っても目すら合わせない日々が続いていた。
　まさに険悪ムードで最悪な状態。
　ふたりとも変なところで意固地だから、当分は口をきけそうにもない。
　今まで些細なことでケンカしてきたことはたくさんある

けど、こんなに長引いたのははじめてで。
　もやもやする半面、大吉なんか知らないって頑固になってる自分もいて……。
　そうこうしているうちに季節は初夏へ移り変わり、学校の制服も夏服に衣替えしていた。
「……猿飛の彼女、１年の山岸舞だっけ？　杏子に話聞いて、知り合いにどんな子なのかリサーチしてみたけど、結構まずいっぱいね」
「まずい、って……？」
「知りたい？」
　スプーンの先を向けて、意味深に目を細めるあずさ。
　もったいぶった口ぶりなのは、私を焦らして楽しんでいるからだろう。
　ニンマリと持ち上げた口元が最たる証拠だ。
「うん」
　軽くイラッときたけど、素直に興味を示すと、あずさが満足した様子でうなずき話しはじめた。
「その子、普段は人懐っこくて愛想がいいんだけど、彼氏が出来ると性格が豹変するんだってさ」
「豹変って、どんなふうに？」
「わかりやすく言うと、恋人を束縛するタイプ。不安症で嫉妬深いみたい。彼氏と仲いい女子には親しくしないでって直接言ってきたりするそうだけど、身に覚えは？」
「……ある、かも」
　以前、放送室で『大ちゃんと個人的に親しくするのを止

めて下さいっ』ってハッキリ言われたことを思い出し、苦い表情を浮かべる。
　大貴から聞いた話と合わせて、舞ちゃんが嫉妬深いっていうのは間違いないと思う。
「実際、どこまで本当かわからないけどね。ただ噂によると、中学の時に付き合ってた彼氏が何股もかけてるような浮気野郎だったみたいでね。自分は本命だって信じ込んでたのに、実際は遊び相手のひとりだったって発覚してショックを受けたみたい」
「相手の男、最悪……」
「そのことがトラウマになってて、それから付き合う相手の人間関係を把握していないと気が済まなくなったんだって。そのあと付き合った男子がひとりかふたりいたらしいけど。ただ、不安なのはわかるけど、嫉妬もいきすぎるとちょっとね」
「相手の重荷になっちゃうしね……」
「大抵の男は恐怖におののいて逃げ出しちゃうんだろうけど、猿飛の場合はなぁ〜。はじめて付き合う相手だし、責任感も強いから……」
「……うん。大吉の性格なら、絶対逃げ出さないし。むしろ、舞ちゃんの不安を取り除くために全力を尽くすと思う」
　──カチャン。
　コーヒーカップを静かにソーサーの上に置き、テーブルの上に頬杖をついて黙り込む。
　……そんな状態になってるってどうして相談してくれな

かったのよ、バカ猿。

 そこまで嫉妬深い子なら、私の存在自体が目障りだろうに。

 今までなんでもない顔で普通に接してきて……バカじゃないの。

 私なんかのために彼女と揉めてどうすんのよ。

「あずさ……。舞ちゃんと付き合ってる限り、私は大吉と距離を置き続けるべきだと思う？」

 不安で瞳が揺らぐ。

 落ち込む私を見て、あずさは「さあね」と言って肩をすくめ、ひと口パフェを頬張った。

「あたしだったら遠慮せずに付き合うけど、そこに迷いがあるから杏子は躊躇してるわけでしょ？　なら、あたしから言えることは何もないよ」

「……だよね。あずさのそうゆうハッキリした物言い好きだわ」

「どういたしまして」

 あずさと目を合わせ、同時に吹き出す。

 どちらもサバサバした性格なので、こういう時に嘘偽りのない本音を聞かせてくれるのが有難かったりする。

 あずさには本当に感謝してるんだ。

 いつだって自分のことを決めるのは自分自身。

 あずさが言うとおり、私も今後のことをどうしていきたいのか、もっとじっくり自分の気持ちと向き合ってみよう。

 胸に抱えていたものをあずさに話せてほっとした分、少しだけ心に余裕が生まれたみたい。

ありがとう、と心の中であずさに感謝しながら、いい友達を持ててよかったなと思った。

「おーいっ、こっちこっちー！」
「……とりあえず、俺とヨウで宮澤さん達が好きそうな映画を厳選してみたんだけど、どれにしようか？」
　ファミレスを出て、徒歩で移動すること約10分。
　駅周辺の大通りにある映画館へやってきた私とあずさは、建物の前でヨウと榊くんと合流し、みんなでどの映画を見るか選んでいた。
　多数決で邦画の恋愛ものに決定し、すぐさまカウンターでチケットを購入。
　ヨウはおなかが空いていたらしく売店でキャラメルポップコーンやフライドポテトを買っていて、ヨウ以外の3人はドリンクだけ注文して上映ホールに向かった。
　5番スクリーンに入ると中はほんのり薄暗く、チケットに記載された座席表を確認しながら上段の真ん中まで進んでいく。
「おいっ、なんでオレが宮澤さんの隣じゃないんだよ！」
「……宮澤さんの隣に座らせたら、お前何するかわかんないじゃん」
「……確かに。それはちょっと困るわ」
「ってことで、王子は大人しく端っこに座っててね」

席は左から、ヨウ、榊くん、私、あずさの順になっていて、私と隣に座れなかったヨウが頬を膨らませてふて腐れている。
　榊くんが言うように、やたら私にひっつきたがるヨウのことだ。
　上映中に手でも握ってこられたら大変困る。
　その点を理解した上で榊くんとあずさがガードしてくれているので、安心して映画が観られそうだ。
「あ、そうだ」
　腕時計で時刻を確認して、榊くんが「どうぞ」と私に青いハンカチを差し出してくる。
「ハンカチ？」
「なんか、前評判で泣けるって噂だったから。宮澤さんが泣きたくなったら使って」
　ふっと目元を和らげ、私にハンカチを手渡す榊くん。
「フーッ、さすが榊くん。やることがスマートォ♪」
「ちょっ、お前ひとりで宮澤さんの好感度稼ぐようなことしてんじゃねぇぞっ」
　榊くんの行動をひやかすあずさと、拳を突き上げておこるヨウ。
　……うん。前から思ってたけど、榊くんて結構あれだよね。
　女の子が何をされたら喜ぶか、そして、どのタイミングでさりげなく切り出されたら嬉しいか熟知しているというか。
「……どうも」
　断る必要もないので素直にハンカチを受け取りお礼する。

みんなでわいわいやりとりしているうちに、いつの間にか上映時間がやってきて、ホールの中が暗くなっていった。


　榊くんは不思議な人だ。
　ヨウやほかの男子みたく、あからさまに自分をアピールしてくることもないし、かといってまるきり私への好意を隠すわけでもない。
　お互い無口で性格が似ているせいか、考えていることがなんとなくわかるというか。
　ゆっくりと自分について知ってもらおうと距離を詰めてくる榊くんに、私はどう答えを出すべきなのか迷っている。
　……大吉に彼女が出来たら"次"に進めるって思ってた。
　なのに、実際はどうだろう。
　舞ちゃんと付き合いだしてから、ますます大吉への想いは増して、胸が苦しくなる一方。
　私にも恋人が出来れば、この苦しみから少しは解放されるのだろうか？
　大吉みたいに付き合ってから相手のことを好きになっていけば……そうしたら、大吉の気持ちを無くしていける？
　上映中、チラッと榊くんの横顔を盗み見たら、相変わらずの無表情のまま画面を見つめていて。
　好きな人を忘れるために、ほかの人に意識を向けてみる。
　そんな考えが頭をよぎって、なんともいえない複雑な心境に陥った。

映画を観終わって外に出ると、空の色はすっかり暗くなっていた。
　明日は土曜日。
　学校が休みなのと、全員門限がフリーで帰りが遅くなっても平気なので、これからどうしようかと４人で相談していると。
「すいませーん！」
　映画館を出てすぐ、眼鏡をかけたオシャレな女の人に声をかけられ全員で振り向いた。
「『ストロベリー・ティーンズ』という雑誌の者なのですが、良ければ全員のストリートスナップを撮影してもいいですか？」
　ジャケットの胸ポケットからサッと名刺を差し出し、ニッコリと微笑む女性。
　『ストロベリー・ティーンズ』、って……。
　かなり有名な10代向けのファッション雑誌じゃん！
　毎月愛読してる雑誌だから、驚きで目をぱちくり瞬かせる。
　隣を見ると、あずさも興奮した様子ではしゃいでいて、ふたりで顔を見合わせた。
「え〜っ、すごいすごーい。うちらがいつも読んでる本じゃん。ねっ、杏子！」
「ストリートスナップって『街で見かけたオシャレさん』特集みたいな奴だよね？」
　ふたりでヒソヒソ話をしていると、いつの間にかヨウが「いいですよ」と撮影の承諾を女の人に出していた。

GOサインが出るなり、うしろに控えていたスタッフ数名が私達を囲み、制服の着こなし方や髪形をサッとチェックした。
「来月発売の『カップル特集』に載せたいから、男女２組に分かれて撮影してもいいかな？　この中で実際のカップルは？」

　カメラマンの男の人に聞かれて「いないです」と素直に答えると、名刺を渡してくれた編集者の女性と耳打ちで相談し合い、
「じゃあ、ストレートロングの君は脱力系の彼と。巻き髪ポニテの彼女は茶髪の彼と。それぞれ、"雰囲気のあるクールなカップル"と"わいわい盛り上がってそうな明るいカップル"ってイメージでお願いするよ」

　ということで、カメラマンの指示に従い、私と榊くん、あずさとヨウの２組に分かれて撮影することに。
「髪の毛、キレイですね〜。染めたりしてます？」

　若い女性のヘアメイクさんに聞かれ「自前です」と答えると少しだけ驚かれた。
「じゃあ、軽くヘアメイクさせてもらいますね。元がいいから、あまり手を加えなくてもOKかな」
「は、はい……」

　手持ちのバッグからヘアメイクの道具を取り出し、整髪料で髪をセットし、若干崩れていた化粧をキレイに直していく。

　あっという間の出来事なのに、魔法のように動く彼女の

手に目を奪われて胸がドキドキした。
「ん。こんな感じでどうかな？」
「あ。……すごい。だいぶ印象変わりますね」
　差し出された手鏡をのぞいて目を丸くする。
　ほんの少しアレンジを加えただけなのに見た目の印象が変化して素直に感動した。
　私の番が終わると、すぐさま榊くんの前に移動し、ワックスで髪の毛を整えはじめるヘアメイクさん。
　ヨウ、あずさ、と次々みんなの見た目が変化していき、あることを発見する。
　私と榊くんはクールに。
　あずさとヨウは明るく元気に。
　編集者とカメラマンのイメージに添うよう、ヘアメイクさんがセットし直してくれていることに気付いたんだ。
　たった一瞬なのに、相手の要望をくみ取れた上で、モデルの良さを引き立たせているなんて……すごい。
　はじめて目の当たりにしたプロの仕事に視線が釘付けになって、ひたすら感動しっぱなしだった。
「じゃあ、まずはそっちのふたりから。彼の方が彼女の腰に腕を回す感じで、彼女の方は冷めた感じでカメラの方を見て」
　最初の撮影は私と榊くんペアから。
　通行人の邪魔にならないようガードレール沿いに移動し、カメラマンの指示に従いながら何枚か撮影する。
　ストリートスナップなので数枚シャッターを切っただけ

でおしまいだけど、はじめての経験にひたすら胸が緊張しっぱなしだった。

　何より、榊くんの腕が私の腰に回され、かなり密着した状態でポーズをとるのが恥ずかしくて。

　ラストには「そのまま見つめ合って〜」と言われ、さすがの私も動揺が顔に出てしまった。

　一方榊くんは普段と変わらぬ淡々とした態度で。

　私達の出番が終わり、次にあずさとヨウ達の撮影がはじまった時、榊くんになんでそんなにクールでいられるのか聞いてみたら、

「街歩いてると、しょっちゅういろんな雑誌とかタレント事務所の人に声かけられるから。ヨウといると倍以上に確率上がるし」

　と、照れた様子もなく告げられて、こっちが面食らってしまった。

　どうりで編集者の人に話しかけられても堂々としてるわけだ。

「そっちは？　宮澤さんこそたくさん声かけられてそうだけど」

「私は……声かけられる前に相手の顔も見ずに逃げちゃうことがほとんどだから。こうゆうのは今日がはじめて」

「へぇ。意外。結構人見知りするんだ？」

「……人見知りっていうか、必要最低限の警戒ですー」

　からかわれた気がしてムッとして答えると、榊くんが手の甲を口元に当てながら「クッ」と苦笑して。

「ムキになる宮澤さんもかわいいね」

　なんて、サラリと恥ずかしいことを言ってくるもんだから、こっちまで腕組みしながら赤面してしまった。

　こういうのって本当イケメンだから許されるっていうか。

　相手が大吉だったら「うっさい、猿！　調子に乗るな」って軽いパンチの一発でもおなかに食らわせてたんだろうな。

　……けど。

「宮澤さん？」

「……あ、ごめん。ぼーっとしてた」

　ハッと我に返り、頭を振る。

　私、今、カップルとして雑誌に掲載(けいさい)されるなら、大吉と一緒がよかったのに……なんて榊くんに失礼なこと考えてた。

　バカじゃないの、私。

　大吉には彼女がいるのに……。

　気持ちが前向きになったと思っても、ふとしたことで引き戻される。

　頭の中が大吉一色になる癖(くせ)……いい加減直さなくちゃ。

「ヨウとあずさ、案外ノリ気で撮影してるね。ふたりともめっちゃはしゃいでるじゃん」

　本音を隠すために話題を変えてあずさ達の方を指差す。

　ラブラブな感じで腕組みしたり、満面の笑顔で微笑み合ったり、どこから見ても仲良さそうなカップルって感じ。

「協力してくれてありがとう！　おかげでいい写真が撮(と)れたわ。来月発売だから楽しみにしててね〜」

　撮影が終わるなりバタバタと道具を片付け、次の被写体

を探しに撤収していくスタッフさん達。

　ささやかなお礼にと雑誌のロゴマークが入った苺柄のメイクポーチをもらい、あずさとふたりで喜んだ。
「あたし、こんなふうに街角スナップ撮られたのはじめて。超緊張した〜。でも、結構楽しかったね！　杏子と榊くんのツーショット、絵になる美男美女って感じですっごい良かったよ♪」
「オレレベルになると、人混みの多い場所に出ると必ず声かけられるけどね」
「げっ。王子さぁ、少しは謙遜しなよ。最近杏子の付き添いで遊ぶようになってから気付いたけど、王子ナル入りすぎ」
「なっ、誰がナルだって……!?」
　ヨウの発言に呆れ顔で鋭い突っ込みを入れるあずさ。
　あずさにナルシストと指摘されたヨウは激しく動揺し、一生懸命「違う」と弁解している。
　あずさってミーハーに見えて、意外と中身を重視するタイプだから、見た目はいいのに性格が残念なヨウを見ると本音を吐かずにはいられないみたい。
　ぎゃーぎゃー言い合うあずさとヨウを眺めていたら。
「今日、はじめて４人で遊んだけど、普通に馴染めてて良かったね」
　榊くんがスッと私の隣に立ち、心なしか楽しそうな表情で口元に笑みを浮かべていた。
「……そうだね。私も男女グループで遊んだのはじめてだっ

たけど、みんな気を使わないで平気な人達だから居心地良かったかも」
「宮澤さんにそう感じてもらえたならよかった」
　きっと、ほかの子が目にしたら腰砕けになるだろう悩殺スマイルを向けられ、不覚にもドキッとなる。
　背を屈めて、下から顔をのぞき込むように微笑むなんて、自分の魅せ方をよくわかってる人だ、本当に。
「榊くんがモテる理由、なんとなくわかってきたよ」
「なら、付き合う？」
「…………」
「なんてね。宮澤さんの気持ちがこっちに傾くまでのんびり待つから、そんな困った顔しないでよ」
　無言になった私を気遣うように肩をすくめて苦笑し、ヨウ達の元へ歩き出す榊くん。
　彼の背中を見つめながら、返事待ちさせている宙ぶらりんな状態をどうするべきなのか自問自答を繰り返していた。

　一見クールに見えて、穏やかな人柄の榊くん。
　彼と付き合えたら、きっと毎日が穏やかで、何よりも大切にしてもらえるんじゃないかなって思う。
　人目を惹く美形だし、性格も良いし、何よりも優しくて常に気を使ってくれる。
　まさに女子にとっては理想の男子で。
　そんな彼に好意を持ってもらえているのはすごく喜ばしいことだけど……。

「じゃあね〜、杏子、榊くん」
「宮澤さん、また明日ね。つーか、潤。テメェ、宮澤さんを家まで送り届けるからって抜け駆けすんなよ」

　4人で散々遊び尽くし、駅の改札口前で解散したあと。

　夜遅い時間帯なので、榊くんが私を、ヨウがあずさを家の前まで送り届けてくれることになって、榊くんと帰路に就くことになった。

　はじめはヨウも私を送ってくって激しくゴネたんだけど、
「女子ひとりで帰らせるとか最低〜。てゆーか、杏子の親友をないがしろにする時点で好感度ダダ下がり確定じゃない？」

　と、あずさに厳しい口調で責められたのが効いたのか、ヨウは大人しくあずさを送っていくことに。

　私と榊くんは徒歩でフクムラ団地に向かい、家の前に着く頃には夜の10時近くになっていた。
「ごめんね。榊くんの家、反対方向にあるのに、わざわざ遠回りさせて」
「ううん。宮澤さんが乗るバスって最終が早いから、この時間帯だと歩いて帰ることになるでしょ？　暗がりの夜道を女子ひとりで歩かせるわけにはいかないし」
「……ありがとう」

　街灯に照らされた夜道。

　とくに盛り上がるわけでも、盛り下がるわけでもなく淡々と会話を交わしながら歩く住宅街。

　榊くんとの間に流れる穏やかな時間は不思議と気持ちが

落ち着いて。
　この前のテストの結果や、それぞれの進路について当たり障りのない内容を話しているうちに、団地の前に到着していた。
「今日は映画に誘ってくれてありがとう。4人で遊べて楽しかったよ」
「うん。俺も楽しかった」
「……じゃあ」
「ん、またね」
　3号棟の玄関先まで見送ってくれた榊くんにお礼をして、その場で別れようとした時。
　──ガチャン……ッ!!
　建物の上階から、何かが割れる物音が聞こえてきて。
　ふと顔を上げた私は、5階の自分の部屋を見て目を丸くした。
　ママの部屋の窓が開いてる。
　それに電気も点いてるし……。
　出勤前は必ず戸締りを確認していくから、家にいるってことだよね？
「ごめんっ、ちょっと……」
「宮澤さん!?」
　妙な胸騒ぎがしてダッシュで階段を駆け上がる。
　たまたま平日の夜にママが家にいて、偶然うちの方から物音が響いただけ。
　なのに、どうしてこんなに嫌な予感がするの？

「ママっ……!?」

バタンッ。

玄関のドアを開け、ローファーを脱ぎ捨てて家の中に飛び込む。

ママの出勤用のヒール靴が玄関の入り口に置いてあったのと、茶の間の電気やテレビがつけっぱなしなところを見て、ママが在宅していることを確信する。

食卓テーブルにはめずらしくママの手料理がラップをかけられた状態で並べられていた。

「ママ、いるんでしょ？」

何度呼びかけてもママからの返事がなくて。

パタパタと足音を立てて茶の間を通り抜け、ママの部屋のふすまを開けると──。

「ママ!?」

ふすまを開けた直後、私の目に飛び込んできたのは押入れの前で倒れ込むママの姿だった。

ママの足元にはワインや焼酎の瓶が転がっていて、そのうちの何本かが落とした拍子にでも割れたのか中身が零れている。

畳の上に広がるアルコールのせいで部屋全体が酒臭く「うっ」と眉をひそめた。

「ママ、どうしたの？　ママ……？」

ママの体を揺さぶり、耳元で名前を呼ぶ。

酒に酔って転倒したのかと口元に顔を寄せるも、ママからはお酒の匂いがしなくて。

真っ青な顔でぐったり横たわるママを腕に抱きかかえ、どうしたらいいのか泣きそうな顔で辺りを見回す。
　どうしよう。
　どうしたらいの!?
　混乱する頭の中、靴下のままとっさに家を飛び出していて。
「……大吉っ、助けて大吉!!」
　──ドンドンッ!
　気が付けば、無我夢中で隣家のドアを叩き、大吉に助けを求めていた。
「杏子?　お前、こんな時間にどうした……!?」
　──ガチャッ!
　隣家の玄関が開くなり、泣いてぐちゃぐちゃになった私の顔を見て大吉が目を見張る。
「ママがっ、どうしよう……大吉、ママがぁ……っ」
　パニック状態で泣きじゃくる私に只事ではない何かを察知したのか、大吉の顔が険しくなっていく。
「おばちゃんになんかあったのか!?」
「……っ」
「あったんだなっ」
　ボロボロと大粒の涙を零しながら、必死の思いでうなずく。
　ママが倒れているのを目にした瞬間、頭からサッと血の気が引いて、冷静さを失った私は激しく取り乱していた。
　全身の震えが止まらず、思考がまともに働いてくれない。
　心臓がバクバク鳴って、息がどんどん浅くなる。
「大丈夫だ!　俺が絶対ぇなんとかしてやっから安心しろ!」

ショックのあまり軽いひきつけを起こしかけた私に気付いたのか、大吉が私の体を強く抱き締めてくれて。
　大きな手のひらで私の頭をポンと叩き、すぐさま自宅のドアを開けて、大声で家の中にいる家族に向かって叫んだ。
「おい、ババア！　杏子の母ちゃんが倒れたって！　今すぐ病院行くから、父ちゃんに車出すよう伝えてくれっ。俺は救急車呼ぶからっ」
「なんだって!?　宮澤さんがかいっ」
「母さん、大吉と僕で隣の家の様子を見てくるから、先に車のエンジンだけかけておいてくれっ」
「にーちゃん、大声だしてどーしたー？」
　大吉の言葉を聞いて慌てた様子で玄関先に駆けつけてくる猿飛家のみんな。
　寝間着姿のおじさんやおばさん。
　寝ているところを起こされたのか眠たそうに目元をこすりながらひょっこり玄関先に出てくる青いパジャマを着た大貴。
　みんなの顔を見たら、ほんの少しだけ安心したせいか、余計涙が溢れ出てきてしまって。
　血相を変えて私の家に上がり込む大吉と大吉のおじちゃん。
　大吉のおばちゃんは「大丈夫だからね、杏子ちゃん！」と私の肩を叩き、気をしっかり持つよう励ましてくれた。
　そのまま家の中に引き返し、すぐさま車のキーを持ってカンカンカンと階段を駆け下りていく。

「うっ……ううっ」
　ふらつく足取りで自分の家に戻ろうとするものの、全身の震えが収まらなくて足を一歩も動かせない。
　両手で顔を覆って泣く私を見て心配したのか、大貴がきゅっと私の腰にしがみついてくる。
「宮澤さんっ、何かあったの？」
　──タンッ……。
　大吉のおばちゃんと入れ替わる形で5階にやってきたのは榊くんで。
　どうして榊くんがここに……？
　さっき、私の様子がおかしかったから、心配して下で待ってくれてたの？
「救急車が到着するまでの間、おばちゃんをどんな体勢にしといた方がいいですか!?」
　大吉は電話の相手から指示をあおぎながら、焦りをにじませた顔つきで間違いのないよう手順を確認している。
「ママ……!!」
　みんなが騒然とする中、泣きすぎて息継ぎが苦しくなった私はひきつけを起こしそうになってしまって。
　そんな私の背中を榊くんがさすってくれたものの、お礼する余裕すらなく、目の前の現実に頭の中がパンクしかけていた。

## ひとりじゃない

　救急車に乗って病院に向かう間、ストレッチャーの上に寝かされたママの手を握って、ずっと涙を流していた。
　身内の私だけが救急車に乗り、猿飛家のみんなと榊くんは救急車を追うように市立病院へと車を走らせている。
「……っ、ママお願い。しっかりして」
　呼吸はあるものの、ピクリとも動かないママの姿に恐怖が募り、不安で胸が押し潰されそう。
　ママがいなくなったら私……。
　想像しただけで血の気が引き、生きた心地がしなくなる。
　市内で一番大きな市立病院に到着すると、救急隊員がストレッチャーに乗せたママを病院に運び込み、すぐさま診察を受けることになった。
　病院に着いてほっとする反面、緊張感も増して。
　ママの手を握る手が震えだし、自分でもどうすることが出来ない。
「ママ……」
　お願い。無事でいて。
　1階の待ち合いロビーで待機している間、そう願うだけだった。
「ご家族の方は？」
「……私です」
　みんなでママの無事を祈っていると、看護師さんがやっ

てきて、家族の代表として書類に記入するよう促された。
　ママの名前や生年月日、年齢等を書類に書き込み、手続きを済ませてロビーの椅子で待つ。
　その間、ママの容体が心配で気が気じゃなかった。
　病院へやってきたのは、私と猿飛家の４人と、あの場に居合わせた榊くんの計６人。
　全員で並んで腰掛け、治療室から医師が説明しに出てくるのを待っている。
　私の隣には大吉が、そして、真向かいの席には榊くんが座っていて、ふたりとも心配そうに私を見つめていた。
「大丈夫だ、杏子。おばちゃんは絶対ぇ助かるから、少しは落ち着け。な？」
　大吉の胸にしがみつき、肩を震わせて泣きじゃくる私を大吉が片腕でぎゅっと抱き留めてくれる。
「うぅ〜……っ」
　感情のまま子どものように泣き続ける私に、大吉はひたすら耳元で「大丈夫だ」と優しい声で同じ言葉を繰り返し、背中をさすってくれた。
「お前はひとりじゃねぇ。俺がずっとそばについててやるから安心しろ」
　大吉、大吉、大吉。
　言葉にならない感情が込み上げ、ただただ涙が溢れ出て止まらない。

「宮澤さんのご家族の方は……？」

どれくらいの時間が経ったんだろう。

診察室のドアが開き、中からカルテを手にした看護師さんに呼ばれて。
「どうぞ、そちらにお掛けになって下さい」

ふらふらした足取りで室内に入ると、おっとりした雰囲気の老人の医師に丸椅子へ腰掛けるよう促された。
「あの、ママの容体は……」

赤く腫らした目で医師に訊ねると、不安がる私を安心させるためか優しい顔で「大丈夫ですよ」と言って微笑んだ。
「診てみたところ、頭部を強打したことによる脳しんとうですね。恐らく、高いところから物を取ろうとした際に上から落下物に当たったんでしょう。たんこぶが出来ていたので包帯を巻いておきました」
「脳……しんとう?」
「ええ。念のため、今日、明日と検査入院していただいて脳波に異常が見られなければ明後日にでも退院出来ますよ」
「それって命に別状はないってことですか……?」
「ええ、そうゆうことです」

ママが無事だった。

医師の口から具体的な症状を聞き、安心したとたん。

再び涙腺が熱くなって。瞳からぼろぼろと涙が零れ落ちた。


「大吉……!」
診察室を出るなり、真っ先に大吉の元へ向かい、医師か

ら受けた説明をそのまま伝えた。
「……そっか。おばちゃん無事でよかったな！」
「うん……」
　瞳に涙を浮かべながら微笑む私に、大吉がくしゃっとした笑みを返してくれて。
　私の目元に指先を当てて、零れ落ちそうになった涙を拭い取ってくれた。
「杏子ちゃん、よかったねぇ。おばちゃん達も安心したよ」
「母さん、検査入院ってことは、これから手続きとかいろいろあるんじゃないのか？　未成年の杏子ちゃんひとりにやらせるんじゃ大変だろうし、最低限のことは僕らの方でもサポートしないと」
「杏子〜、よかったな！」
　ママの無事を知った大吉の家族も全員ほっとしたように胸を撫でおろし、私を囲んで励ましの言葉を送ってくれる。
　おばちゃん、おじちゃん、大貴。
「みんな、心配かけてごめんなさい……。それから、ありがとうございます」
　身内でもなんでもない、ただのお隣さんなのに、まるで本当の家族のように接してくれる猿飛家のみんな。
　全員の優しさに救われて、胸の奥がじんわり温かくなった。
「……あ、榊くん」
　この場に榊くんがいたことを思い出し、パッと大吉のそばから離れると。
「お母さんに何事もなくて安心したよ。……じゃあ、俺は

ここで帰るから」
「……ありがとう、榊くん」
　心なしかふっと表情を和らげ、小さく手を振って背を向ける榊くん。
　周りの状況が見えないくらい取り乱していたから気付くのが遅れてしまったけど、病院に来るまでの間、榊くんも猿飛家の人達と協力してママをここまで運んでくれたんだ。
　周囲にいっぱい迷惑をかけて申し訳ない気持ちと、感謝でいっぱいの想いを込めて、去りゆく榊くんの背に深くお辞儀をした。
「いいのか？　アイツひとりで帰しちまって」
「？」
「だって、榊はお前と付き合って……いや、なんでもねぇ」
　ふいっとそっぽを向いて大吉が口ごもる。
　最後の方だけ声が小さくて聞き取れなかった私はきょとんと首を傾げた。
　今なんて言ったんだろう？
　問いかけたものの、大吉が頑なに口を割ろうとせず、
「ところでおばちゃんはどこにいんだ？　様子見に行こうぜ」
　とナチュラルに話題を逸らし、スタスタと前を歩きだした。
　……変なの。
　大吉の顔が不機嫌そうに歪んでいるのを目撃してしまったせいだろうか。
　胸に引っかかりを覚えてもやもやしてしまう。

「ほら、行くぞ」
「うん……」
　数歩先を歩いたところで大吉が足を止めて、こっちを振り返る。
　……今はほかのことを気にしてる場合じゃない。
　もっとしっかりしなくちゃ。
「大吉、母ちゃん達は一旦家に戻って着替え直してからもっかい戻ってくるよ。大貴もばあちゃんちに預けてくるから、迎えに来るのちょっと待ってな」
「おじさん達が必要最低限の着替えやタオルを持ってくるから、杏子ちゃんは先にお母さんの付き添いをしていなさい」
「……っ、ありがとうございます」
　大吉の両親に何度も頭を下げ、私と大吉だけママのいる病室へ先に向かうことになった。


　そして——。
　看護師さんに案内されて駆けつけた病室には、目を覚ましてすっかり元気になったママがベッドに横たわっていた。
「あらやだっ、杏子ちゃん！　それに大ちゃんも」
　私達が個室の中に入るなり、ママはむくりと上体を起き上がらせて、恥ずかしそうに両手で頬を押さえた。
「ママってば、うっかり押入れに隠してた秘蔵酒を取り出そうとして、高いところから箱ごとお酒の入った瓶を何本も落としちゃってね。それでゴツーンって……」

「頭にぶつかって気を失ってたんだね」
「……うん。ママのうっかり不注意でした」

　包帯の巻かれた頭部をコツンと叩き、反省したようにしょんぼり肩を落とすママ。

　いい年した娘がいるというのに、子どもの私に叱られると思ってビクビクしてるところが情けないというか、ママらしいというか。

「何はともあれ……ママが無事でよかったよ」

　ベッドの前に立ち、ママの手を両手でぎゅっと包み込む。

　その手が微かに震えていることに気付いたのか、ママがぱちくりと目を丸くさせ、それからフッと微笑を浮かべた。

「ママがいなくなったらどうしよう、って怖い思いさせちゃったわよね……」
「…………」

　こくりと無言でうなずくと、ママが優しく瞳を細めて。

　すっと私の頬に手を添え、ごめんね、と小さな声でつぶやいた。

「いつも杏子ちゃんに寂しい思いをさせてるのに、これ以上不安にさせるなんて母親失格ね……」
「……失格なんかじゃないよ」
「でも……」
「だって、ママは昔から私のためにたくさん頑張ってくれてるから。私のことを一番に考えて大事にしてくれてるの、わかってるから。……だから、寂しいくらいなんでもないよ」

「杏子ちゃん……」
　頼れる身内もおらず、女手ひとつで育ててきてくれたママ。
　これまで弱音ひとつ吐くことなく、一生懸命家族のために働いてきてくれた。
　そのママに私がしてあげられるのは寂しさを我慢することぐらいで。
　……本音をいえば、ひとりきりの夜は心細くて、こっそり涙したこともある。
　もっとママといられる時間が増えたらいいのに、って。
　でも……。
「さっき、ママが倒れてるのを見た時、ママが生きてるなら、ちょっとくらい寂しくたって平気だって思った」
　怖かった。
　このままママが目を覚まさなかったらどうしようって。
　唯一の肉親を失ったら、自分はどうなってしまうんだろう。
　ママが元気に笑ってくれるなら寂しさだってなんだって我慢するし、寂しさを乗り越えられるくらい強くなる。
　甘えるだけじゃなく、頼ってもらえるよう頑張るから。
「だから……ママもあんまり無茶しないで」
　ママの背中に腕を回して子どもみたいにしがみつく。
　泣くのを必死でこらえ、唇をきつく噛み締める。
「ありがとう」
　なのに、ママが嬉しそうな声で私の耳元にささやくから、涙腺が崩壊しそうになってしまって。
　ママも泣いているのか、鼻をすする音が聞こえた。

「ママも……もっと杏子ちゃんに甘えてもらえるよう、しっかりしなくちゃね。いつも仕事ばかりで構ってあげられなくて……寂しい思いをさせてごめんね？」

ママの手が優しく私の髪を撫でて。

涙を我慢しきれなくなった私は、ママの肩口に額を預けてぽろぽろと泣いてしまった。

「……おばちゃんに思ってることが言えてよかったな、杏子」

私とママのやりとりを見守っていてくれた大吉が穏やかな表情で微笑み、うしろから背中をポンポン叩く。

ふたりとも、私に優しすぎるよ……。

きっと、私もママもお互いを思いやるあまり、たくさんの本音を隠してきて。

我儘言ったら迷惑をかけるから、とか。

仕事ばかりで構ってあげられていないのに何も言えない、とか。

変に遠慮して、正直な気持ちを伝えられずにいたと思う。

だけど、今。

思っていたことをやっとママに伝えられて。

小さな……けれど、私にとっては大きな一歩を踏み出せた気がする。

私ね、ずっと言いたかったんだ。

ひとりで過ごす時間は寂しい。

でもね。

私がグレずに成長出来たのは、どんなに短い時間でも、

顔を合わす度にママがたくさんの愛情を私に注いでいてくれたおかげなの。
　どんなに疲れていても、私の前では常に笑ってくれて。
　ハードな仕事もグチひとつ零さず、一生懸命働いてくれて。
　出勤用の衣装やアクセサリー以外、プライベートでは自分の欲しい物を切り詰めて。
　その分、私に多めのお金を置いていてくれたことも知ってるよ。
　そんなママに伝えたかったの。
　無茶しないで、って。
　ずっと、ずっと、子どもの頃から、伝えたかったんだ。
　ママのことが、大好きだから……。
　小さな子どもみたいにママにしがみついて泣く私に、ママは「あらあら」って苦笑しつつも終始嬉しそうで。
　久々に甘えられた私も、それを見届けてくれた大吉も、みんな自然と笑顔になって。
　和やかなムードに包まれながら、私の心は幸せな感情で満たされていたんだ……。

## 距離感

「杏子ちゃんに大事な話があるの」

 検査入院の結果、どこも異常無しと診断され、自宅に戻ったその日。

 家に入るなり、ママが神妙な顔つきで私に食卓テーブルの椅子に座るよう促し、向かい合わせで腰を下ろした。

「ママ、話って……?」

 いつになく真剣な顔したママに、一抹(いちまつ)の不安を覚えてゴクリと唾を呑み込む。

「実はね……」

「?」

 見つめ合うこと数秒。

 ママの顔色がみるみるうちに赤くなり、恥ずかしそうに両手で頬を押さえた。

「……再婚を考えてる人がいるの」

「え」

 表情こそ真顔なものの、心の中は大混乱。

 再婚、てつまり……。

「ママ、付き合ってる人いたの?」

 率直な疑問をぶつけたら、ママが指の隙間から私の顔を盗み見しながらこくりとうなずいて。

「2年くらい前からお付き合いしてる方で、前々からプロポーズのお話はもらっていたの。でも、うちは母子家庭だ

し、ママの仕事も仕事でしょう？　相手は堅実なサラリーマンだから、向こうの実家や……何よりも杏子ちゃんの気持ちを無視して話を進めるわけにはいかなかったから、返事を待ってもらっていたの」
「堅実なサラリーマンって……その人とどこで知り合ったの？」
「はじめはね、会社の接待でうちの店に来てくれて。その時に、彼がママのことを気に入ってくれたみたいでね、月に何度か店に通ってくれるようになって」
「……営業目的以外でお客さんとはつながらないがモットーのママが交際してたってことは、ママもプライベートの連絡先教えたってことだよね？」
「もちろん、すぐに教えたわけじゃないんだけれど……彼の誠実な人柄や穏やかさに心が癒されてね。悩み事とか相談に乗ってもらっているうちに情が湧いてきちゃって」
「要するに、ママも相手に恋しちゃったわけだ」
「きゃーっ、杏子ちゃんってばストレートに核心突かないでぇ！」

　もじもじと身を捩るママと、額に手を当てて深いため息を漏らす私。
　前々から交際相手がいそうな雰囲気は感じていたけど、まさか唐突に入籍の話とは。
「……この前、ママが病院に運ばれた日ね？　あの日は、彼をうちに招待して、杏子ちゃんに紹介してから３人で食事をとろうと思っていたの」

「めずらしくママの手料理が並んでるなって思ってたら、そうゆうことだったのね」

　押入れから取り出そうとして落下させてしまったアルコール類も、食事の時に出すため用意していたんだろう。

　なるほど。合点がいった。

「……その人の名前は？」

「え？」

「名前。当然、近いうちに食事会を仕切り直して紹介してくれるんでしょ？」

「杏子ちゃん……それって……」

「私は反対しないよ。だって、ママが真剣に交際してきて、この人となら一生そばにいたいと思えた人だから結婚を意識したんでしょう？」

　私が穏やかな口調で問いかけると、ママの瞳がみるみるうちに潤んでいって。

　口元に手を当て、肩を小刻みに震わせながら泣き出してしまった。

「本当に、いいの……？　今までだって、あまり家にいてあげられなくて寂しい思いばかりさせてきたのに。身勝手すぎるママのお願いを聞き入れてくれるの？」

「当たり前じゃん。……むしろ、今までの生活の方が心配だったし。誰にも頼らずに仕事と子育てを両立してきてくれてさ。私がバイトするって言っても、自分が普通の高校生活を送れなかった分、娘には自由に過ごしてほしいって余分なお小遣いまで渡したりして……」

——カタン……。
　椅子から立ち上がり、ママの隣に並んで華奢な背中に手を添える。
　少女みたいに泣きじゃくるママの背を優しくさすりながら、笑顔で祝福の言葉を贈った。
「ママ、よかったね。大好きな人と出会えて」
　ずっと苦労してきたママだからこそ誰よりも幸せになってほしい。
　身内のひいき目抜きに美人なママ。
　性格も幼い少女のように純粋で、ぽーっとしてるところもあるけど、コレと決めたらテコでも動かない強い意志を持った女性で。
　きちんと報告してくれたのは今回の人がはじめてだけど、きっと今までにも「いいな」って惹かれた人や、付き合った男性はいたと思う。
　娘に紹介しなかったのは、将来のことを真面目に考えた時に、相手がパートナーとしてふさわしくないと判断したからなんじゃないかな。
　その判断基準は……きっと、私のこと。
「ねぇ、ママ。その人って私と相性合うでしょ？」
「えっ、どうしてそう思ったの!?」
「なんとなく」
　ふはっ、と喉の奥から笑いが込み上げて。
　やっぱり私基準で結婚相手を選んでくれてたんだって思ったら、嬉しさで胸がいっぱいになった。

ありがとう。
その気遣いだけで、十分私は幸せだよ。

それから、数日後。
改めて食事会を開くことになり、ママの交際相手である田辺純一郎さんが夕方うちを訪れた。
「はっ、はじめまして！　杏子ちゃんのお母さんと真剣にお付き合いさせていただいております、田辺と申します」
額に浮かぶ汗をハンカチで拭いながら、真っ赤な顔でお辞儀をした田辺さんの第一印象は……クマさん。
大柄の体形で、おなかがぽこんと出てて、つぶらな瞳がチャーミングなおじさんって感じ。
ぷっくりした指で顎周りのひげを撫でつける度に、心の中で「クマだ……」とつぶやいてしまったほど。
八の字に下がった眉や、笑うと糸のように細くなる目元が愛らしくて。
包容力のありそうな見た目から温厚なイメージが強かったけど、いざ食事をしながら話してみると想像以上に田辺さんの人柄はのほほんとしていて。
ママを見つめる瞳は愛情いっぱいに溢れていた。
「うふふ、田辺さんてば緊張しすぎよ。いつもみたくリラックスして？」
「い、いえっ。年頃の娘さんの前ですから。ただでさえでっぷりした謎のおじさんが現れて困惑させてると思うのに、どうしたら少しでも信頼してもらえるかって考えたら頭が

いっぱいいっぱいで」
　マンガだったら頭上に汗マークがたくさん飛び散ってそうなくらいガチガチの田辺さんの様子がおかしくて、思わず「プッ」と吹き出してしまった。
「……くくっ、謎のおじさんって。安心して下さい。ママが選んだ人なら大丈夫だって信頼してるんで」
　肩を震わせながら笑う私に、ママと田辺さんが嬉しそうに顔を見合わせて微笑む。
　不思議なことに、初対面にもかかわらず、最初に会った一回目で田辺さんのことを気に入ってしまった。
　それは、私が子どもの頃から秘かに願っていた『ママの理想の恋人像』にピッタリ適していたから。
　その条件は、誰よりもママに優しくしてくれる人。
　そして、ママをリラックスさせてあげられる包容力のある人。
　田辺さんは両方の条件を満たしていて。
　……この人なら大丈夫。
　ママの目に狂いはないって信じているから。
　穏やかに笑う田辺さんと、田辺さんを愛しそうに見つめるママを見て、心の中で秘かに確信していたんだ。

　その日から、田辺さんが度々我が家を訪れるようになって、約1か月。
　食事がてら何気ない日常会話をするうちに、少しずつ田辺さんの人の良さが見えてきて好感度も上がっていった。

人見知りするタイプの私が意外に思うくらい、短期間ですんなり彼に馴染めたのは、田辺さんが文句のつけどころがないくらい優しくてイイ人だったから。
　ママも田辺さんも仕事が忙しいにもかかわらず合間を縫って顔を合わせる機会を作ってくれていたのは、いちはやく私が新しい人間関係に馴染めるよう配慮してくれていたからだと思う。
　はじめは不安に思う部分もあったけど、今ではなんとなく『パパがいたらこんな感じなのかな？』ってイメージが出来るくらい信頼している。

　家族との絆が深まる一方、私にはほかに悩んでいることがあった。
　それは、大吉との距離の置き方について。
　ママが倒れたあの日、真っ先に助けを求め、泣いて取り乱す私のそばで「大丈夫だ」と言い続けてくれた大吉。
　その直前まで全く口をきかないくらい長いケンカをしていたのに、大吉は私とママのことを救ってくれた。
　あれ以来、団地で顔を合わせる度に普通に会話するようにはなったものの……。

「おっす、杏子。ゴミ出しに行くところか？」
「おはよう。そっちは？」
　早朝6時。
　可燃ゴミの袋を持って家のドアを開けたら、野球部のユ

ニフォームを着た大吉とバッタリ遭遇した。
　黒いスポーツバッグを斜め掛けしているから、今から朝練に行くところなんだろう。
「朝練。今週末は全国高校野球選手権の地方大会が控えてるし。そこで勝てればいいけど、負けたら俺ら３年にとっては最後の試合になるからな」
「……隣町の球場で試合が行われるんだっけ？」
「おう。杏子も試合見に来るか──、って悪ぃ。なんでもねぇ」
「…………」
「つか、今下行くついでにゴミ捨ててきてやるよ」
　白い歯を見せてニカッとはにかみ、私からゴミ袋を奪い取る大吉。
「え、でも……」
「いいからいいから。まだ朝早いし、お前はもう少し家でのんびりしてろって。そんじゃあな！」
「あ……」
　ありがとう、とお礼をする前に、大吉がカンカンカンと階段を駆け下りていく。
　家の前に立ち尽くしていた私は、大吉がいなくなったあともしばらくその場から動けなくて。
　じんわり熱くなる頬を手で押さえ、深いため息を漏らした。
　人目につかない団地の中だと話せるのに、外では舞ちゃんの目を気にして大吉と話せない。
　大吉といなくても、校舎内ですれ違う度に舞ちゃんは私

のことを鋭くにらんでいて。

　以前、放送室で大吉と関わらないよう釘を刺されたことや大貴の証言もあって、自然と私も舞ちゃんと距離を置くようになっていた。

　放送委員の仕事も舞ちゃんとペアになった日は、ほかの人に頼んで替わってもらったり、なるべく関わらないようにしている。

　大吉も舞ちゃんの監視を気にしてか、学校では私に声をかけないよう気を付けている感じがするし……。
「なんだかなぁ……」

　ポツリとつぶやき、家の中に戻る。

　このままの状態が続いていくのはあまり良くない気がするんだけど……どうすればいいんだろう。

　どんなに悩んでも答えは見つからず、真剣に悩み続けていた。


　ママが倒れた時、病院まで来てくれた榊くんとは相変わらず踏ん切りのつかない状態が続いていて。
　彼の好意に甘えて現実逃避してるだけなんじゃないか？
　あんなに優しい人を自分の都合で振り回していいの？
　……と、複雑な迷いが生じはじめ、少しずつ距離を置くようになっていた。

　もちろん、校舎で会えば今までどおり会話するし、榊くんから届いたメールにも返事をする。

　けど、放課後に遊びに行かないか誘われても気乗りしな

いため、何度も断るようになっていた。

そんな私の変化に気付いていたのか、榊くんから連絡してくる回数も次第に減っていって……。

私は榊くんとどうなりたいんだろう？

どっちつかずの自分にうんざりしていた。

6月中旬からはじまった全国高等学校野球選手権地方大会。

今日は、7月21日。

夏の甲子園行きが決まる大会で、出場校は各府県1校ずつから選出される。

うちの高校は2回戦まで勝ち抜き、週末に準決勝の試合が行われるんだけど……。

今度の対戦相手は全国大会に出場したことがある有名な強豪校。

大吉が言うには、抽選結果が出ると同時に部員達はお通夜モードで激しく落胆。

だけど、3年生にとっては最後の大会になるので、みんなで気持ちを入れ替え、前向きに自分達の野球に専念することにしたそうだ。

その場面を見ていたわけじゃないけど、大吉のことだ。

沈みがちな周りを気遣って、

『おいおいっ、まだ試合もしてねぇのに終わったとか言っ

てんなって！　俺らの本番はこれからだろ？』

　なんて豪快に笑いながら、みんなを励ますために自ら盛り上げ役を買って出たんじゃないかな。

　本人は「みんなで気合い入れ直して試合に挑むことにした！」って言ってるけど、私にはその光景が容易に想像つくんだ。

　大吉の高校生活最後の試合……見に行きたいな。

　けど、舞ちゃんに球場で姿を目撃されたら嫌な思いをさせてしまうかもしれない。

　迷っている間に時間はどんどん過ぎていって。

　ぐるぐる悩んでたって仕方がない。

　こうなったら、直接大吉に相談してみよう。

　なんとなくだけど、大吉も私に何か話したそうな気配を感じるし。

　一度、ふたりでじっくり話し合った方がいい気がする。

　そう決意して、試合を２日後に控えた金曜日の夜、大吉の家を訪ねることにした。


　──ピンポーン。

　夜８時。

　大吉の家のインターホンを鳴らして玄関の前で待っていたら、寝起きでぼさぼさ頭の大吉が出てきた。
「んあ？　杏子か、なした？」
「おはよう、大吉。もしかしなくても寝てた？」
「ああ。週末に試合控えてるから、今日は家帰ってゆっくり

休めって監督と顧問に言われて。自主練だけして帰ってきたんだけど、部屋入って着替えた瞬間に布団で爆睡こいてた」

　Ｔシャツの中に手を入れ、おなかをポリポリ掻きながら「ふぁ〜」を大きな欠伸を漏らす。

　まだ眠そう……。

　急に起こして悪いことしちゃったかな？

「ほれ、中入れよ」

「え？」

「この時間に来たってことは、なんか話したいことあって来たんだろ？」

「…………」

「ちょうど俺も相談に乗ってもらいたいことあったし、部屋で話すべ……？」

　さも当然のように私を家に上げようとする大吉に、いつものことなのになぜだか変に緊張してしまって。

　なんでだろう。

　この前、ケンカして以来、久々に大吉の家に来たからかな？

　それとも大した話じゃないのに相談しに来たから？

「あ、あのさ、大吉……」

　さすがに夜部屋に上がるのは彼女に申し訳ないし、玄関先で話をしようとしたら。

「あ！　つーか、お前もうめし食った？」

「まだだけど……」

「よしゃ。じゃあ、今から吾郎のおっちゃんの店行くぞ。今日、母ちゃん達、親戚の集まりで夜遅いからめしねーんだよなぁ」
「で、でも」
「起きたら急に腹減ってきたー！　あ、杏子の分は俺が出すから心配すんなよ。てか部屋に財布取りに行ってくっから、ちっと待ってて」
「ちょっ、大吉……っ」

　人の話を聞かず、くるりと足をUターンさせて部屋に引き返してしまう大吉に、私はあんぐりと口を開けたまま宙に伸ばした行き場のない手を握り締める。

　いくら学校外とはいえふたりでいるところを誰かに目撃される可能性もあるのに迂闊な奴め。

　心の中では舞ちゃんに悪いと思いつつも、久しぶりに大吉といられるのは正直嬉しくて。

　……そんな自己中な自分が嫌になる。

「……私も着替えてこよ」

　いくら近所とはいえ部屋着のまま出かけるわけにはいかないので、一旦部屋に戻り、タンクトップの上にサマーニットを重ね着し、スエットをショートパンツに履き替えてから、再び家を出て大吉と合流する。

　他愛ない雑談をしながら近所のラーメン屋さんまで歩いて行った。

　——ガラガラ……。

「善家」ののれんをくぐり、引き戸を開けると、厨房で調理していた吾郎さんがこっちを見て「いらっしゃい」と声をかけてくれた。
「よお、ふたり揃って来るのは久しぶりじゃねぇか。大吉は部活帰りにしょっちゅう寄ってたけど杏子ちゃんは久しぶりだね。元気にしてたかい？」
「お久しぶりです、吾郎さん。一応元気にしてました」
「なあなあ、吾郎のおっちゃん。杏子と真面目に話しながら食いたいから、奥のテーブル席使わせてもらうわ」
　私と吾郎さんがあいさつを交わしていると、大吉がスタスタと店の奥まで進み、ふたり掛けのテーブル席に腰を下ろした。
「空いてる席は自由に座って構わねぇよ。あ、杏子ちゃん。これお冷やとおしぼりね」
　吾郎さんから水とおしぼりを受け取り、私も奥の座席へ移動する。
　丸椅子をうしろに引いて大吉の向かいに腰を下ろすと、大吉が神妙な顔つきでじっとこっちを見てきて。
　何か言いたげに口を開きかけては躊躇したように黙り込み、指先で眉の辺りを掻いている。
　真一文字に結んだ口と八の字に曲がった眉が困り顔を表していて、あまりよくない話になることだけはわかった。
　仕事帰りのサラリーマンや作業着のツナギを着た団体さんでわいわい賑わう店内。
　テレビには野球の中継が映し出されていて、吾郎さんと

カウンターに座っているお客のおじさんが試合の内容について楽しげに語り合っている。
「……舞ちゃんのことで話があるんでしょ？」
　言い出しにくそうな大吉に代わり、意を決して先に口を開いたのは私からだった。
「何かあったの？　……ていうか、あったから私に相談したいんだよね」
　一瞬、言葉に詰まったように大吉がゴクリと唾を呑み込んで。
「さすが杏子。俺のことよくわかってる～」
　重たい空気を払拭するためか、指をパチンと鳴らしてわざとおどけてみせた。
「ふざけなくていいから、何があったか言いなよ。アンタのことだから、本当に困ったことは周りに話さないで自分で解決しようとするでしょ？　でも、私に相談したいと思うってことは、本物のピンチだって証拠なんだから」
「……ん。助かる」
「それで。今回の原因は？」
「…………」
　再び口を閉ざし、大吉がふーっと深い息を吐き出す。
　それから、スッと私の顔を指差し、すぐにその手を下ろした。
「……私が原因で舞ちゃんとケンカしたんだ？」
「ケンカっつーか……。なんつーんだろ。俺の中では彼女がいるから杏子と関わらないって選択肢がありえねぇんだ

よな、やっぱり」
「え……？」
「俺にとって杏子は昔から特別な存在だし、隣にいて当たり前っつーか……顔見て話さないとか不自然すぎるっつーかさ。要するに、コソコソ隠れるように杏子と話す必要なくねぇ？って思って」
「もしかして、それをそのまま舞ちゃんに言っちゃったの？」
「……言ったら、ブチ切れて、スマホ地面に叩きつけられた」

　テーブルの上に画面にヒビが入ったスマホを置き、苦笑いを浮かべる大吉。

　い……いやいやいや。それはいくらなんでも。
「私と関わってほしくないって言ってる相手にそんなことしたら逆上されるに決まってるでしょっ。火に油注ぎたいの!?」
「まずいのはわかってたけど、これが俺の正直な気持ちなんだ。……それに、舞に対する気持ちも最近よくわかんなくなってきてたし」

　スマホの画面を指でなぞりながら、大吉が虚ろな目でつぶやき、深いため息を漏らす。
「俺さ、今まで失恋ばっかしてたじゃん？　だから、はじめて後輩の女の子に告られて舞い上がってたけど、よくよく考えてみれば、もっとお互いのことをちゃんと知ってから付き合うべきだったって後悔してるんだよ」
「後悔……？」

ドクン、と鈍く波打つ鼓動。
　だって、その言い方じゃまるで……。
「今話したみたいに『みんなで仲良くしたい』って俺の能天気な考えは舞を苦しめるだけだし、俺も舞の望みを全部聞いてたら誰とも関われなくなっちまう。アイツ、人よりも心配性だから。杏子のことだけじゃなく、俺と関わりのあるほとんどの女子に目を光らせてる」
「まさか、私の時みたいに全員と距離を置けって言われてるの？」
「…………」
　私の問いに大吉は苦悩の表情を浮かべて黙り込む。
　それは必然的に肯定しているようなもので。
「しょっちゅうってわけでもないけど……俺が舞よりもほかの奴との用件を優先しようとすると軽くヒスったりする」
「そんな……」
　大吉の交友関係に全て口出ししてたらキリがないんじゃないの……？
　舞ちゃんの嫉妬深さがそこまで深刻だったなんて……。
　画面にヒビが入ったスマホと大吉を交互に見る。
　最近、大吉の顔がやつれたように見えていたのは、試合前の緊張感からだけじゃなく、精神的な疲労がたまっていたからだったんだ。
「……付き合う、ってなんなんだろな？」
　自嘲気味の笑みを浮かべて、片手でスマホを握り締める大吉。

こんなに追いつめられるまで悩んでいたなんて知らなかった。
　私さえ大吉のそばから離れれば解決すると思ってたのに……。
　舞ちゃんの独占欲は強まるばかりで、根本的な問題は何も解決していなかったんだ。
　思いつめた様子の大吉を前に、なんて言葉をかけてあげたらいいのかわからない。
　大吉の話を聞いて同情する半面、同じぐらいイライラしはじめている自分もいて……。
「大吉ー、もうすぐ出来るから取りにこいっ」
「ウッス」
　厨房から吾郎さんに呼ばれて大吉が椅子から立ち上がる。
　数分もしないうちに完成したラーメンがカウンターの台に置かれ、大吉が吾郎さんから手渡されたお盆にラーメンをふたつ載せて席に戻ってきた。
　——コトン。
　テーブルの上にラーメンを置き、どかりと椅子に座り直す大吉に「ありがとう」とお礼をしたら、さっきまでの深刻な表情ではなく普段のはにかんだ笑顔で「おう」とうなずいてくれてほっとした。
　ふたりで手を合わせて「いただきます」をしてから、割り箸を取り出しパキンとふたつに割る。
「あ〜、腹減ったぁ」
　ズルズルと麺をすすり、口元をほころばせる大吉。

よっぽどおなかが空いていたのか、大盛ラーメンをあっという間に平らげ、替え玉まで追加してる。
　少食の私は小ラーメンを完食するだけでもおなかがきついのに。
　相変わらずものすごい食欲。
「……試合近いから、頑張ってたもんね」
「あ？　なんか言ったか？」
「ううん。なんでもない」。
　部活後に毎日近所を走り込みして、戻ってきてからは団地の敷地内にある公園で素振りの練習をしてたこと……全部知ってるよ。
　高校生活最後の大会が満足いくものになるよう、人目につかない場所で目いっぱい努力してきたんだもん。
「舞ちゃんのことでいろいろ大変だと思うけど、今は野球に専念して悔いが残らないよう頑張ってきなよ。私も……応援してるから」
　フーッとレンゲに息を吹きかけ、耳を赤くしながらつぶやいたら、大吉が目をぱちくりさせて。
　それから、とびきり嬉しそうな笑顔で、
「ありがとな」
って、私の額にコツンと握り拳を当ててきた。
　その瞬間、さっきまでのモヤモヤが一気に吹き飛んで、目の前がぱーっと開けたような気がした。
　霧がかった靄が晴れて、心の中が澄み切っていくような……胸につかえていたものが何かハッキリして。

ああ、そうか。
そうだったんだ。
　私はずっと……自分が傷付かないよう本当の気持ちから逃げていたんだ。
　大吉に彼女が出来たら諦めるとか、大吉を忘れるためにほかの人に目を向けてみようとか、口ではうまいこと言ってるくせに何ひとつ実行出来なかった理由。
　それは──私が私の『想い』に蓋をして、伝える努力を何ひとつしていなかったから。
　大吉にほかに好きな人がいたっていい。
　この恋が叶わなくったって、泣きをみるハメになったって、自分のために口にしなくちゃいけない想いがあったんだ。
　子どもの頃から揺らぐことなく変わらなかった気持ち。
　私は大吉が。
　大吉の笑った顔が何よりも……。
「……好き」
　素直な気持ちを認めたとたん、思ったことが口から零れ落ちていた。
「大吉が、好き」
　ずっと言えなかった。
　でも、ずっと言いたかった。
　たったひと言、大吉に好きだって伝えたかった。
「やっぱり、諦められない……」
　ぽろり、と右目から涙が零れ落ちて、みるみるうちに視界がにじんでいった。

長い間ひた隠しにしてきた、本当の気持ち。
　最初から無理だって諦めてた。
　いつも私以外の誰かに恋をする大吉を見てきて、自分に振り向いてくれる日なんかこないって。
　大吉が失恋する度、励ますフリしてほっとしてたくせに。
　彼女なんか出来ないでほしいって。
　自分の想いに気付いてほしいって。
　最低なことばかり考えていたくせに。
　本音を見透かされて軽蔑されることを恐れた私は、自分に自己暗示をかけることで心の均衡を保っていたんだ。
　大吉に彼女が出来たら諦める。
　——嘘。彼女なんかつくらないで。
　大吉以外の人に目を向けて、早くこの気持ちを忘れなくちゃ。
　——無理だよ。どうしたって大吉以上に好きになれる人なんて現れるはずない。
　イケメンだから好きになるわけじゃない。
　モテる人だから惹かれるわけでもない。
「お前、急に何言って……」
「ごめん。帰る」
　大吉の驚いた顔を目にしたとたん、ぎゅっと胸の奥が締め付けられて。
「おいっ、杏子……っ!?」
　顔を伏せたまま立ち上がり、テーブルの上にお札を置いて店から逃げ出した。

ガラガラッと勢いよく入り口の引き戸を開けて外へ飛び出し、脇目も振らずに走り出す。
　でも、ひざに力が入らなくて。
　頭の中は真っ白で呆然としている。
　言ってしまった。
　言ってしまった。
　言ってしまった。
　ついに、大吉本人に好きだと伝えてしまった。
　長年、本音を悟られないよう隠してきたのに。
　想いが溢れて止められなかった。
　自分でも無意識のうちに告白していた。
「……ふっ……っぅ」
　瞳に熱いものが込み上げて、ぽろぽろと頬に零れ落ちていく。
　閑静な住宅街の中に響き渡る靴音。
　キレイな三日月と街灯に照らされて。
「うっ……うぅ〜……っ」
　きつく歯を食い縛り、泣き声のボリュームを抑えようとするものの、我慢すればするほど声が大きくなって。
　ダムが決壊したように涙腺が崩壊して、顔がひどいことになっている。
　息が乱れて呼吸が苦しい。
　団地の建物が見えたことに安堵し、走るスピードを緩めて長く続く石段の階段を上りだした……その時。
　──グイッ……！

うしろから強く腕を引かれて。

相手が誰か確かめるべく、振り向いた私は大きく目を見開いた。

呼吸が止まる、一瞬。

私の腕をつかみ、自分の方へ引き寄せたのは……全力疾走で私のあとを追いかけてきた汗だくの大吉だった。

「言うだけ言って……っ、勝手に逃げんな」

ぜぇ、と額に浮かぶ汗を片手の甲で乱暴に拭いながら、荒い息を吐き出す大吉。

「なん、で……？」

なんで追いかけてきたの？

わけがわからなくて激しく頭が混乱する。

「……っ、私、彼女いる人に……大吉に、好きだって言ったんだよ!?」

取り乱した私は大粒の涙を流しながら叫ぶ。

「ちゃんとした本命がいるんだから、追いかけてきたら駄目じゃん……っ」

つかまれた腕を振りほどこうにも大吉がより一層力を込めてくるから振りほどけなくて。

ひざの力が抜けて立っていられなくなった私はコンクリートの地面に立てひざをついて座り込んでしまう。

顔を伏せたら、涙がぱたぱたと地面に跳ね落ちて染み込んでいった。

「……そんなの……俺だってわかんねぇよ」

私の腕をつかんだまま、大吉が目線を合わせるように地

面にしゃがみ込む。
　もう片方の手で私の前髪を掻き上げ、泣きじゃくる私の額にコツンと額を当ててくる。
「でも、杏子が泣いてんのにほっとけるわけねぇだろ……っ」
「……ッ」
　ぼろ泣きする私につられてか、大吉まで苦しそうに表情を歪めていて。
　切なそうに揺らぐ瞳を見ていたら、ぐっと喉の奥が締め付けられた。
　手を伸ばしたら届く距離にいるのに決して届かない。
　舞ちゃんの存在が脳裏をかすめて、じわじわと罪悪感が込み上げてくる。
　……だけど。
「ずっと……」
　ひくり、と喉の奥が震える。
　鼻をすすり、真っ赤な目で大吉の目を見つめ返す。
　手を伸ばせない代わりに、せめて言葉だけでも。
「……子どもの時から大吉のことが好きだった」
　想いを声に乗せて届けたかった。
「大吉しか好きになれなかった」
　左手でぐしゃりと前髪をつかみ、ぽろぽろと涙を流す。
　きっと、端から見れば、とても無様で滑稽な醜態をさらしているに違いない。
　痛々しいだけの悲痛の告白にはロマンチックなムードの欠片もなくて。

「……っ、大吉だけが好きだった」
　だから、誰に告白されても気持ちが一切なびかなかった。
　ほかの人に意識を向けてみようと思った。
　自分なりに相手を見つめる努力もした。
　なのに、駄目なんだ。
　どうしても、私が何度でも恋してしまうのは、今目の前にいる、どうしようもなくバカなアホ猿だけなんだ。
　みんなは猿顔だって言うけど、その顔がたまらなく好きだし、どんな表情でも愛しく見える。
　三枚目を演じてるのは、周囲のみんなを仲良く楽しませたいという思いやりゆえ。
　カッコつけて自分をよく見せようとする人もいるけど、大吉は違う。
　ありのままの飾らない自分で人と接している。
　困ってる人がいれば、初対面でも助けるのが当たり前で。
　義理人情に厚くて、懐が深い。
　隣の家に住んでるだけなのに、私の食生活まで気遣ってくれる面倒見の良さ。
　クリスマスやお正月なんかのイベントでは、私が家でひとりにならないよう必ず誘い出してくれて。
　寂しい思いをさせないよう、いつもそばにいてくれた。
　私のことを本当の家族のように大切に思ってくれてることに、底知れぬ安らぎを覚えていたんだ。
　優しさや男らしさやそう、大吉からにじみ出ている全てのものが好き。

ついでに駄目なところも、全部が全部いとしい。
　好きで好きでたまらないんだ。
「……マジか」
　眉間にしわを刻み、なんともいえない複雑な顔で黙りこくる大吉。
「マジだよ、バカ」
「気付かんかったし……」
「でしょうね。知ってて私に恋愛相談してたんなら鬼でしょ」
「……すまん」
　面目なさそうに謝る大吉にカチンときて、大吉の二の腕に軽くパンチする。
「簡単に謝らないでよ、アホ」
「お前こそ人のことバカとかアホとかさりげなくディスってくんな」
　パンチの仕返しに、大吉が私の左頬をぐにっとつまんでくる。
「何よ」
「なんだよ」
「…………」
「…………」
　言葉に出来ない想いをぶつけるように、お互いが切なげな表情で相手を見つめていると……。
「そこで何してるの!?」
　前方から大きな声が響いて、建物の陰から女の子が飛び出してきた。

スマホを片手に持ち、私達を鋭くにらみ付けている制服姿の女の子。
　それは……。
「舞ちゃん……？」
「大ちゃんがスマホの電源を切ってるから心配になって様子を見に来たら……ふたりしてそこで何してたわけ!?」
　怒り心頭で私達の前までツカツカと歩み寄り、私と大吉を引き離すように大吉の腕をつかんで自分の方へグンッと引き寄せる。
「舞……杏子先輩に大ちゃんと距離を置いて下さいって忠告したのに……嘘つきっ!!」
　鬼の形相で私をにらみ付けると、舞ちゃんが手に持っていたスマホを私に投げつけ、右肩に痛みが走った。
「……いっ」
　うっと眉をひそめ、左手で肩を押さえる。
「舞、お前何やってんだよ……！」
　ぎょっとして目を見開く大吉。
　とっさの出来事に思考がついていってないのか、驚いた様子で愕然としている。
　スマホは階段の下まで転がり落ちて、マンホールの上でしばらくカラカラ回ったあとに静止したようだった。
「なんで……？　何回も何回も電話したのに……なんで舞の連絡は無視して杏子先輩と会ってるわけ!?」
「舞ちゃん、話を……」
「うるさいっ」

バシンッ。
　話を聞いてもらおうと舞ちゃんに手を差し伸べたら、その手を強く振り払われ、拒絶されてしまった。
「やめろっ、舞！」
　大吉が注意するものの、それが余計に舞ちゃんの怒りを買ってしまったらしく、眉間にしわを刻み、ブルブルと肩を震わせはじめる。
「……ねぇ、なんで？」
「……ッ」
　瞳に涙を浮かべて問いかけてくる舞ちゃん。
　悲痛な面持ちの彼女になんて答えたらいいのかわからず、返事に困ってしまう。
「なんで、いつも……杏子先輩みたいにキレイでかわいい人ばっかりがなんの苦労もせずに好きな人を奪ってくの？」
「何、言って……？」
「舞は死ぬほどダイエットして、毎朝１時間もかけてメイクで顔つくって、髪形や服装で少しでもかわいく見られるよう努力して、男ウケするしぐさや表情だってたくさん練習してるのに……生まれつき顔やスタイルが整ってる人はなんの苦労もせずに簡単に男を落とせて——ズルイ」
　舞ちゃんの悲痛な訴えに首を傾げる。
　ズルイ、って一体なんのこと？
　舞ちゃんは何に対する不満を口にしてるの？
「いつも頑張ってるのに……。なのに、舞が特別美人じゃないから、だから……」

「舞ちゃん、少し落ち着い――」
「舞が目を離した隙にまた横から奪われちゃう。そんなの嫌。絶対嫌っ」

　両手で頭を抱え込み、舞ちゃんが嫌々するように首を横に振る。

　――ズルイ。
　――横取りされる。
　――目を離した隙に奪われちゃう。
　――だから舞が見張ってなくちゃ。

　同じ言葉を何度も何度も繰り返し、まるで自分に言い聞かせているよう。

　さっきまで私を責めていたはずなのに何かが変だ。

　舞ちゃんの独り言は私に対してというより、過去の出来事に対して言っているような口ぶりで。

　言葉こそ強烈なものの、思いつめた表情からは苦しさや悲しみがひしひしと伝わってきて、なんともいえない複雑な心境に陥る。

　何を指した言葉なのかはわからない。

　けど、気が動転しておかしくなってるのなら……。

　大吉と顔を見合わせ、ひとまず彼女を落ち着かせようとうなずき合った時。

「きゃっ」

　舞ちゃんに両手をつかまれて目を見張る。

　なぜなら、彼女の指先にはその見た目からは想像出来ないぐらい強い力が込められていたから。

「舞と杏子先輩のどこが違うの!? ねぇ、舞の何がいけないっていうの!?」
「やめ……」
　後退りしようとするものの、さらに強い力で腕をつかまれてしまい逃げ出せない。
　正気を失ったようにも見える今の舞ちゃんは、何をしでかすかわからない危うさがあって、思わずゴクリと唾を呑み込んだ。
「バカなことしてんじゃねぇよ……っ」
　大吉が私をかばうように舞ちゃんとの間に割って入り、すごい剣幕で舞ちゃんを怒鳴りつける。
「携帯の電源を切ってたのは謝る。けど、それはこの前話したとおり、今後のことを見据えて一旦距離を置こうって決めたからで……」
「……るさい。うるさいうるさいうるさいうるさい!!」
「舞っ」
「何よっ、なんなのよ!? 結局大ちゃんも『アイツ』と一緒じゃん!　そうやって……舞を裏切るんだ!!」
　もはや興奮状態の舞ちゃんに私達の声は届かず、何か言えば言うほど火に油を注ぐだけで怒りを増加させてしまう。
「舞のことだけ見てくれない大ちゃんなんかいらない……っ!!」
　ふと、怒りに震える舞ちゃんの中にあどけなさが垣間見えたような気がして。
　幼稚とは違う、切実な心の訴えのようなものを感じた。

捨て台詞のようにひと言放つと、大吉めがけて勢いよく飛びかかろうとする舞ちゃん。
　階段の途中で揉めていた私達。
　舞ちゃんは大吉よりも上の段に立っていて。
　このまま突き飛ばされれば階段から落ちてしまうのは明らかだった。
「危ない……っ」
　ダンッ、と力強く足を踏み出し、舞ちゃんの手が届くよりも先に大吉の腕をつかみ立ち位置を入れ替える。
　一瞬がまるでスローモーションのように再生されて。
「杏子!!」
　大吉をかばって突き飛ばされた、次の瞬間。
　階段の半分ぐらいを転がり落ちた私は、地面の上に体を叩きつけられ、全身に走る衝撃と痛みに意識が遠のいた。
　駄目。
　まだ意識を手放すわけにはいかない。
　ふたりがどうなったのか確かめなくちゃ。
「……う……あ……」
　薄目を開けると、やっと正気を取り戻したのか、舞ちゃんがガクガク震えながら口元を押さえている姿がぼんやり見えた。
「舞……舞は一体何して……？」
　涙目で首を振り、ブツブツと独り言をつぶやく舞ちゃんに「病院連れてくからタクシー呼べ！　早く！」と大吉が怒鳴りつけ、一段抜かしで階段を駆け下りてくる。

バカ。

そんなに急いで足でも踏み外したらどうすんのよ。

アンタまで怪我したら意味ないじゃない。

慌てるなって注意したいのに、喉がかすれて言葉が出ない。

階段を落ちる時にどこかに頭をぶつけたのか、グラリと眩暈がして、強制的に視界がシャットアウトしてしまう。

「こんなつもりじゃなかったのに……っ」

薄れゆく意識の中、舞ちゃんの悲痛な声だけが耳にこびりついていて。

違うよ、舞ちゃん。

舞ちゃんは、本当は……。

さきほどの取り乱した様子の舞ちゃんと、言葉の端々から気付いてしまった「ある事実」に、胸が複雑な思いでいっぱいになる。

なぜ、異常なまでに彼氏を束縛するのか。

なぜ、自分以外の異性と交流することを頑なに拒むのか。

おびえたような瞳で舞ちゃんが繰り返しつぶやいていた『ズルイ』の意味。

その意味は、恐らく……。

# 夏の試合

　大吉に告白して。
　ふたりでいるところを舞ちゃんに見られて。
　身をていして大吉をかばい、階段から落ちたあと。
　3人でタクシーに乗り込み、夜間病棟に駆け込んだ。
　私が意識を取り戻したのは診察室のベッドの上で、看護師さんから自分をココまで運んできてくれた大吉達の話を聞いた。
　診察の結果、打撲と右手の中指にヒビが入っていると判明し、しばらくの間安静をとって中指は添え木をして固定することに。
　利き手を怪我したのは痛いけど、重症に至らなかっただけ十分マシだ。
　私が怪我した場所は、石段の階段で、落下したのもコンクリートの地面の上だったから、一歩間違えば骨折程度では済まなかったかもしれない。
　医師には「たまたま足を踏み外して階段から落ちてしまった」と説明し、足元にはくれぐれも注意するよう言われた。
　よかった。
　警察みたいに事情を深く追及されたらどうしようかと焦っていたので、とくに何もなく診察を終えられてほっとした。

「……お待たせ」
　診察室を出て待合室の１階ロビーに行くと、憔悴しきった顔で放心している舞ちゃんと、彼女の向かいに深く項垂れて座る大吉が待っていてくれた。
「杏子、怪我の具合は……」
「大丈夫。ちょっと中指を折っただけだから」
　包帯の巻かれた右手を大吉に見せると、痛々しそうに表情を歪めて唇を引き結んだ。
　自分をかばったせいで怪我を負わせたことに罪悪感があるのか「ごめん」と唇を震わせながら謝られる。
　その手はぎゅっと握り締められていて……。
「謝らないで。それから、舞ちゃんとふたりで話したいから、少し席を外してもらっててもいいかな？」
「舞と？」
「うん。お願い」
「……わかった。でも、一応心配だから、近くで待機してる」
　よほど私達をふたりにさせることが心配なのか、不安そうに私と舞ちゃんの顔を交互に見比べている。
　大丈夫だよ、大吉。
　そんな思いを込めて、穏やかな表情でうなずき返したら、少しだけ安心したのか、目尻を下げて苦笑してくれた。
　こうと決めたらテコでも譲らない頑固な私の性格を熟知しているだけに、素直に言うことを聞いた方がいいと判断したのだろう。

その場から大吉が離れると、すぐさま私は舞ちゃんの前に歩いて行った。
「舞ちゃん」
　虚ろな目でぼんやり床を見つめている舞ちゃんの前にしゃがみ込み、下から顔をのぞき込む。
　私に名前を呼ばれた舞ちゃんはビクリと肩を震わせ、私からさっと視線を逸らした。
「……舞のしたこと、訴えますか？」
　微かに声を震わせながら、おびえた様子で訊ねられる。
　その顔は若干青ざめていて。
　恐らく、警察に突き出された場合を想定して不安になっているに違いない。
　親や学校に連絡がいけば停学処分になるかもしれない。
　自分がしたことの重大さに気付き、やっと我を取り戻したのだろう。
　憑き物が落ちたようにしゅんと大人しくなっている。
「訴えないよ。舞ちゃんが心配するようなことにはならないし、怪我の理由は私の不注意で出来たものだって周りに説明する」
「……っ、なんで」
「野球部の大会出場を取り消されたくないから」
　真っ直ぐ射るような目で舞ちゃんを見つめると、舞ちゃんは大きく目を見開かせてポカンとした表情になった。
「私を怪我させたことが知れたら、最悪、野球部の活動が停止状態に追い込まれるかもしれないことぐらいわかるよ

ね？」
「…………」
「大吉にとって高校生活最後の試合をこんなことで台無しにしたくない。私が黙ってる理由は、それだけだよ」
　部員の不祥事は当分の活動停止問題にまで及ぶかもしれない。
　地区大会の試合を控えた今、出場取り消しなんて事態になったら、野球部のみんなは激しく落胆することになるだろう。
　今大会で引退する３年生にとっては、とくに。
「舞ちゃんをかばってるわけじゃない。大吉の今までの努力を無駄にしたくないだけ」
「……っ」
　太ももの上でぐっと両手を握り締める舞ちゃん。
「あとね、舞ちゃん。もうひとつだけ言わせて」
「……なんですか？」
　瞳に涙をいっぱいためた舞ちゃんが顔を上げる。
　至近距離で目が合うなり、私はスーッと深呼吸して、立てひざをついた体勢から舞ちゃんの頬をぺちりと叩いた。
「!?」
　叩かれた頬を押さえて舞ちゃんがぱちくりと瞬きする。
　自分は人に手を出そうとしたのに、軽くビンタされたくらいで驚くなんて……。
　衝動的な行動とはいえ、彼女の幼さに呆れて肩をすくめてしまった。

「舞ちゃんはさ、ちゃんと『大吉』のこと見てる？」
「？」
「アイツ、単細胞のバカだけど、人とのつながりは何よりも大事にする情に厚い奴だよ？　それに、私との仲を疑ってたけど、大吉にその気は全くないよ。……私はずっと好きだったけど」
「え……？」
「ごめんね、舞ちゃん。前に大吉が好きかって聞かれて否定したことがあったよね？　あれ、嘘ついてた」

　ひざに手をついて立ち上がり、舞ちゃんの隣に腰掛ける。
　シンと静まり返った待合室のロビーには、小さな声で話しているにもかかわらず私の声が響いていて、大吉にも聞かれているかもしれないなとぼんやり思った。
　でも、まあいいや。
　もう包み隠す必要なんてどこにもないんだから。

「……だからね、今回の怪我は嘘をついた天罰だと思って、正直にカミングアウトすることにした」
「カミングアウト、って」
「もう自分の本音を我慢し続けるのは無理だってわかったから……大吉に告白したの、ついさっき」

　ごめんね、と眉を下げて謝り、舞ちゃんに向けて深々と頭を下げる。
　突然の告白に舞ちゃんが絶句して口を閉ざす。
　でも、もう逃げないから。
　自分からも、舞ちゃんからも。

「どうして……今話したんですか？　今は舞を責めるべきであって、杏子先輩が頭を下げる必要なんてどこにもないじゃないですか」
「『今』だからだよ。自分に素直でいようって決めた今だから、伝えようと思った時に伝えるし、行動しなきゃって思った時に動きだすことにしたの」
「…………」
「ねえ、舞ちゃん。もしかしてだけど、大吉を違う人と重ねて見てない？」
「っ」
「前に、知り合いから舞ちゃんの元彼の話を聞かせてもらったんだ。……勝手に聞いてごめんね」
　あまり触れられたくないことだったのか、舞ちゃんの体が硬直したのがわかりすぐに謝った。
　ただ、どうしても確認したいことがあった。
　舞ちゃんの常軌を逸した恋人への束縛は何が原因でそうなってしまったのか。
　噂では、大吉の前の彼氏にも同じことを繰り返し、その度に別れていたと聞いた。
　その話が真実なら、舞ちゃんは、本当は……。
「舞ちゃんにトラウマを植え付けた元彼と大吉は違う人間だよ。だから……ちゃんと『大吉のこと』を見てあげてほしい」
　真摯な態度でお願いする。
　どうか舞ちゃんの心に届きますように。

違う人の影を追っていても、その人はその人でしかなくて。
　代わりの誰かになんてなれないんだから。
「大ちゃんのことを……ちゃんと……」
「そう。じゃないと、舞ちゃんだって苦しいよね？　相手を束縛するような真似して。相手を信じてないって言ってるみたいで、ずっとつらかったでしょ……？」
　私の言葉に舞ちゃんが両手で顔を覆ってワッと泣きだす。
　何度もしゃくり上げ、嗚咽して。
　声を押し殺すように、唇を噛み締めながら……。
「舞は……ただ普通に仲良くしてたいのに。気が付いたら、彼氏の行動を見張って最低なことしてる……。自分でも駄目だってわかってるのに、なのに……ううっ」
　舞ちゃんの背中に手をやり、小さな子どもをあやすように優しくさする。
「大好きだった人に裏切られたら、誰だってトラウマになるよ。でもね、心の傷を癒してくれるのも家族や恋人だったり、友達とかさ？　案外身近な人だったりするじゃん」
「…………」
「だから、舞ちゃんには、舞ちゃんが大切にしたいって思える人にもっと甘えて、昔の嫌な出来事なんて吹き飛ぶくらい幸せになっちゃえばいいんだと思うよ」
「……っ、ふ」
　なんて、偉そうに舞ちゃんに話しながら。
　自分自身にも同じ言葉を言い聞かせていた。
　甘え下手で、思ってることをなかなか口に出せなくて。

大吉への恋心も、ママへの寂しい気持ちも、今までずっと口に出せず、悶々としていた。
　けど、それってさ。
　結局のところ、自分の本心を伝えて相手に拒まれたらどうしよう……って、実際に起こってもいない悪い想像に取りつかれて、勝手に不安になっていたからなんだよね。
　相手を信頼していれば、もっと正直に自分の気持ちを話せたから。
　じゃあ、その人を信頼するために必要なことは？
　答えはシンプルで。
　自分が相手を信頼する。
　ただそれだけでよかったんだ。
　だって、本当に信じてる人なら、その人が自分を傷付けるような人じゃないってわかるはずだから。
「お互い、もうちょっと素直になろっか。……自分の気持ちに」
　ふっと苦笑して口元に笑みを広げる。
　私の言葉に舞ちゃんは何も返事をすることなく黙り込み、最後に少しだけうなずき返してくれたような気がした。

　週末の地区大会、第3試合の準決勝。
　あれから行くかどうか散々悩んで、遠巻きに様子だけでも見に行こうと決心した私は、ひとりで隣町の球場まで訪

れることにした。
　対戦相手が甲子園に出たこともある強豪と聞いて、今日が大吉にとって最後の試合になるかもしれないと思ったから……。
　個人的には勝ち進んでほしいものの、甲子園に向けて努力を重ねてきたのは両校共同じで。
　ならば、せめてもの応援にとスタジアムの隅っこで大吉の活躍を見守ることにしたんだ。
　朝早くに起きて、出かける準備をはじめる。
　寝間着からノースリーブの白いカッターシャツとデニム生地のショートパンツにはき替え、玄関前に座り込んでサンダルのストラップを足首に付けていたら。
「杏子ちゃん、今日帰ってきたら大事な話があるんだけどいいかしら？」
　ママに呼び止められ、急に真剣な顔でお願いされた。
　……なんとなく、どんな話になるか内容が読めたのは、正式に恋人を紹介してもらったからだろうか。
「いいよ」
　笑顔でうなずき、カゴバッグを手に持って立ち上がる。
　私がOKの返事をすると、ママがほっとしたような表情を浮かべて、心なしか嬉しそうに「いってらっしゃい」と玄関先まで見送ってくれた。
「……まだ時間あるよね」
　スマホで時刻を確認して、ひとりうなずく。
　試合がはじまるのはお昼の12時から。

目的地へ向かう前に、ひとつのケジメをつけるため、先にある場所を訪れることにした。

「おはよう、榊くん。朝からバイトご苦労様」
「いらっしゃい、宮澤さん。うちに来るのは久しぶりだね」
　朝早くに恋蛍神社にやってきた私は、売店で売り子をしている榊くんの元へ向かい、片手を上げてあいさつした。
　禰宜の衣装をまとった榊くんは、ほかの参拝客が周囲にいないことを確認してから「今日はどうしたの？」と私に訊ねてくる。
「……必勝祈願のお守りとおみくじを買おうと思ってきたの」
　台の上に並ぶ必勝祈願のお守りをひとつずつ手に取りながら答え、片耳に髪をかけ直して「どれがご利益ある？」と柔らかな表情で質問する。
「一応、模範解答としては全部かな。誰かにプレゼント？」
「うん。今日、野球部の試合があるから。幼なじみの大吉に渡そうと思って」
「……幼なじみ、ってアイツか」
　ぽそっとつぶやき、苦笑する榊くん。
「よし、決めた。これとこれ」
　木箱の中から赤い必勝祈願のお守りを取り出し、それから恋みくじを一回引いて両方のお会計をお願いした。
　代金を支払い、お守りだけ小袋に包んでもらう。
　おつりと商品を受け取る際、榊くんと手と手が触れ合って。

スッと深呼吸。
榊くんの目を真っ直ぐ見据えて、長い間待たせていた『返事』をした。
「榊くん、私ね……ほかに好きな人がいるんだ」
　——ミーンミンミン。
　——ジワジワジー……。
　境内を囲む樹木から響き渡る、蝉の鳴き声。
　真夏の太陽に照らされ、陽炎が揺らめく石畳。
「そいつには彼女がいるし、まず第一に私は女としてすら意識されてなくて、この恋が実る可能性なんて限りなく0に近いんだけど」
　サァ……と、心地よい風が吹き抜け、片手で横髪を押さえる。
　まぶたを閉じて、安らかな気分になると、私の心に浮かぶのは、いつだって大吉の笑顔だけで。
「失恋してもいい。それでも、自分の気持ちに嘘をつくのはやめて、正直に想いをぶつけていきたいって……最近ね、やっと思えるようになったんだ」
「……見込みがないのに、宮澤さんは想い続けるの？」
　榊くんの問いに満面の笑顔でうなずき返し、ニッとはにかむ。
「うん。自分が納得出来るまで、隣の家に住むアホ猿のことを好きでいようって決めたから」
　彼女がいる人を好きなんて、家族としか思われてないのに想い続けるだなんて、なんて無謀な。

人からそう呆れられてもいいよ。
　どんなにバカにされたって構わない。
　だから。
「榊くん……ごめんなさい」
　ひざに手をついて深々と頭を下げる。
　中途半端に期待を持たせるような真似して。
　傷付いた時の隠れ蓑にして。
　不誠実な態度で振り回した挙句、気持ちに応えることができなくて。
「本当に本当にごめんなさい……」
　榊くんはいつもの無表情で。
　だけど、心の内側では深く傷付いていることを察してしまうのは、彼と私がとてもよく似ているから。
　お互い、感情があまり表に出るタイプじゃないから誤解を受けやすいけど、私にはなんとなく手に取るようにわかるんだ。
「……ずっと、見ていてくれてありがとう」
　顔を上げて、榊くんに向けて微笑む。
　私の笑顔を見た榊くんはわずかに目を見張って、若干潤んだようにも見える瞳を手の甲でこすり、口元に笑みを広げて、
「こちらこそ。……ありがとう」
　と、ふんわり微笑み返してくれた。
「……前に、宮澤さんの親を病院に運んだ時から予感はしてたんだ」
「え？」

「アイツの前では宮澤さんが子どものように感情をむき出しにして泣いたり笑ったりしてたから」

台の上に手をつき、空をあおぎ見る榊くん。

彼につられて私も頭上を見上げたら、青空にキレイな入道雲が浮かんでいて。

こめかみに伝う汗が、今は夏なのだと改めて実感させてくれた。

恋蛍神社を出て、急いで駅の方まで戻り、駅前のバスターミナルから野球部の試合が行われる球場まで移動する。

ガラガラの車内。

バスの後部座席に揺られながら、窓の外をぼんやり眺めて目的地へ到着するのを待つ。

……手に包帯巻いてるの、少し目立つかな？

外の気温が高すぎるのでノースリーブで出てきたけど、上に薄手のカーディガンを羽織っておいた方がよかったかな。

何気に、榊くんも右手の包帯を気にしてチラチラ見てたし。

カゴバッグから念のために持ってきたベージュの七分丈カーディガンを取り出して袖を通す。

やっぱり少し暑かったけど、球場で舞ちゃんにバッタリ遭遇した時のことを考えて我慢することにした。

午前11時過ぎ。

球場に着くなり、私は建物前の広場から大吉に電話をして外に出てきてもらうことにした。
「よお、杏子。わざわざ応援に来てくれてありがとな」
　入り口からユニフォーム姿の大吉が出てきて、手に持っていた野球帽を頭上に掲げてニンマリ笑う。
　私も小さく手を上げ、木陰の方を指差して「あっちに移動しよう」と大吉についてくるよう促した。
「よし。ここに座ろう」
「おう」
　大吉とふたりで木陰の下のベンチに並んで座る。
　すぐ目の前の球場の中からは大きな歓声が何度も上がり、午前の部の第一試合が白熱しているのだなと予測された。
「なんか、かなり盛り上がってるみたいだね」
「第一試合のところは両方とも学校全体で応援に来てるみたいだかんな。俺らんところは決勝とか、奇跡的に甲子園出場決まらねぇとそんなんないからうらやましいぜ」
「今日は確か……吹奏楽部が定期演奏会で、応援団とチア部はサッカー部の応援に駆けつけてるんだっけ？」
「うちの学校、サッカー強くて有名だかんな。……ああくそっ、どうせ俺らは万年『地区予選止まり』の弱小部だけどよぉ。今年は奇跡的に第三試合まで勝ち進んだんだぜ!?」
　頭を抱えて「はぁ」とため息をつく大吉。
　これは結構ふて腐れてるな。
「アンタのことだから『野球の試合で活躍すれば女子にモテモテになるのに、肝心の女子が応援に来ないんじゃ意味

ねーじゃん！』とか邪なこと考えてんじゃないの？」
「ぐっ」

　わざとらしく脇腹を押さえて、大吉がゴホゴホと咳払いする。

　図星を突かれたのが気まずかったのか、野球帽のツバを押さえて顔を隠してるし。

　……本当バカなんだから。
「ぷっ」

　おかしくて、自然と吹き出してしまう。

　口元に手を添えて笑ったら、大吉が顔を真っ赤にして「笑うなやっ」と声を上げ、私の額にチョップを食らわせてきた。
「無理。ふて腐れてる理由がくだらなさすぎて笑える」

　くくく、と喉の奥で笑いを噛み殺そうとするものの、ちっとも収まらない。
「……はい、これ。お守り」
「んあ？」
「さっき、ここに来る前に神社で買ってきたの。全校生徒の応援分には届かないかもしれないけど、ご利益はあると思うから」

　必勝祈願のお守りが入った小袋を大吉の手に乗せる。
「あと、もうひとつ」

　それと一緒に恋蛍神社の恋みくじも差し出した。
「これ……」

　見覚えのあるおみくじに大吉が目を見張り、驚いた様子

で絶句する。
　大吉が失恋する度、こっそり下駄箱に忍ばせてきた『大吉』のおみくじ。
「……おみくじさんの正体が私でガッカリした？」
　ふっと苦笑し、大吉の目の前で恋みくじを開封する。
　中身は『凶』で、思わず笑ってしまった。
「なんだ。やっぱり駄目だったか」
「駄目って何が……」
「私の片想い。当たり前だけど、大吉には彼女がいるしね。当然の結果か」
　ベンチから立ち上がり、くるりと横に振り返る。
　間抜けな顔で呆然としている大吉に拳を突き出し、
「観客席で見てるから。頑張りなよ」
　ニッとはにかみ、肩口にトンと拳を当てる。
　しばらくポカンとしていた大吉も私の言葉で喝が入ったのか、キリッと引き締まった表情で「おう」と力強くうなずいてくれた。
「杏子。俺、お前のこと……」
「ストップ。それ以上言わなくていいから。アンタは試合に集中して。それから、舞ちゃんときちんと話し合う。オッケー？」
「…………」
「じゃあ、先行くから。勝っても負けてもいい試合になるようベストを尽くすんだよ」
　大吉に背を向け、球場に向かって歩きだす。

「杏子っ、ありがとなっ」

　背後で大吉が叫ぶから、背中を向けたまま片手を上げて、返事代わりにひらひら振った。

　……泣き顔を見られなくてよかった。

「……ッ」

　大吉に背を向けた瞬間、一気に涙が溢れ出して止まらなかったから。

　泣きじゃくりそうになるのを必死でこらえ、建物内のトイレに駆け込んで思いっきり号泣した。

　まぶたが腫れ上がるくらい泣いたら少しだけスッキリして。

　試合がはじまる直前に２階の応援スタンドへ移動し、隅っこの方で観覧することにしたんだ。


　その日の試合は、大吉の高校生活全ての努力をぶつける集大成になったと思う。

　大吉の背番号は２番のキャッチャー。

　上半身の前にミットを構え、ピッチャーから投げられる全ての投球をリードして捕球する。

　チームの全選手の中でプレイへの関与数が最も多く、俊敏な動きが要求される頻度も高いため、肉体面でもヘッドワークでも負担と責任の重い重要なポジション。

　走者が出た場合は盗塁の阻止や走者の牽制などで素早い送球と送球技術が必要とされている。

　守備はただ座っているだけじゃなく、バントの処理や

キャッチャーフライの捕球もある、大変な役割。

そこまで野球のことに詳しいわけじゃないけど、草野球の頃から頑張ってきた大吉を見てきただけに、試合中は緊張しすぎて終始気が気じゃなかった。

相手校は甲子園出場経験もある強豪校。

あっという間に三者三振をとられてしまい、うちの高校が責める番になっても軽々と球を打たれてしまう。

得点までは決めさせないと内野と外野の頑張りでなんとか無失点に抑えるものの……。

3回裏では三塁全てが埋まった状態でホームランまで出されてしまい、前半から4点もリードされる事態に。

【0-4】でみんなの表情が焦りと絶望で暗くなる中、誰よりも声を張り上げて部員達の怒気を上げていたのは大吉だった。

「まだまだ！　気合い入れて行くぞっ」

マウンドで吠える大吉に、周りにいた部員達も感化されて、ナイン達が表情を引き締め直して「おう！」と叫ぶ。

例え、力の差が歴然だとしても最後まで諦めない。

そんな執念を感じさせる、鬼気迫る迫力が彼らにはあって。

「こっから巻き返すぞ!!」

パンッとミットに拳を当てて叫ぶ大吉に、球場の応援席から「頑張れ！」と大声を上げて声援を送っていた。

4回表からは決してコールド負けにさせてたまるものかといわんばかりにうちの高校も責めていき、1点を獲得。

その勢いに乗って、その後もねばり強く競い合って。

両校共に、打者がヒットを出す度にひときわ大きな歓声が球場内を包み、興奮の渦に呑み込まれていった。
　球児達の熱気とかけ声。
　砂埃の舞うマウンド。
　泥だらけになって活躍する大吉の姿に視線が釘付けになって逸らせない。
「頑張れ……大吉っ」
　灼熱の太陽が照りつける中、祈るように両手を組んで、大吉達の勝利を願った。
　試合中、うちの高校のベンチを見たら、舞ちゃんがスコアブックを胸に抱きながら真剣な表情でマウンドを見つめているのが見えた。
　舞ちゃんだけじゃない。
　ベンチで応援してる部員や顧問、マネージャーの子達みんなが同じ気持ちなんだ……。
　そう感じて胸の奥が熱くなった。
　蒸し暑い気温の中、汗だくになりながら試合に挑むナイン。
　両校共に一歩も引かず、スタンド席の応援もヒートアップしていき、そして……。
　ビーッと試合終了を告げるブザーが球場に響き渡り、対戦校の勝利が告げられた。
　結果は【3－8】。
　5点差でうちの高校は負けてしまった。
「大吉……」
　試合に敗れ、ベンチに引き返す途中で泣き崩れる部員が

数人。

　泣くまでいかなくても悔しそうに唇を噛み締め、ぐっと握り拳を固める人や、野球帽のツバを目深に押さえてうつむく人……ショックの反応はそれぞれで。

　みんなが落ち込みモードで暗く沈みかける中、誰よりも明るく声を張り上げたのは大吉だった。
「うらぁー、お前ら全員暗い顔すんな！　俺らの今日のチームプレイ、最高だったろ！　弱小チームとかコケにされてた俺らが強豪校相手に３点も奪えたとかマジですげーべやっ」

　がはは っ、と大口を開けて笑い、大吉の隣ですすり泣きしていたキャプテンの肩に腕を回して「なっ!?」と笑顔で同意を求めている。

　目を赤く腫らしたキャプテンはぱちくりと瞬きをして、それから「当然！」と得意げな笑顔を見せた。
「監督ーっ、俺らの試合、イカしてたっしょー!?」

　球場中に響き渡るバカでかい大声に、スタンド席の人達が反応して大吉の方に視線を向けている。

　大勢の注目を一身に浴びているというのに、大吉は一切気にしていないのか、次々と泣き崩れる生徒達のそばに駆け寄り、彼らの肩を優しく叩いたり、背中をさすったりしながら前向きな言葉をかけて回っている。

　大事な試合に負けた直後とは到底思えない明るい態度。

　大吉の笑顔につられて、周りも少しずつ元気を取り戻していって。

「うっしゃ。今夜は監督のおごりで焼肉食べ放題行くぞーっ」
「こらっ、誰がおごりで連れてくって言った!?」

　意気揚々と拳を振り上げる大吉に、監督から即座に突っ込みが入り、部員達が盛大にドッと吹き出す。

　スタンド席で見ていた人達も「プッ」と吹き出す人達が続出して、そのうちに何人かが大吉達に拍手を送りはじめると、次々と拍手の音が大きくなって、球場内が温かい声援に包まれた。
「大吉……お疲れさま」

　私もパチパチと拍手を送りながら、こっそりと瞳に浮かびかけた涙を拭って苦笑する。

　3年間、本当にお疲れさま。

　大吉のキラキラ輝く姿をこの目で直接見られてよかった。

　心の中で溢れる想いを噛み締めていると。
「おーいっ」

　ベンチからマウンドの方に出てきた大吉が、なぜかこっちの方を見ながら満面の笑顔で手をぶんぶんと大きく振ってきて。

　もしかして……私に手を振ってる？

　首を傾げて自分の顔を指差すと、大吉が頭の上で大きなマルをつくって。
「コレ、ありがとなーっ!!」

　ユニフォームの尻ポケットから私があげた必勝祈願のお守りを取り出し、頭上に掲げてニッカリ笑ってくれたんだ。
「……っ、バカ」

みんなが見てる前で。
そばに舞ちゃんだっているのに。
なんで彼女じゃなくて私に手なんか振ってお礼しちゃってんのよ。
止まったはずの涙がぽろぽろ溢れて止まらない。
くしゃくしゃな顔で泣き笑いしながら、私もニッコリ笑って大吉に大きく手を振り返した。

高校生活最後の試合。
こうして、大吉の暑くて長い３年間の夏は幕を閉じたんだ……。

最終章

# 高3 - 秋

## 隣の想い人

　夏の終わり。
　忘れかけていた頃に、以前街角で撮られたスナップ写真が掲載された雑誌が発売されて、学校中が大騒ぎになった。
　街で見かけたカップル特集のページに私と榊くん、あずさとヨウの2ショット写真が大きく掲載されているのを発見した女子達が大騒ぎ。
　口コミはどんどん広がり、男女問わずに物議を醸す大騒動に発展していた。
　雑誌が出たのは夏休み中だったので、そこまで噂が広まっていたとは知らず、新学期に登校した私は、
「あれが榊先輩の……」
「やだー。ショックだけど、美男美女で似合ってるし……」
「嘘だろ、宮澤さん。俺の宮澤さんがついに……！」
「やべぇ。宮澤さんに男出来たとかショックすぎんだけど」
　学校中の生徒から注目を浴びて気まずい事態に。
　幸か不幸か、榊くんファンの女子達から嫌がらせを受けることはなかった代わりに、クールで近寄りがたいキャラのせいか誰からも真相を聞かれることもなくて。
　それは、集団で群れることが少ない榊くんも同じで。
　ヨウとあずさのカップリングは、ふたりとも交際の経験数が多いので「ああ、また相手が代わったのか」程度の認識でそこまで注目されてなかったみたいなんだけど。

問題は、私と榊くんの方。

それぞれ、高校に入ってからとくに浮いた噂がなかったせいか、みんなの興味は私達の方に集中していて。

榊くんの告白を断っているだけに自分から否定するのも相手をまた傷付けるようで憚(はばか)られるし。

榊くんは榊くんで自分から話をするタイプじゃないので、お互いに「噂が落ち着くのを待とう」という結論に至った。

「宮澤さんも俺も変に目立ってるみたいだから、噂がひとり歩きしないよう黙っておくのが無難なんじゃないかな？」

「そうだね。聞かれてもないのに言い訳するのもおかしいしね」

「なんでか直接聞きにこられないよね俺らって」

「そんなに話しかけづらいって思われてるのかなって少しショックだけどね」

「……ふっ」

「はは、榊くんが吹き出すからつられた」

新学期に入ってすぐ。

榊くんと人目につきにくい校舎裏で噂の件についてどう対処しようか話し合いしていたら、相談してること自体がバカバカしくなって笑ってしまった。

交際のお断りをして以降、気まずくなるかと思われた榊くんとの関係も比較的(ひかくてき)良好なまま……どちらかといえば、相性の合ういい友達関係に発展していって。

前ほど放課後一緒に遊んだりすることはないけど、顔を合わせればあいさつをして軽く立ち話をする程度には仲良

くなっている。

　ほかに、夏の間に変わったことといえば、あとふたつ。

　ひとつ目は進路問題について。
「……じゃあ、本当に就職希望でいいのか？」
「はい」
　担任に職員室に呼び出された私は、先日提出した進路希望調査票の紙を見ながら訊ねられ、キッパリと返事をした。
「親御さんと相談は？」
「しました。三者面談にもその体で伺う予定なので、よろしくお願いします」
　真顔のまま頭を下げると、こめかみの辺りを指でポリポリ掻きながら「……まあ、宮澤が決めたんなら反対はしないさ。頑張りなさい」と担任が苦笑してくれた。
　前までは高校を卒業したら美容系の専門学校に通ってその手の職に就きたいと思っていた。
　けれど、専門学校に通うとなれば家を出なければいけなくなる。
　学費や仕送り、そのほか諸々の金銭面での負担を考えると、ママにお願いするのは憚られて。
　ママは「心配しなくていい」って言ってくれたけど、頑固として首を縦に振らなかったのは私。
　大きな理由は……。
『ママは10代の頃からずっと働きづめで苦労しながら私を

育ててきてくれたでしょう？　だから、私も……高校を卒業したら働いて、自分の貯めたお金で専門学校に通いたいんだ。何年かかるかわからないけど、その時は少しだけ金銭面を負担してもらってもいいかな……？』

妥協点を踏まえてママに懇願したら、私の強い意志が伝わったらしく、ママが瞳を潤ませながら『杏子ちゃん……！』と言って、私にぎゅっと抱き付いてきた。

そう。

私が選んだのは、このままママに甘えて「したい道に進む進路」よりも「自分の力で選んでいく将来」だったんだ。

わざわざ苦労する道を選んで……なんて思われるかもしれないけど。

私にとっては、これがベストな選択。

それに、美容関係の仕事に就きたいって夢は諦めたわけじゃない。

この選択をしたのには、あるきっかけもあって。

そのきっかけは、『ストロベリーティーンズ』が発売された直後。

編集部から電話が入って、

『先日は街角スナップの企画に協力してくれてありがとうございます！　宮澤杏子ちゃんの写真、編集部や読者さんの間でもすごく評判が良くて、もし良ければ今度の週末に読者モデルとしてうちの企画に参加してみませんか？』

と、都内でのスタジオ撮影に呼んでもらえたんだ。

はじめは「自分がモデル!?」って混乱したけど。

ママやあずさに相談したら、ふたりとも大賛成してくれて。
　何よりも、またプロのヘアメイクさんにきれいにしてもらえる。
　間近でプロの技術を学ぶことが出来るんだ。
　緊張しながら挑んだ撮影日。
　都内の某(ぼう)スタジオ内でコートの特集ページに参加させてもらった私は、カメラの前でどんな表情やポーズを作ったらいいのかわからず困惑したけど、現場スタッフやモデルさん達のおかげでなんとか撮影を終えることが出来た。
　ドキドキしっぱなしだったけど、プロの人達に髪形やメイクを直してもらえるのはやっぱり嬉しくて。
　自分の中でますます夢へのビジョンが明確になっていったんだ。


　残りの問題は──。
「ママー、食器をくるむ用の新聞紙が欲しいんだけど、どこにまとめてしまってあるかわかるー？」
「テレビ台の横にまとめて収納してあるわよ〜」
「オッケー。テレビの横ね」
　ママが教えてくれた場所から新聞紙の束をつかみ取り、台所の中へUターン。
　食器棚から割れ物の類を取り出し、シンクの上でひとつひとつ丁寧に新聞紙でくるんでいく。
　包み終わった物から順に引っ越し用の段ボールの中へ。
　夏休みが明けた直後から、毎日ママと手分けして荷物の

整理をしている。

　理由は、ママの恋人・田辺さんが暮らすマンションへ家族で引っ越すことになったから。

　事の発端は、大吉の地区大会を観に行った帰り。

　自宅に戻ると、なぜだか神妙な面持ちをしたママと田辺さんがふたり揃ってリビングのソファーに座りながら私を待っていて。

　何事かとぎょっとする私に、ママの口から重大報告を告げられたんだ。

『……いい年した大人が年頃の娘にこんなこと言うのは恥ずかしいんだけど。ママ……デ、デキちゃいました』

『順序を間違えて大変申し訳ない！　で、ですが、これを機にというのは語弊があるかもしれないけれど、杏子ちゃんのお母さんと籍を入れて、おなかの中にいる赤ん坊を含めた４人で新しい家庭を築いていきたい、そう思っています……！』

　頬をぽっと染めて恥ずかしそうにうつむくママ。

　床に手をつき、土下座してきた田辺さん。

　赤ん坊……新しい家庭……。

　突然のことに驚き、唖然とする私にふたりは不安そうな顔でこっちを見てきて。

『……マジ？』

　妊娠＆結婚報告をダブルで告げられ、さらには引っ越しのトリプルパンチ。

　これで衝撃を受けない方がおかしいでしょ。

……でも、まぁ。
『いいんじゃないの、別に？』
　反対する理由は何もないので素直に了承すると。
　ママと田辺さんが顔を見合わせて、嬉しそうに表情をほころばせながら何度も私に「ありがとう！」と頭を下げてくれたんだ。
　ほかにもいきさつはあるけど、大体そんな感じで。
　今住んでる団地を引き払って、9月中に田辺さんのお家に引っ越しすることになったってわけ。
　妊娠をきっかけにママは夜の仕事を辞めたので、学校から帰ってきたら夕飯を用意して待っててくれるのが最近の日課になった。
　子どもの頃からずっと望んでいた光景だけに感動も一押しで……。
　こう思うのは変かもしれないけど、ママの負担を減らしてくれて、たくさんの幸せを与えてくれた田辺さんには感謝してるんだ。
　あとは、一緒に生活してく上で田辺さんのことを自然に「パパ」って呼べるようになれればいいんだけど。
「あ、ママ！　重たい物は運ばないでって何度も言ってるでしょ」
「大丈夫よ〜。まだそこまでおなかも目立ってないし……」
「それでも。何かあってからじゃ遅いんだから。ママは大人しく小物の整理してて」
　目を離すとすぐ重労働しようとするママに毎日ひやひや。

おなかの子が心配で少しも目が離せない。
　ママって結構抜けてるっていうか、ドジなところがあるし。
　再婚にあたり、田辺さんの両親との顔合わせや、いろいろと手続きしなくちゃいけないことが多くて結構バタバタしてる。
「ねぇ、杏子ちゃん？」
「何、ママ」
「大ちゃんに引っ越しのこと報せなくていいの？」
　ガムテープで段ボールに封をしながら、隣で作業するママの方を振り返ったら、心配そうな顔で質問されてしまった。
「杏子ちゃんが言うなって言うから、猿飛さんのご両親に『娘の口から伝えるので大吉くんにはまだ内緒に』ってお願いしたけど……」
「…………」
「ずっと隣にいたのに、何も言わないでいなくなるなんて寂しいじゃない」
　ママの言葉に何も言い返せず無言で前に向き直る。
「……そのうち話すから、心配しなくて平気だよ」
　嘘。
　本当はどのタイミングで伝えればいいのかわからなくて迷ってる。
　地区大会の日以来、心の整理がつくまで大吉から距離を置こうと決めた私。
　ハッキリ失恋して、ようやく次に進むことが出来た。
　でも、隣の家に住む限り、どうしても大吉のことを意識

してしまう。

そばにいると想いが募るから、不自然に思われない程度に距離を置いて接することにしたんだけど……。

駄目だな。

まだ全然気持ちは無くなってくれない。

未練らたしい自分が嫌になる。

9月中旬。

引っ越しのことを隠したまま、荷物の整理がほぼ終わったある日。

「杏子、話がある」

いつまでも隠しとおせるわけがないと思っていたけど、引っ越しの噂を聞きつけた大吉が怒りの形相で我が家に押しかけてきた。

「ちょ、勝手に上がらないでよ!」

「うるせぇ。なんもやましいことがなければ慌てる必要なんかねぇだろっ」

──ギギギ……ッ。

大吉を家に入れさせまいと玄関のドアを閉めようとする私に対し、大吉が力づくでドアをこじ開けようとしてくる。

引っ越しの段ボールが積まれた家の中を見られたら一発で隠し事がバレてしまう。

「あっ…!」

でも、大柄な大吉に力で敵うはずがなくて。
あっけなくドアを開けられ、ズカズカと家の中に侵入されてしまった。
「ちょっ、待っ……大吉！」
「…………」
慌てて大吉のあとを追いかけるものの、時すでに遅し。
リビングに積まれた段ボールや、テーブルの上に置いたままの引っ越し業者の伝票を目撃されてしまった。
あちゃーと額に手をつき、ため息を漏らす。
どこから話を聞きつけてきたんだろう。
大吉の両親は口が堅いから、ママが団地内の誰かに引っ越しのあいさつをしたのが伝言ゲーム式に広まって大吉の耳に届いてしまったと考えるのが正解？
「……やっぱ、本当だったのかよ」
私に背を向けたまま、ボソリとつぶやく大吉。
静かな怒りを孕んだ声音。
どれも重要なことを隠されていたことに対するショックの現れで、ここまで落ち込まれると予想していなかった私は驚いてしまう。
「さっき、近所のおばさんらが噂してんのたまたま聞いて確かめにきたら……なんでマジなんだよ」
「大吉、あのね……」
「もういい」
「え？」
すれ違いざまにドンと肩がぶつかり、慌てて顔を上げる

と、大吉の目に涙が浮かんでいて。
「杏子とはなんでも話し合える仲だって勝手に自惚れてた俺がアホだった」
「ちが、ちょっと待って。話を聞いてよっ」
　玄関から出ていこうとする大吉の腕をつかんだものの、思いきり腕を振り払われて。
「お前と話すことなんてなんにもねぇっ」
　冷たい言葉を浴びせられ、体が硬直する。
　バタンッと玄関のドアが閉まる音を聞きながら、その場に呆然と立ち尽くしていた。


「……で、それから今日まで全く口きいてないんだ？」
　文化祭の屋台用に業者からレンタルしてきた鉄板へたこ焼きの生地を流し込みながら訊ねてくるあずさ。
　私はあずさの横で焼き上がったものから順にパックに詰め替え、こくりとうなずく。
　秋晴れの本日、９月20日はうちの高校で文化祭が行われている。
　私のクラスは外で出店を開いていて、昇降口の前で販売中。
　１時間ごとの当番制で、今は私とあずさの番。
　たこ焼き作りに専念する私達ふたりと、売り子の男子ふたりの計４人で店を仕切っている。
「いらっしゃーせー！　たこ焼きひとついかがっすか～？」
　店前でお客を呼び込む男子達のうしろで、あずさとコソコソお喋り。

昇降口の前は飲食系の出店がたくさんあって、ちょっとしたお祭りみたい。
　校舎の中では各クラスで制作された展示物や、文化部の出展品が飾られ、体育館では合唱コンクールや吹奏楽部の演奏等が行われている。
　屋内でコスプレ喫茶やお化け屋敷をしているクラスもあるので、いろんな格好をした人達が校舎中に溢れていたり。
　校門前には生徒会の人達が作成した文化祭の大きな看板と、カラフルなバルーンアートが置かれていたり。
　文化祭実行委員は一般の来場者でやってきた子ども達にその場でバルーンを膨らませてプレゼントしていたり。
　学校全体が活気に溢れ、賑やかなお祭りムードに包まれている。
　……そんな中、私はずっと暗い顔をしていて。
　原因はひとつ。
　引っ越しのことを黙っていた件で大吉とケンカしてしまったから。
　あれから、ことごとく大吉に無視され続けて。
　事情を説明しようにも大吉が私を避けまくるものだから、いまだにひと言も口をきけていないんだ。
「早く仲直りした方がいいんじゃないの〜？　尾を引くほど気まずくなるよ」
「……うん。わかってる」
　はぁーっと深いため息を漏らし、がっくり肩を落とす。
　わかってる。

頭ではちゃんとわかってるんだけど……。
「大体、なんではじめから説明しとかなかったの？」
　表面が焼けたたこ焼きを竹串でひっくり返しながら訊ねてくるあずさに「うっ」と返事に困って黙り込んでいると、呆れた感じで肩をすくめられてしまった。
「まあいいけど。これ以上、ふたりの仲が悪化しないうちになんとかしときなよ〜？　杏子が落ち込んでると、こっちも悲しいし」
「……ありがと、あずさ」
　ふっと口元をほころばせてお礼すると、あずさも口端を上げてニッと笑ってくれた。
　引っ越しのことを大吉に黙っていたのは、なんとなく言い出せなかったから。
　小さな頃から隣の家に住んでいるのが当たり前で。
　離れ離れになるだなんて予想していなかった私自身、まだ現実を受け止めきれてない部分がある。
　少なくとも高校を出るまではそばにいられると思っていたから……。
　だけど、新しい家族と過ごす時間を大切にしたいのも本音で。
　大吉と離れることになって寂しい気持ちと、家族といられて嬉しい気持ちが交互に押し寄せ、複雑な心境に陥っている。
　もっと正直にいえば、大吉と物理的な距離で離れることで失恋から立ち直れないかな……とか考えてしまったり。

あずさが指摘するとおり、このままじゃいけないのはよくわかってるんだけど、仲直りするきっかけがつかめないまま、引っ越しの日が近付いてきていた。

「……あ。私３時から放送委員の当番あるんだった」
　当番の交代時間になり、エプロンを外している途中。
　あずさとこれからどこに行こうか相談し合っていた時、はっと委員会の仕事があることを思い出して謝った。
　はじめは「ぶーっ」と不機嫌そうに腕組みして唇を尖らせていたあずさだけど、
「あっ、宮澤さん！　当番終わって今からフリーだよね？　よかったらオレとふたりで……」
「杏子いないんなら代わりにコイツでいいや。ほら、行くよ王子」
　人混みの中からこっちに向かって走ってきたヨウの腕をがっしりつかんで、半ば引きずるような形で歩きだすあずさ。
「ちょっ、オレは宮澤さんを誘って」
「はいはい、さっさと行くよ〜」
「まっ、宮澤さん！　宮澤さあああああん……!!」
　雄叫びを上げながら引きずられていくヨウに「うわぁ」と顔を引きつらせつつ、ふたりにヒラヒラと手を振る。
　あずさってば、なんだかんだ言いつつヨウのこと結構気に入ってるよね。
　街角スナップを撮られた日から、ちょくちょくヨウの話題が出てくるようになったし。

何よりも、前まで付き合ってた彼氏と別れて、合コンもパッタリ行かなくなった……のも、ヨウが関係してる？
　文句を垂れつつも、どこか嬉しそうにヨウと腕組みして歩くあずさを見て、なんとなく確信したりして。
「頑張れ、あずさ」
　親友の背中にこっそりとエールを送り、私も出店をあとにした。


　ワイワイ盛り上がる校舎内。
　人混みを避けるようにして急ぎ足で放送室に向かった私は、放送室の前に立つある人物の姿を見つけてぎくりと固まってしまった。
「舞ちゃん……？」
　なぜなら、本来ここにいるはずのない舞ちゃんがいたから。
「どうしてここに……？」
「杏子先輩と組む予定だったD組の女子に係を代わってもらいました。久しぶりに……話がしたかったから」
　どこか緊張した面持ちをした舞ちゃんにつられて私もごくりと唾を呑み込む。
　病院のロビーで話して以来、なるべくふたりきりになるのを避けて委員会の仕事もペアにならないよう注意していただけに妙に緊張してしまう。
　舞ちゃんは私といて平気なのかな……？
　ドキドキする胸を手で押さえ、放送室の中へ。
「じゃあ、さっそくはじめようか？」

「はい」
　それぞれ無言のままテキパキと機材を準備し、舞ちゃんにキューを出してもらって呼び出しの放送をかける。
　次に、校舎全体に流れているBGMをさきほどと違うものにセットし直し、音響確認をして作業完了。
　ほっとひと息ついた直後。
「杏子先輩」
　読み上げた原稿をシュレッダーに入れて処理していたら、うしろから舞ちゃんに名前を呼ばれた。
　ゆっくり振り返ると、真っ直ぐな瞳で私を見つめる舞ちゃんと目が合って。
「杏子先輩、あのこと大ちゃんから聞いてますか？」
「え……？」
　あのこと、って？
　意味がわからず、きょとんと首を傾げる。
　すると。
「やっぱり」
　と舞ちゃんがつぶやき、眉尻を下げて柔らかく苦笑した。
　手伝います、と私の横に立ち、シュレッダーにかけるプリントの紙を手渡してくれる。
「……実は」
　すぅっと息を吸い込み、舞ちゃんが沈黙する。
　ほんの数秒。
　チクタク鳴り響く、壁時計の秒針。
　校舎全体から聞こえてくる賑やかな声。

ゆったりと流れる静かな時間の中で。
「……舞と大ちゃん、夏休み前に別れたんです」
　耳を疑う言葉に目を見開く。
　作業する手を止め、舞ちゃんの横顔を見つめると、彼女の瞳にはうっすら涙が浮かんでいて……。
「舞、間違ってたんです。これまで付き合ってきた相手に元彼の影を重ねて、また裏切られたらって常に疑心暗鬼で、疑われ続ける相手の気持ちなんてこれっぽっちも考えてなかった」
「舞ちゃん……」
「もっと最低なのは、大ちゃんも含めて……みんな性格が似てたんです、元彼に。明るくて人気者で、ほっといても周りに人が集まるようなムードメーカー。そうゆう人を見つけると、相手を元彼に見たてて恋してた。……舞は結局、元彼への未練を断ち切れてなかっただけなんです」
　ぐすっと鼻をすすり、両手で顔を覆う舞ちゃん。
　小刻みに震える肩を見て、言葉を無くしてしまう。
「……大吉のこと、好きじゃなかったの？」
　やっとのことで絞り出した声は微かに震えていて。
　私自身、舞ちゃんからの衝撃の告白にショックを受けているのだと自覚させられた。
「これっぽっちも好きじゃなかった……？」
　私の問いに大きく首を横に振る舞ちゃん。
「好き……だったけど、元彼に似た大ちゃんが、好きでした……」

「…………」
「ごめんなさい、杏子先輩。ごめんなさい……っ」

　泣きながら何度も頭を下げる舞ちゃん。

　そんな彼女になんて言葉をかけたらいいのかわからなくて。

　絶句したまま立ち尽くし、額に手を当てて深い息を吐き出す。

　……ずっと。

　ずっと欲しくてたまらなかった。

　大吉の『彼女』というポジション。

　恋人になれた舞ちゃんがうらやましくて、同じくらい妬ましくて。

　いろんな感情でぐちゃぐちゃになった日々が脳裏をよぎって。

　簡単に手放せる程度の気持ちなら大吉と付き合ってほしくなかった。

　……そういう気持ちがまるきりないわけじゃない。

　だけど、舞ちゃんは私と違って「行動」を起こしたから大吉の彼女になれたんだ。

　その時、私はどうしてた？

　傷付くのを恐れて、告白から逃げてただけだったよね。

　そんな私に舞ちゃんを責める資格なんてあるはずがないんだ。
「謝らないで」

　舞ちゃんの肩に手を置き、苦笑する。

「杏子先輩……」
「舞ちゃんの気持ち、少しだけわかるから」
　大吉に彼女が出来て落ち込んでた時期。
　榊くんに優しくされて心がグラつきそうになった。
　けど、それは榊くん本人に惹かれたからじゃなく、榊くんを失恋の逃げ道にしようとしていたから。
　真剣に想いを伝えてくれた相手に対して、私の考えはあまりにも誠意がなくて……最低だった。
　もし、仮に榊くんと付き合っていたとしても、心の中で大吉を想い続けている時点で彼を裏切る行為になっていたと思う。
　舞ちゃんが元彼の影を追うように、私も大吉への未練を断ち切れていなかったのだから……。
　舞ちゃんが泣き終わるまで、いつの日かのように彼女の背中を優しく撫でて落ち着くのを待った。
　涙が引いて落ち着いた頃、心なしかすっきりした表情で「振られたのは舞の方なんですよ」と打ち明けられてびっくりした。
「元彼の話をして謝ったら、大ちゃんからも謝られたんです。お互いのことをよく知ってから好きになる前に、はじめて女子に告白されたってことに浮かれて軽々しく付き合ってごめんって」
「アイツ……そんなことをバカ正直に告白したの？」
「普通は黙ってますよね。でも、大ちゃんは正直な人だから」

「知ってる。基本的に嘘つけないから、なんでもカミングアウトしちゃうんだよね」
「ですね」
　ふたりで顔を見合わせ「クスッ」と笑う。
　さっきまで張りつめていた空気が和らいで、肩の力がほっと抜けた時。
「……別れるつもりで話をしたのは舞の方だったけど、先に振られたのは舞の方なんですよ？」
「え？」
　舞ちゃんが放送用のマイクに手を伸ばし、ONにスイッチを切り替える。
　──♪ピンポンパンポン。
　と、呼び出しの音声が流れて。
　原稿も持たずに何をする気かと驚く私のそばで、マイクに口を近付けた舞ちゃんはある人物を校内放送で呼び出した。
『3年B組、猿飛大吉さん。至急、4階の放送室まで来て下さい。繰り返します。3年B組……』
　放送を終え、スイッチを切って「うーん」を大きく伸びをする舞ちゃん。
「今、ここに大吉のこと呼び出した……？」
　目を丸くしてポカンとする私に、彼女は何事もなかったかのように「はい」と笑顔でうなずいて。
　椅子から立ち上がり、放送室の入り口まで行くと、ドアノブに手をかけうしろを振り返った。
「杏子先輩への罪滅ぼしにいいことを教えてあげます」

「いいこと？」
「……大ちゃんと付き合いはじめてすぐの頃、放課後の部室で舞から大ちゃんにキスしようとしたことがあったんです。でも、出来ませんでした」
「放課後の、部室……？」

　本格的な夏に入る前、偶然目撃してしまったふたりのキスシーンを思い出し、カッと頬が熱くなる。

　キスしてるように見えたけど、実際に唇同士は触れてなかったってこと？
「もうひとつは、別れてから。つい最近、後輩達の様子を見に部室に遊びに来てくれたんですけど、うちの部員が手に持っていた『ある本』を見て、大ちゃんすごく落ち込んじゃったんです。しょんぼり肩を落として、今にも泣きそうな顔してて」
「……ある本？」
「大ちゃんて本当バカですよね。こんなにわかりやすく態度に出てるのに、自分ではまるで自覚してないんですよ。結局、舞とは手をつなぐのが精一杯で、それ以上は進展出来なかったし」
「……え、っと」
「言っとくけど、舞が杏子先輩のことを過剰に敵視してたのは、一連の大ちゃんの行動のせいでもありますから。……なので、今言ったこと全部、きっちり大ちゃんに問い詰めて下さい。それじゃあ」

　穏やかな表情で微笑み、ドアノブを回して廊下の外に出

ていく舞ちゃん。

その場に残された私は、なぞなぞみたいなクイズに頭が混乱して頭上にハテナマークを浮かべてしまう。

ふたりがキス出来なかったことと、ある本を見て落ち込んだことのふたつが私に関係してるってどういうこと……？

答えがわからず、モヤモヤしていたら。

廊下の方からこっちに向かってバタバタと走ってくる足音が聞こえてきて。

放送室の前でピタリと止まる気配がして、ドキッと胸が高鳴った。

コンコン、とドアをノックする音が室内に響いて。

緊張のあまり、全身を強張らせ、震える足取りでドアの前まで歩いていく。

……まだおこっていたらどうしよう。

私の顔を見た瞬間、背を向けてしまうかも。

嫌な想像ばかりが頭を巡り、怖くなる。けど。

いつまでも逃げ回っていられないんだ。

だったら。

——ガチャ……。

内側から静かにドアノブを回し、ドアの前に立つ人物の顔を見上げる。

「杏子……？」

予想したとおり、そこには驚いた様子で目を丸くする大吉が立っていて。

大吉の顔を見た瞬間、胸の高鳴りが最高潮に——ってな

るはずが。
「ちょっ、ブフッ。何それっ」
　それもそのはず。
　猿の着ぐるみを着た大吉が目の前に立っていたんだから。
　頭の部分は顔だけ見える形で、猿の被り物をしていて。
　首から下はコスチューム用のスーツを身にまとっている。
　ちゃんと猿のしっぽまであるし。
「も、元から猿顔なのに……ククク、やばいでしょそれ」
「なっ、お前笑いすぎだろ！　俺だって好きでこんな格好してんじゃねーよ！　クラスの出し物が『動物園喫茶』になって、ひとりずつ動物のコスプレして接客することになってんだよっ」
　爆笑されたのがよほど恥ずかしかったのか、大吉が顔中を真っ赤に染めて怒鳴る。
　やばい。
　おこればおこるほど顔色まで猿そっくり。
　笑いを必死で噛み殺そうとするものの、全然駄目。
　おかしくて吹き出しちゃう。
「くそー、お前……。自分は制服だからって調子にのりやがって」
「いや、制服全く関係ないし」
　顔の前で手を振り、即座に否定すると、大吉がむくれたようにそっぽを向いて。
　横を向いたら、猿のしっぽがちょろんと見えて、また「ブフッ」と脇腹を押さえて笑ってしまった。

「あはは。……もうなんなの。さっきまで顔合わせるの気まずいとか思ってたのに、緊張感一気に無くした」

　普段と変わらず喋れたからかな？

　急にほっとして、今度は涙腺に熱いものが込み上げてきた。
「杏子……」

　手の甲で涙を拭い取る私を見て、大吉が申し訳なさそうな顔で押し黙る。

　そして、10秒にも満たない沈黙のあと、大吉が猿の手をぎゅっと握り締め、意を決したように顔を上げた。
「最近、ずっとシカトしてて悪かった」

　まるで野球の試合が終わった時のあいさつをするみたいに深々と頭を下げられる。
「杏子が急にいなくなるって知って動揺したのと……あと、なんつーか、大事なことを隠されていたのがショックでふて腐れてたっつーかさ。なんか嫌だったんだよ。杏子の全部を知ってない自分が」

　おそるおそる顔を上げた大吉の顔はどこか不安そうで。

　きっと、私が引っ越しのことを内緒にしてたから、壁をつくられたみたいで心配になってたんだよね……？
「こっち」

　廊下を通る人達に見られないよう、大吉の手をつかんで放送室の中に入れて鍵を掛ける。

　密室にふたりきり。

　自ら逃げられない状況を作り、大吉を機材前のパイプ椅子に座るよう促した。

私も隣に座り、大吉に「ごめんね」と言って頭を下げる。
「すぐ言えなくて……嫌な思いさせたよね」
「なんで話してくれなかったんだよ？」
「それは……」
　じわりと瞳に涙が浮かび、ぽろぽろと頬を伝っていく。
　普段から感情が顔に出ないことで有名な私なのに、大吉を前にするととたんに素直になれるのはなんでなのかな。
「……引っ越しするって大吉に話したら、本当に離れ離れになるんだって実感させられるような気がして……っ、認めたくなかったんだもん」
　ぐすっと鼻をすすり、両手で顔を覆う。
　大吉のお隣さんじゃなくなってしまう。
　物心ついた時から当たり前のようにそばにいて、長い時間を共に過ごしてきた。
　いつかは離れる時がくるかもしれない。
　でも、その想像は大人になってからの先のことで。
　こんなに早く離れ離れになるなんて予想もしていなかった……。
「言葉にしたら現実なんだって思い知らされるから、大吉には話せなかった……」
　ママの再婚を反対してるわけじゃない。
　むしろ祝福してる。
　新しい家族が増えて、今まで憧れていた一家団欒のひと時を過ごせることは何よりも嬉しくて。
　なのに、そこには大吉がいない。

今まで会おうと思えばすぐ会える距離にいたのに。
　今度からはすぐ会えない。
「隣に大吉がいない生活なんて……ふっ、寂しくて耐えられないよ」
　涙腺が崩壊したようにとめどなく涙が溢れて止まらない。
　声を震わせ、しゃくり上げていると。
　——ふわり。
　大きな腕に頭を抱きかかえられて、瞬間、呼吸が止まった。
　信じられない思いで目を見開き、ゆっくりと顔を上げる。
　すると、大吉が私の肩口に顎を乗せて、背中に回した腕にぎゅっと力を込めながら「そんなの……」と言葉を続けた。
「そんなの、俺だって寂しいに決まってんだろうがっ」
「……っぅ」
　大吉の抱擁に応えるように、私も大吉の背に腕を回して抱き締め返す。
　寂しい、寂しい、寂しい。
　だけど、この腕の中はとても温かくて安心する。
「杏子がいない毎日なんて想像つかねぇし、お前がいなくなるって知った日から心ん中がずっとモヤモヤしてしゃあねぇんだよ。どうしてくれんだバカ野郎」
「……グスッ、どうも出来ないよ、アホ猿」
「つーか、引っ越し先ってどこなんだよ？　俺それすら聞いてねーんだけど。県外か？　それとも、まさか外国か!?」
「そのことだけど……」
「仮にお前がすげー離れたとこに行っても、金ためて絶対ぇ

会いに行くからな！　1回2回じゃねぇぞ。杏子が『もう来んな』って呆れるぐらい会いに行ってやっかんな！」
　強く宣言する大吉にびっくりして目を瞬かせる。
　何度も、って……。
「あはっ」
　嬉しい言葉に頬が緩んで、泣き笑いしてしまう。
「？　何笑ってんだよ」
　私から体を離し、不思議そうに首を傾げる大吉に「ごめんごめん」と目尻に浮かんだ涙を拭い取りながら謝る。
「……あのね。言ってなかったけど、引っ越しって同じ市内でのことなんだ」
「は？」
　目を点にして口をポカンと開ける大吉。
　私の言ってる意味が情報として脳に届いていないのかほうけた顔してる。
「ママが再婚することになってね。その……デキ婚なんだけど。赤ちゃんがいるから、早めに籍を入れて、相手のマンションに家族で引っ越そうってことになって。それで、近場だけど移住することにしたの」
「…………」
「距離的にいえば、フクムラ団地から徒歩で20分くらいの場所にある高層マンションなんだけど……って、あれ？　大吉？」
　両手で頭を抱え苦悩の表情を浮かべる大吉に名前を呼びかけると、突然「うがーっ」と叫びだされて。

猿の被り物をがしがし掻き「ふざけんなっ」と怒鳴られてしまった。
「おまっ……俺はてっきりお前が遠くに行っちまうって思い込んで焦ってたのに……なんだよ、市内かよ〜」
「し、市内でも隣の家じゃなくなるんだから寂しいに決まってるじゃん」
「アホか。んなもん、杏子が会いたくなったら、マッハでお前んちまで駆けつけてやるよ」
　ポン。
　着ぐるみのふかふかした手で私の頭を叩き、大吉がニカッとはにかむ。
「つーか、呼ばれなくても俺が毎日だって会いに行ってやるし」
「私が呼んでないのに？」
「朝は毎日家の前まで迎えに行ってやるし、放課後だって一緒にいてやらぁ。俺んちで遊んだあとはうちまで送ってくし、休日には街で待ち合わせとかしてみようぜ」
「今まで隣の家だったから待ち合わせとかしたことないもんね」
「おう。そんで、あれだ。その……ででで、出かけようぜっ。映画とか、ゲーセンとか、杏子がいいならバッティングセンターとか！　てか、場所自体はお前の好きなとこでいいからよ」
「……へ？」
　今度は私の目が点になり、頭が真っ白になる番。

出かけようぜ、って今までにもふたりで出かけたことなんていくらでもあるのに、何を今更……。
しかも、台詞が噛み噛みだし。
てゆーか。
「大吉、顔真っ赤……」
顔から湯気が出るんじゃないかってくらい、顔中を真っ赤にさせた大吉を見て驚く。
緊張してるのか、眉間にしわを寄せてぎゅっと目をつぶってるし。
額に汗まで浮かんでる。
「えっ、ちょ、どうしたの？　急に熱でも出た？」
「ちっ、ちげーよ！　熱なんてねーよ、バーカッ」
ガタンッと椅子から立ち上がり、私の額にチョップをかましてくる大吉。
「お、お、お、俺はだなぁ……！　杏子が自分の前からいなくなるって思ってはじめて……はじめて……ああくそっ、すげぇむず痒い！」
喜怒哀楽（きどあいらく）の激しい百面相。
そんな大吉に振り回されてこっちもなんだかドキドキしてしまう。
私に何か言いかけては躊躇したように口をつぐむ大吉に、ありえもしない期待を抱きそうになって。
そんなはずはない。
確率なんて０％に等しいんだから。
何度も言い聞かせているのに。

「……ねえ。さっき、舞ちゃんに教えてもらったんだけど、夏休み前に別れてたんだって？」

　大吉本人の口から真相を聞けるまで信じられなくて。

　不安げな表情で訊ねたら、大吉が気まずそうな顔で「おう」とうなずいた。

「舞ちゃんとキス出来なかった理由はなんで？」

「！」

「野球部の部室で後輩が持ってた『ある本』にショックを受けてたみたいだけど、どの本を見て落ち込んでたの？」

「んなっ」

　じっと上目遣いで質問すると、大吉が金魚みたいに口をパクパクさせて。

「……っ、こい！」

　散々迷った挙句、突然私の腕をつかんで放送室から飛び出した。

「ちょ、大吉……どこ行くの？」

「来ればわかるっ」

　バタバタッ……！

　猿の着ぐるみを着た大吉と手をつないで廊下を走っているせいだろうか。

　大勢の生徒達からたくさんの注目を浴びて、カーッと顔が真っ赤になってしまう。

　上履きのまま昇降口を抜けて、校門をくぐって、学校の外へ。

　道行く人々がすれ違う度に私達を二度見して何事かと目

を見張る。

　文化祭の最中なのに勝手に抜け出して、学校側にバレたら大目玉。

　鮮やかな紅葉に彩られた街路樹。

　落ち葉で敷きつめられたアスファルトの地面を走り、通い慣れた住宅街を駆け抜けて、大吉の向かう先にあるのは、よく見知った……。

「うし。あと少しだかんな」

「ハァ、ハァ……っ」

　たどり着いたのは、まさかのフクムラ団地。

　3号棟の5階にある大吉の家だった。

「母ちゃん達、みんな仕事に行ってるから」

　ガチャッ……。

　鍵穴にキーを差し込み、ドアノブを回して玄関を開ける大吉。

「今タオル出すから、先に俺の部屋行ってろ」

「……ん」

　全身汗だくで、ブレザーの下に着たワイシャツが背中に張り付いて気持ち悪い。

　喉をぜえぜえ鳴らしながら、汗で額にくっついた前髪を手ぐしで整え直し、大吉のあとに続いて家の中に上がる。

　やばい。

　久々に全力疾走してひざが笑ってる。

　ふらつく足取りで大吉の部屋に入ると、枕元に『ある物』を見つけて眉を寄せてしまった。

「あれ……? これって」
　なんで大吉の部屋に『ストロベリー・ティーンズ』の雑誌が置いてあるの?
　私の知らぬ間に勝手に部屋から持ち出してたとか?
　この号にはアイツが読みたがるモテ男特集とかはなかったはずなんだけど……。
　っていうか、この本あれだよね。私と榊くんのツーショットが大きく掲載されてるやつじゃ……?
　ベッドの端に座り、雑誌のページをパラパラめくっていると。
「ぬぅあああああああ……っ!?」
　ビクッ。
　ふすまの向こうから、手にタオルとペットボトルのドリンクを持った大吉が絶叫して、部屋に入るなり私から雑誌を奪い取ってしまった。
「おまっ、何勝手に見て……」
「勝手も何も目につくところに堂々と置いてあったし。てか、それ私が載ってるやつだよね? なんで大吉の部屋に置いてあるの?」
「……っ」
　胸に雑誌を抱えたまま真っ赤な顔して黙り込む大吉に素朴な疑問をぶつけたら、唇を真一文字に結んでムスッとしてしまって。
　何か面白くないことでも思い出したのか、眉間にしわまで寄せている。

「俺からもひとつ聞いときたいことがあるんだけどいいか？」
「うん……？」

　私が首を傾げながらうなずくと、大吉がスゥ……と深呼吸をして。

　ベッドに腰掛ける私の前にしゃがみ込み、パラパラと雑誌をめくって、私と榊くんのツーショットが掲載されたページを突き出してきた。
「……これ、ガチのやつ？」

　街角で見つけたカップル特集と銘打ったそのコーナーには、私の腰に腕を回した榊くんの写真が載っていて。
「お前、やっぱコイツと付き合ってんの？」

　顔の前に雑誌を突き出してるせいで大吉の顔は見えないけれど、声から不安そうなニュアンスが伝わってきて。
「もしかして、舞ちゃんが言ってた『ある本』ってこれのこと……？」

　まかさと思いつつも指摘すると、大吉の肩がビクッと跳ねて。
「大吉、顔上げて」

　両手を伸ばし、頭の被り物をゆっくり外すと、耳まで真っ赤にした大吉が目に入って。
「こっち見んな」

　熱でも出てるんじゃないかってくらい赤面した大吉をまじまじ見ていたら、よっぽど照れくさかったのか片手で目元を覆い隠されてしまった。
「嫌だ。もっと見たい」

──グイッ。
　大吉の手首をつかんで強引に目元から離させる。
　だってね、この顔は。
　今まで何度も目にしてきた、大吉が好きな人を前にした時の表情だったから。
　嘘だって疑う気持ちの方が大きくてにわかには信じられない。
　だけど。
　1ミリでも可能性があるなら、私はそこに飛び込んでいきたい。
　結果、ただの勘違いで恥ずかしい思いをしたとしても。
「私と榊くんは付き合ってないよ。ただの友達だから」
　ふと思い出す。
　以前、団地の下で榊くんと一緒にいるところを見られて、キスしていると誤解された時のこと。
　あの時も、大吉はすごく不機嫌そうになって、今みたいに表情をむっつりさせていた。
「昔から……今でも大好きなのは、大吉ひとりだけだよ」
　ぐすっと鼻をすする。
　熱いものが涙腺に込み上げて、頬に一滴伝った。
　だって、私が榊くんと付き合ってないって言ったとたん、わかりやすくほっとしてるんだもん。
　大好きって伝えたら、ものすごく嬉しそうな顔してさ。
　そんなの、期待するなっていう方が無理に決まってるでしょ？

「……ニヤニヤしてないでなんとか言いなさいよ」
「いや、不意打ちにデレてた。つーか、そっか……。付き合ってなかったか」
　部屋の窓から差し込む、明るい午後の陽射し。
　嗅(か)ぎ慣れた畳の香り。
　何度も訪れた大好きな人の部屋の中。
「ん。じゃあ、話すぞ」
　キリッと改まった態度で話しだす大吉の言葉をひと言も聞き逃さないよう、耳をそばだてて。
「……杏子は俺にとって家族みたいな存在で、恋愛対象とかそうゆうふうに見ちゃいけねぇって長年自分に言い聞かせてた。だって、隣の家に住んでる以上、振った振られたで気まずくなったら、お互い今までみたく気軽にそばにいられなくなっちまうから」
　はじめて打ち明けてくれる本音を。
「でも、自分に彼女が出来て、舞と過ごすうちに少しずつ違和感を覚えるようになって。……なんか、杏子の顔が頭にちらつくんだよな。些細な会話してても、杏子ならこう反応すんだろうな～とか、こうしてくれんのにな、とか。無意識に比較してて。……最低だろ？」
　眉尻を下げて、情けなさそうに苦笑する顔も。
「んで、舞にキスされそうになった時も、なんでだかとっさにお前の顔が浮かんでよ。出来なかったんだわ」
　くしゃりと前髪を押さえて、うつむく姿も。
「そこにきて、杏子と榊がふたりでいるとこ目撃して、無

性に腹立って。胸ん中がやたらモヤモヤするわけ。杏子に彼氏が出来ちまったんじゃねぇかって考えると、なんかすげー嫌で……」

　上目遣いでチラッと様子伺いしてくるところも。

「なんでこんなに気にしてんのか、訳わからんくてぐるぐるしてたらさ、杏子がおばちゃん倒れたってうちに助けを求めに来たじゃん？　あん時、泣きながら俺にしがみつくお前見てたら、今まで感じてたモヤモヤの理由が何かわかっちまってよ」

　全部が全部、いとしくて。

「自覚したら、自分の気持ちが抑えきれなくなっちまってよ。同じくらい戸惑って。全部ハッキリさせる前に、まずは彼女と話をつけなくちゃいけねぇと思った。舞も、そのことに気付いてたと思う。だから、アイツをあそこまで追い詰めた原因は俺にもあるんだ。あの時は、怪我させて悪かった」

「……ううん。平気だから、謝らないで」

　ねえ、大吉。

　気付いてるかな？

　さっきから、胸の高鳴りが大きくなって、涙が止まらなくなっているんだ。

　最後まで聞き終えるまで、気持ちが先走りしないようブレーキをかけているのに。

　全然駄目。

　ちっともきかない。

「……泣くな、バカ」
　大吉が立ち上がって、私の頬に手を伸ばす。
　呆れたようにはにかむ笑顔にトクンと鼓動が波打って。
　我慢出来なくて、思わず大吉の胸に飛び込んだ。
「はやく、最後まで聞かせて……？」
　泣きじゃくりながら続きを急かす。
　これだけ期待させといて、焦らし続けるなんてひどいよ。
　こっちは何年間好きだったと思ってるの……？
「……おみくじさんの正体は杏子だって、本当はなんとなく途中から気付いてたんだ」
　耳元でささやかれた声は微かに震えていて。
　想いの丈をぶつけるように、一言一句噛み締めながら大吉が言葉を続けた。
「俺の名前にちなんで『大吉』のおみくじを送るような奴なんてお前しかいねぇし。……それに、お前の部屋に行った時、押入れの中に大量のおみくじが入った袋がしまってあんのも見ちまったし」
「!?　勝手に押入れの中見たの？」
　ぎょっとして体を離すと、大吉が慌てたように言い訳しはじめて。
「ばっ、ちげーよ！　お前がふすま開けっ放しのままジュース取りに行った時にたまたま見えちまったんだよっ。人を変態みたく言うんじゃねぇ！」
「……てことは、ずっと気付いてて知らんぷりしてたの？」
　かあああっと頬に熱が集中して、金魚みたく口を開閉さ

せる。
　匿名で差し出してたのに、差出人の正体を見抜かれていたとか。
　恥ずかしすぎて穴があったら今すぐ埋まりたい。
「いつから？　いつからわかってたの？」
「……ええと、おみくじもらうようになってわりとすぐの頃からッス」
「なんで急に敬語？」
「うっせぇ、突っ込むな。俺だって今めちゃくちゃ緊張してんだよ」
　くるりと背を向け、そのまま勉強机の方に向かう大吉。
　引き出しからＡ４サイズのノートを取り出すと、それを私の前に差し出して「ん」と顎を突き出してきた。
「地区大会の日、お前が引いた【凶】の結果を【大吉】に変えてやるよ」
「これ……」
　——パラ……。
　ノートを受け取った私は、中身を見て言葉を失う。
　なぜなら、今まで私があげてきた【大吉】の恋みくじがセロハンテープでノートにたくさん留められていたから。
「これ全部と交換したら、幸せになるしかなくなるべ？」
「大吉……」
　涙で視界がにじんで、もう駄目だ。
　心が震えて想いが溢れ出す。
　好きで好きでたまらないと。

「……ふっ…っぅ」
　ノートを胸に抱き締め、顔をぐしゃぐしゃにして号泣してしまう。
「いいか。耳かっぽじってよく聞けよ。1回しか言わねぇからな」
　得意げにニッと笑って、大吉が私の前に立つ。
　二段ベッドのはしごに片手をつきながら、ゆっくりと背を屈めて。
　私の額に大吉の額をコツンとぶつけて。
　とびきりの笑顔で大吉が告げた。
「俺は杏子のことが大好きだ」
　って。
　耳たぶまで真っ赤に染めて。
　照れくさそうに告白してくれたんだ。


　顔は整ってるのに残念イケメンとか呼ばれてるし、性格だって三枚目。
　顔立ちなんて猿そっくり。
　惚れっぽくて、思い立ったらすぐ告白しに行って。
　失恋する度、
「杏子〜！」
　って私に泣きついてくる情けない一面も。
　でも、正義感の強いイイ奴で。
　ピンチの時はいつだって助けてくれる。
　大勢の友達に好かれた明るいムードメーカー。

野球に取り組む姿は真剣そのもので。
どんなにつらいことがあっても、自分のことより人のことを優先するような、そんな優しい人。
私にとっては誰よりも魅力に溢れたカッコイイ男の子。

「私も……」
大吉の胸に手をつき、唇にそっと口付けた。
私からのキスに大吉はびっくりしたように目を見開いて。
「大好き」
って、私が満面の笑みを浮かべて微笑んだら、大吉の全身がカーッと熱くなって。
——バタン……！
そのまま床の上に倒れ込んで気絶してしまったんだ。
「ちょっ、大吉!?」
ここで気を失うか普通！
内心、鋭い突っ込みを入れつつも、なんだか無性におかしくなってきて。
「……バーカ」
ベッドから降りて、大の字で床に寝そべる大吉の横にしゃがみ込む。
人差し指でほっぺたをツンツンしながら、私はしばらくの間ひとりで笑っていたんだ。
目を覚ました大吉が「今のは現実か!?」って半信半疑の様子で叫びながら飛び起きるのは、あと数分後の出来事……。

隣の想い人へ。
今までも、これからも。
世界中の誰よりも君を特別に想っているよ。
結ばれた恋心。
……やっと、想いが伝わった。

　　　　　　　　　　　　　　　　　　　　　　end

番外編

## はつ恋

　俺の初恋は物心がつくかつかないか定かじゃない頃。
　多分、4歳か5歳くらい。
　はっきり覚えてるのは、俺の家の隣に新しい家族が引っ越してきた日。
「隣に越してきた宮澤と申します。何かとご迷惑をおかけすることもあるかもしれませんが、よろしくお願い致します〜」
「いえいえ、こちらこそ。せっかくお隣同士になったんですし、仲良くしていきましょう。そちらは娘さん？」
「はい。娘の杏子です。ほら、杏子ちゃん。うしろに隠れてないでちゃんとあいさつして」
　玄関口であいさつし合う親達を眺めながら、母ちゃんの隣でぼさっと突っ立っていた俺は、母親のうしろからひょっこり顔を現した女の子を見て絶句した。
　すっ、すげーかわいい！
　人形みたいにキレイな顔した女の子に瞳が釘付け。
　腰まで伸びた栗色のストレートヘアー。
　絵本で見た白雪姫みたいに白い肌。
　じっと見つめていたら、吸い込まれてしまいそうなこげ茶色の瞳。
　俺が通ってる保育園にもかわいい女の子はたくさんいるけど、そもそものレベルが違いすぎる。

こういうの、なんていうんだっけ。
確か、そう。
美少女だ。
「…………」
　人見知りするタイプなのか、唇を引き結んだままもじもじしている美少女。
　やべぇ、何しててもかわいい。
　あまりのかわいさに鼻の下が伸びてデレデレしてしまう。
　すると、間抜けなアホ面をさらす息子を見て、母ちゃんにスパンッと頭を叩かれた。
「いでっ」
「これっ。あんたはかわいい子を前にすると、すーぐデレデレしてだらしないっ。初対面なんだから、もっとしゃんとしなさい！」
　母ちゃんのバカ野郎！
　何も今おこらなくったっていいだろ。
　いてて、と叩かれた箇所を手でさすっていると。
「ぷっ」
　さっきまで真顔だった美少女が突然吹き出して、俺の顔を指差しながら声を上げて笑ったんだ。
　その笑顔を見た瞬間、ズキュンと心臓がぶち抜かれて。
「杏子。私の名前、杏子っていうの」
「お、俺は大吉……」
　急激に顔が熱くなって、自己紹介が終わって彼女が帰ったあとも、しばらく玄関口に立ったまま放心していたんだ。

その日から、杏子のことを考えるとキューッと胸の奥が締め付けられて。
　本人を前にすると心臓が破裂しそうなくらいバクバク鳴るし、顔が赤くなるしで、なんだか俺が俺でなくなるみたいだった。
　緊張しすぎてうまく話せねーし、杏子も口数が少ない方だから変に沈黙しちまう。
　遊びに誘おうにも、どうやって誘おうか考えすぎて、結局何も言えないまま。
　あまりにも不自然な態度の俺を見かねてか、母ちゃんに何度も注意された。
「いいかい、大吉。杏子ちゃんとはこれから長〜い間付き合ってくご近所さんなんだよ？　あんたが変に意識してちゃ杏子ちゃんだって相手にしづらいだろう？　だから、杏子ちゃんのことは『家族』みたいに接してあげなさい」
「家族みたいに？」
「そう。家族は大切にしなくちゃいけない。アンタと杏子ちゃんは同い年だから、それこそ姉や妹のように扱っておやりなさい。思春期に差しかかってからなら構わないけど、今の年から色恋沙汰でゴタゴタを起こすんでないよ」
　思春期に〜からは何言ってんのか意味がよくわかんなかったけど。
　杏子のことを家族として見る。
　そうすれば、アイツに会う度に変にドキドキしなくなんのか？

ぎくしゃくすんのは気まずいし、俺だって普通に喋って仲良くしたい。
「杏子は家族。杏子は家族……」
　毎日言い聞かせているうちに、少しずつ普段どおりに話しかけられるようになっていって。
　ドキドキの代わりに、杏子といると安らかな気持ちで満たされるようになっていったんだ。

　そんなある日のお正月。
　母ちゃんが隣の家におせちのお裾分けに行ってきてくれって言うから、風呂敷におせちを入れたプラスチック容器を包んでひとりで隣の家を訪れた。
「あれ？　お前、ひとりなの？」
「……うん。ママはお仕事だから」
　杏子の家に上がると、家には誰もいなくて。
　元旦だっていうのに、杏子は家にひとりきりでポツンと留守番していた。
　正月っていったら、親戚で集まったり、家族とわいわい盛り上がりながら過ごすのが当たり前なんじゃねーのか？
　寂しそうな顔でソファーの端っこにちょこんと座る杏子を見ていたら、なんだか放っておけなくて。
「杏子！　今から近くの神社にお参りに行こうぜっ」
「え？」
「お参りだよ、お参り。でっけー鈴をガラガラ鳴らして、さい銭箱に小銭を投げてお願い事をするんだ。俺は今朝行っ

てきたけど、お前まだ行ってないんだろ?」
「……うん」
「じゃあ、決定な！　着替えと荷物取りに行ってくるから、杏子も上にあったかいもの着て出てこいよっ」
「あっ、大吉……！」

　杏子が行くとも行かないとも返事してないうちに、気の早い俺はぴゅんと自宅に引き返して、急いで神社に出かける用意をした。

　小銭の入った財布をズボンのポケットに入れて、ジャンパーを羽織って家を飛び出す。

　玄関のドアを開けたら、真っ白なダッフルコートを着た杏子が立っていて。

　雪が降りしきる中、ふたりで神社に向かったんだ。

　杏子は「大人がいないのに子どもだけで出かけていいのかな……?」って不安そうにしてたけど、俺が「大丈夫だって！」って強く胸を叩いたら、大人しくうしろについてきてくれた。

　神社に着いたあとは、さっそく参拝客の列に並んでおさい銭を投げてきて。

　ふたりでガラガラを鳴らして、パンパンッと手を叩いてお参りした。
「うし。参拝は終わったし、あとはくじだな、くじ」
「くじ?」
「今年一年の運勢を占うおみくじのことだよ。俺のお年玉で買ってやるから、この箱から1枚引けよ。……すいませー

ん！　くじふたつお願いしまーすっ」
　売店に立つ巫女さんに100円玉を２枚渡し、杏子と一緒にくじを引く。
　その場で開封すると、俺の結果は【大吉】。
　よっしゃーとガッツポーズを作ってはしゃいでいると、
「私……【凶】だった」
　杏子が哀しそうにしょんぼり肩を落としていて。
　落ち込む姿を見ていたら、なんとか元気にしてやりたくて。
「おみくじの結果、交換するぞっ」
　杏子の手からくじの紙を奪い取り、自分の物と取り換えさせた。
「俺のは、さっき父ちゃん達と来た時に１回引いて【大吉】出してるからな。２枚も同じのはいらねぇんだ」
「でも、いいの……？」
「おう！　これで杏子も今年はいいことがいっぱい待ってるぞ。よかったなっ」
　にししっと白い歯を見せて笑い、杏子の頭をポンと叩く。
　すると、次の瞬間。
「……っ」
　杏子の顔がボンッと赤くなって。
「？」
　なんだ〜？
　急に真っ赤になって、変な奴。
「よし、遅くなる前に帰るぞっ」
「うん……」

俺が差し出した手を杏子が握り返して、ふたりで手をつないで歩きだす。
　杏子は家族、杏子は家族。
　心ん中で復唱しながらも、なんでだろうな？
　コイツが隣にいると、胸の奥が熱くなるのは。


　俺が「初恋」の記憶をたどって、相手が杏子だったと思い出すのは、それから十数年先。
　杏子が俺の"彼女"になって、しばらくした頃。
　ふたりで正月に神社を訪れ、参拝を済ませて、売店でくじを引いてる最中。
「ずっと好きだったって言ってたけど、俺のこといつから好きだったの？」
　って、何気なく質問してみたら。
　杏子がおみくじを開封しながら「それはね……」と照れくさそうに打ち明けてくれた時だった。

end

## あとがき

はじめましての皆様、そして、サイトや書籍でこれまでにも著書を読んで下さっていた皆様、こんにちは。善生茉由佳です。

この度は「はつ恋〜ずっと、君だけ〜」をお手に取って下さり、誠にありがとうございます。

まずはじめに、この本の制作に携わって下さった担当編集者の飯野様、佐々木様、デザイナーの平林様、スターツ出版の皆様、関係各位の方々に深くお礼申し上げます。

今作は「幼なじみ」との恋をテーマに執筆し始めました。なかなか自分の気持ちに正直になれない主人公の杏子と、杏子が長年想いを寄せる大吉、そんな杏子に秘かに惹かれている榊の3人がメインとなっております。

書き始める前から決めていたのは、杏子が逃げ続けていた自分の気持ちに向き合って、相手に想いを伝えに行くシーンでした。

ずっと片想いし続けてきた相手だからこそ臆病になるし、今のままの関係を崩したくないと思う。けれど、このままの状態が続けば、もっと苦しくて切ない思いをしてしまう。

好きな人に「好き」って想いを伝えることは簡単なことではないし、気まずくなるくらいなら気持ちを抑えようと

する方も多いかもしれません。
　告白してもしなくても、自分自身の本音に従って行動すれば、きっと何年か経って過去を振り返った時に優しい気持ちで「懐かしいな」と思える日がくると思っているので、杏子の恋を通して皆さんの心に何かひとつでも伝わるものがあれば嬉しいです。

　読者の皆様からいただく感想の中には、長年同じ人を想い続けている方々からのお手紙も多く、恋愛相談の内容を読んでいるうちに『物語を通して何かお返事できないかな』と考えたのも「はつ恋」を生み出すきっかけとなりました。
　いつもお手紙を読ませていただく度に、恋にはいろんな形があって、想い方も人それぞれなのだなとほっこりした気分にさせていただいています。

　更新中にサイトで応援して下さっていた皆様、完結後に読んで下さった皆様、書籍で初めて目にして下さった皆様、すべての読者様に心から感謝致しております。

　また物語のどこかでお会い出来ることを祈って。

2016.8.25　善生茉由佳

この物語はフィクションです。
実在の人物、団体等とは一切関係がありません。

善生茉由佳先生への
ファンレターのあて先

〒104-0031
東京都中央区京橋1-3-1
八重洲口大栄ビル7F

スターツ出版(株)書籍編集部 気付
善生茉由佳先生

## はつ恋 〜ずっと、君だけ〜

2016年8月25日　初版第1刷発行
2017年4月11日　　　第2刷発行

| 著　者 | 善生茉由佳 |
|---|---|
| | ©Mayuka Zensho 2016 |
| 発行人 | 松島滋 |
| デザイン | カバー　平林亜紀（micro fish） |
| | フォーマット　黒門ビリー&フラミンゴスタジオ |
| ＤＴＰ | 株式会社エストール |
| 編　集 | 飯野理美 |
| | 佐々木かづ |
| 発行所 | スターツ出版株式会社 |
| | 〒104-0031 東京都中央区京橋1-3-1　八重洲口大栄ビル7F |
| | ＴＥＬ　販売部03-6202-0386（ご注文等に関するお問い合わせ） |
| | http://starts-pub.jp/ |
| 印刷所 | 共同印刷株式会社 |
| | Printed in Japan |

乱丁・落丁などの不良品はお取替えいたします。上記販売部までお問い合わせください。
本書を無断で複写することは、著作権法により禁じられています。
定価はカバーに記載されています。

ISBN 978-4-8137-0138-5　C0193

# ケータイ小説文庫　2016年8月発売

## 『イジワルな君に恋しました。』まは。・著

大好きな彼氏の大希に突然ふられてしまった高校生の陽菜。嫌な態度をとる大希から守ってくれたのは、学校でも人気ナンバーワンの翼先輩だった。イジワルだけど優しい翼先輩に惹かれていく陽菜。そんな時、陽菜と別れたことを後悔した大希にもう一度告白され、陽菜の心は揺れ動くが…。

ISBN978-4-8137-0136-1
定価:本体570円+税

**ピンクレーベル**

## 『いいかげん俺を好きになれよ』青山そらら・著

高2の美優の日課はイケメンな先輩の観察。仲の良い男友達の歩斗には、そのミーハーぶりを呆れられるほど。そろそろ彼氏が欲しいなと思っていた矢先、歩斗の先輩と急接近! だけど、浮かれる美優に歩斗はなぜか冷たくて…。野いちごグランプリ2016ピンクレーベル賞受賞の超絶胸キュン作品!

ISBN978-4-8137-0137-8
定価:本体580円+税

**ピンクレーベル**

## 『ただキミと一緒にいたかった』空色。・著

中2の咲希は、SNSで出会った1つ年上の啓吾にネット上ながら一目ぼれ。遠距離で会えないながらも、2人は互いになくてはならない存在になっていく。そんなある日、突然別れを告げられ、落ちこむ咲希。啓吾は心臓病で入院していることがわかり…。涙なしには読めない、感動の実話!

ISBN978-4-8137-0139-2
定価:本体570円+税

**ブルーレーベル**

## 『鏡怪潜』ウェルザード・著

菜月が通う高校には、3つの怪談話がある。その中で一番有名なのは、「鏡の中のキリコ」。ある日、人気者だった片桐が突然首を切られて死んだ。騒然とする中、菜月は友良とトイレの鏡の奥に、"キリコ"がいるのに気づいてしまって…?　「カラダ探し」のウェルザード待望の新作!!

ISBN978-4-8137-0140-8
定価:本体580円+税

**ブラックレーベル**

## ケータイ小説文庫　好評の既刊

### 『ナミダ色の恋』善生茉由佳・著

千緒は仲のいいクラスメイト、遙に片想い中。思い切って告白するが、超ド天然な遙に"友達として好き"と勘違いされてしまう。忘れようと思ってもなかなかうまくいかず、もう一度ちゃんと告白しようと決心するが、遙が学校イチの美女、沙希先輩とキスしているところを目撃してしまい…。

ISBN978-4-8137-0040-1
定価：本体590円+税

**ブルーレーベル**

### 『涙想い』善生茉由佳・著

中3の水野青は同い年の間宮京平が好き。京平と両想いだと周りから聞かされている青は告白を決意するが、京平は辛そうな顔で「付き合えない」と断ってきた。その後同じ高校に進学した二人。しかし、京平は学校一の美少女・瀬戸マリカとの仲を噂されて…。切なすぎる青の恋の行方に誰もが号泣‼

ISBN978-4-88381-877-8
定価：本体550円+税

**ブルーレーベル**

### 『白球と最後の夏』rila。・著

高3の百合子は野球部のマネージャー。幼なじみのキャプテン・稜に7年ごしの片想い中。ふたりの夢は小さな頃からずっと"甲子園に出場すること"で、百合子は稜への気持ちを隠し、マネとして彼の夢を応援している。今年は甲子園を目指す最後の年。甲子園への夢は叶う？　ふたりの恋の行方は…？

ISBN978-4-8137-0125-5
定価：本体570円+税

**ブルーレーベル**

### 『青に染まる夏の日、君の大切なひとになれたなら。』相沢ちせ・著

高2の麗奈は、将来のモヤモヤした悩みを抱えていた。そんな中、親友・利乃の幼なじみ・慎也が転校してくる。慎也と仲のよい智樹もふくめ、4人で過ごすことが多くなっていった。麗奈は、不思議な雰囲気の慎也に惹かれていくが、慎也には好きな人が…。連鎖する片想いが切ないラブストーリー。

ISBN978-4-8137-0126-2
定価：本体590円+税

**ブルーレーベル**

# ケータイ小説文庫　2016年9月発売

## 『腹黒王子にハマりました。』Rin・著

メガネで地味な高2の彩は、ある日突然「お前今日から俺の彼女になれ」と学年人気 NO.1のイケメン・蒼空に彼女のフリをさせられることに。口が悪くてイジワルな彼に振り回されっぱなしの彩。そのくせ「こいつ泣かせていいのは俺だけだから」と守ってくれる彼に、いつしか心惹かれていって…!?
ISBN978-4-8137-0148-4
予価:本体 500 円+税

**ピンクレーベル**

## 『あなたとなら、世界は変わる (仮)』佐倉伊織・著

茜は結城が泳ぐ姿にひとめぼれする。しかし彼はケガをして水泳をやめ、水泳部のない高校へ進学してしまった。茜は結城のために水泳部を作ろうとするが、なかなか部員が揃わない。そんな時、水泳経験者の卓が、水泳部に入る代わりに自分と付きあえと迫ってきて…。自分の気持ちを隠した茜は…?
ISBN978-4-8137-0150-7
予価:本体 500 円+税

**ブルーレーベル**

## 『一番星 (仮)』涙鳴・著

急性白血病で余命3ヶ月と宣告された高2の夢月は、事故で両親も失っていて、全てに絶望し家出する。夜の街で危ない目にあうが、暴走族総長の蓮に助けられ、居候させてもらうことに。一緒にいるうちに蓮を好きになってしまうけど、夢月には命の期限が迫っていて…。涙涙の命がけの恋!
ISBN978-4-8137-0151-4
予価:本体 500 円+税

**ブルーレーベル**

## 『テクサレバナ』一ノ瀬紬・著

中学のときにイジめられていた千裕は、高校でもクラスメートからバカにされ、先生や親からは説教されていた。誰よりも頑張っているのに、どうして俺の人生はうまく行かないのか。すべてが憎い。そんなある日、手腐花<テグサレバナ>に触れると呪いをかけられると知り、千裕の呪いは爆発する。
ISBN978-4-8137-0152-1
予価:本体 500 円+税

**ブラックレーベル**

書店店頭にご希望の本がない場合は、
書店にてご注文いただけます。